南方的女性与女性的南方:
尤多拉·韦尔蒂早期作品研究

解友广◎著

南京大学出版社

图书在版编目(CIP)数据

南方的女性与女性的南方：尤多拉·韦尔蒂早期作品研究/解友广著. — 南京：南京大学出版社,2024.11. — ISBN 978-7-305-28422-9

Ⅰ. I712.065

中国国家版本馆 CIP 数据核字第 2024N17H37 号

出版发行　南京大学出版社
社　　址　南京市汉口路22号　　邮　编　210093
书　　名　南方的女性与女性的南方:尤多拉·韦尔蒂早期作品研究
　　　　　　NANFANG DE NÜXING YU NÜXING DE NANFANG: YOUDUOLA·WEIERDI ZAOQI ZUOPIN YANJIU
著　　者　解友广
责任编辑　董　颖　　　　　　　　编辑热线　025-83596997
照　　排　南京南琳图文制作有限公司
印　　刷　江苏凤凰数码印务有限公司
开　　本　880 mm×1230 mm　1/32　印张 7.625　字数 204千
版　　次　2024年11月第1版　2024年11月第1次印刷
ISBN 978-7-305-28422-9
定　　价　52.00元

网址：http://www.njupco.com
官方微博：http://weibo.com/njupco
官方微信号：njupress
销售咨询热线：(025) 83594756

* 版权所有,侵权必究
* 凡购买南大版图书,如有印装质量问题,请与所购图书销售部门联系调换

目 录

导　论　韦尔蒂的南方现代主义 ················· 1

第一章　重思南方：历史空间下的回归 ············· 24
　第一节　"回家的诱惑"：历史与空间生产 ············ 25
　第二节　"现代性的震惊" ······················· 35
　第三节　历史再现与历史感受力 ················· 74

第二章　去魅南方："流动性"政治 ················ 86
　第一节　现代女性哥特 ························ 88
　第二节　共同体的欲望与越界 ·················· 113
　第三节　现代女性漫游与流浪主义 ··············· 137

第三章　重构"南方"：世界主义与反共同体书写 ····· 159
　第一节　电影现代性与南方现代主义 ············· 162
　第二节　重农主义文学与"南方神话" ············· 178
　第三节　南方世界主义与"无用的共同体" ·········· 196

余　论 ···································· 216

参考文献 ································· 222

导论　韦尔蒂的南方现代主义

现代性与地方主义的碰撞激发了各国作家、画家、诗人及摄影师们的艺术灵感，创作出无数不朽于世的名篇佳构。无论是鲁迅、爱尔兰诗人叶芝、法国画家保罗·高更，抑或是美国摄影艺术家沃克·埃文斯、南方"逃逸者"诗人与"重农派"作家，他们皆以艺术感触时代脉搏，铭刻一时一地跌宕起伏的现代史。在美国现代主义文人笔下，"地方"被描绘成反现代、反资本主义的世外桃源之地，未受消费文化与现代性的侵蚀。这在美国南方文艺复兴文学中最为常见，彼时南方常被塑造为"抵抗现代性的堡垒，因其圣洁美好的土地，深厚的传统文化才能再次开花结果"[1]。及至20世纪，地方主义蓬勃发展，在在敷衍墨客文人"对远离堕落现代性而与世隔绝之幻想"[2]，对安定与淳朴生活之怀念，唯因现代性与腐朽生活、暴力动荡、焦虑不安已轩轾不分。地方主义所极力想象和维护的不只是稳定纯朴的传统生活方式，更重要的是建立于地方之上的集体认同感和自足的地域身份。

地方文学以一地地理风貌为背景，展现其中鲜明独特的思想价值观、态度信仰、文化习俗等。地方通常坐落于现代工业文明之外，经济文化落后，地方传统风俗盛行，不同阶层和种族人群交织，人性的不同侧面得以充分展示。这一文类同时生动记录了地方语言特色，淋漓尽致地表现方言的细腻与微妙，人物性格跃然纸上。

---

[1] David McWhirter, "Eudora Welty Goes to the Movies: Modernism, Regionalism, Global Media," *Modern Fiction Studies*, vol. 55, Spring 2009, p. 70.

[2] Philip Joseph, *American Literary Regionalism in a Global Age*, Louisiana State UP, 2007, p. 3.

在马克·吐温、福克纳、弗兰纳里·奥康纳、薇拉·凯瑟等人笔下，浓郁的地方景致、鲜活的人物形象、幽微的义理旨趣艺术性地融合一处，启人深思。

尤多拉·韦尔蒂(1909—2001)的文学创作以全景式地描绘美国南方密西西比州的小镇生活而蜚声文坛。她精于状写方言俗语、风土人情，落笔之处趣味丛生，文墨生涯亦屡获普利策奖、国家图书奖、美国笔会/马拉默德奖等重要文学奖。1999年，韦尔蒂成为首位跻身"美国文库"的在世作家。她的创作主题多样、风格多变，被哈罗德·布鲁姆称赞为"与同时代的福克纳、海明威齐名的一流叙事大师"[1]，乔伊斯·欧茨则激赏韦尔蒂的笔语在"对女性的飞短流长的无限崇拜背后，是透过生活表层的深刻洞察，冷峻而犀利"[2]。

虽然韦尔蒂一直强调反对以"地方文学"定义自己，认为这一标签"无法准确呈现建立在地方生活素材基础之上的艺术创作"，即"对生活的书写"[3]，她的文学实践从形式到内容却是地方文学的最佳写照。贯穿其中的永恒主题是对密西西比小镇生活——文化习俗、人间百态、社会变迁——的反复与多维透视。对南方方言俚语传统的生动描绘，不唯展演地方人物性格和复杂心理样态的需要，更折射小说家对南方特殊种族与阶级史的洞察。韦尔蒂的文学世界常见华裔、非裔等少数族裔与外来者的形迹，这些他者的形象是沉思种族冲突与社区及南方共同体的重要依据与道具。

弗兰纳里·奥康纳认为，于作家而言，"会意自我的途径是会

---

[1] Harold Bloom, "Introduction," *Bloom's Modern Critical Views: Eudora Welty*, Harold Bloom, ed., Chelsea House, 2007, p.10.

[2] Joyce Carol Oates, "The Art of Eudora Welty," *Eudora Welty: A Collection of Critical Essays*, Harold Bloom, ed., Chelsea, 1986, pp.71-72.

[3] Eudora Welty, "Place in Fiction," *The Eye of the Story: Selected Essays and Reviews*, Random House, 1978, p.132.

意家乡……对故乡的背弃意味着作家自我和社会价值的迷失"①。诚哉斯言,地方与家乡亦是韦尔蒂文学版图的重要风景,既"蕴藏一地之精神信仰",亦是"虚构小说的生命源泉",因而理应"成为作家笔下世界的中心所在"②。这一"地方美学"是韦尔蒂文学地方主义的最佳证言与宣言。

韦尔蒂的地方书写颇有现代主义之风,字里行间易见伍尔夫(是其"文学引路人")、叶芝、福克纳等人的显著影响。她的地域现代主义在风格创新上兼收并蓄,在义理呈现上大胆深刻,常展现出现代进步主义的价值观与立场。面对南方现代性,韦尔蒂的现代主义从不消极甚或"反动",也未像"逃逸者"文人一般对现代性变革嗤之以鼻,耽溺于对旧南方、"旧秩序"的缅怀,而是积极地拥抱变革,变革不是毁灭,却是为南方执示重大意义与真理的契机。如此,韦尔蒂的地域现代主义竭力从不同侧面展现南方现代转型的阵痛——若隐若现的异化之感,经验的日益贫瘠,家园与社区的分崩离析,传统南方道德风范的日渐失守。与南方文艺复兴作家不同,韦尔蒂从未旗帜鲜明地批判现代性与消费文化的渗透与破坏,亦不汲于文学的道德教化或政治使命,而是关注"瓦解的世界"表象背后的心理、物理与病理。因此,寻绎吟玩韦尔蒂与南方现代性的遭遇、演绎、哲思,成为中外学界的重要课题,对作家笔下"南方的女性和女性的南方"世界的辨析钩沉或能勾勒南方现代性的不同面相。

韦尔蒂的现代性立场一直暧昧婉转,学界常以其对"重农派"作家的品评为思考立足点。在《地方与时间:南方作家的遗产》一文中,作家提到,"对他们故乡的破坏,工业化,标准化,在在的剥削劫掠,生活的庸俗化,都被视作北方资本对南方个体精神的侵犯,

---

① Louise Westling, *Sacred Groves and Ravaged Gardens: The Fiction of Eudora Welty, Carson McCullers, and Flannery O'Connor*, U of Georgia P, 1985, p.34.

② Eudora Welty, "Place in Fiction," pp.118, 129.

虽然也许有些荒唐可笑……重农主义或许有幻想和英雄主义的一面,只是被历史无情地践踏了"①。格莱朗德认为,这段观察充分说明韦尔蒂对待现代性和南方历史的态度跟"重农派"和"逃逸者"文人迥然相异,她"从未因为'旧秩序'遭到破坏而满腔悲愤,更不像某些'重农派'作家那样,耽溺于对旧南方的缅怀之中,她对地方和传统的立场极为微妙"②。格莱朗德的评价肯綮且重要,韦尔蒂似乎从未对现代性口诛笔伐,对历史传统也无荡气回肠的悲情。她的女性身份使其立场必然微妙——超越地方主义和传统主义而得采积极、进步的态度观察南方现代性与现代化。例如,在《大网》《水仙花》(早期)、《漫游者》《三角洲的婚礼》(中期),及荣膺普利策文学奖的《乐观者之女》(晚期)中,心理、地理、家园的转变是不变的母题。著名南方文学批评家波尔克认为韦尔蒂的作品如《漫游者》流露出拥抱发展与变革的迹象,"变革是机遇而非毁灭,新的事理,新的社会结构,都能为生活带来崭新、蓬勃的启悟"③。

与此相对,以波恩为代表的一派学者则坚持韦尔蒂作品中瞩目的重农思想烙印,视其地方主义与"地方美学"为一种反发展美学,它"支撑和保存着一种特殊的新重农意义上的'南方'"④;不仅如此,韦尔蒂的小说(尤其是《败局》)与批评随笔中亦投射出"新重农派南方文学批评在理念上无法、意识形态上也不愿严肃地思考地方发生的物质和地理变化,以及与之相应的虚构文学中的叙事

---

① Eudora Welty, *Occasions: Selected Writings of Eudora Welty*, Pearl Amelia McHaney, ed., UP of Mississippi, 2009, p.166.

② Jan Nordby Gretlund, "Eudora Welty," *A Companion to the Literature and Culture of the American South*, Richard Gray and Owen Robinson, eds., Blackwell, 2004, p.506.

③ Noel Polk, *Faulkner and Welty and the Southern Literary Tradition*, UP of Mississippi, 2008, p.21.

④ Martyn Bone, *The Post-Southern Sense of Place in Contemporary Fiction*, Louisiana State UP, 2005, p.ix.

转变"①。

关于韦尔蒂作品的变革论有两点值得注意：一是学者多以零散的一两部作品为据，一鳞半爪，结论推衍难令人信服；二是对变革背后至关重要的"现代性"这一概念付之阙如。（南方）现代性②不唯是韦尔蒂作品里的重要风景，更是作家现代主义创作美学与进步主义价值观的思想源泉。韦尔蒂的文墨生涯虽发轫于欧美现代主义之末，却独采众家之长而成惊悚诡异的地方现代主义，既含蓄蕴藉又幽光频闪，受到福特·马多克斯·福特、凯瑟琳·安·波特、爱丽丝·沃克、托妮·莫里森、乔伊斯·卡罗尔·欧茨等不同时代文人墨客的激赏。韦尔蒂"毫无畏惧，鲜有白人作家能像她那般公正诚实地书写黑人的生活"，莫里森如是指出，"不带丝毫傲慢偏见或美化浪漫地描写他们"③。

1983年，韦尔蒂在哈佛大学威廉·梅西美国文明史讲坛发表"倾听""习察""求声"三次演讲，讲稿后以《作家起航》集结成书，名列《纽约时报》畅销书榜长达46周。同年，董鼎山在《读书》杂志撰文，从《南方的传统》角度将韦尔蒂正式引入我国读者视野，但未获太多关注。及至20世纪90年代韦尔蒂的著作被收入《美国文库》之后，国内对韦尔蒂的研究与译介方才逐渐升温，引起越来越多学者的关注。韦尔蒂共写作五部长篇小说、四本短篇小说集，及大量随笔、散文、书评与摄影作品。虽然普利策获奖小说《乐观者之女》已有三个中译本（1974，1980，2013），短篇小说集《绿帘》（2012）与《金苹果》（2013）也先后被翻译，但翻译的广度和研究的深度仍显得颇有不足——不仅局限于少数几篇较为人知的获奖作品如《旅

---

① Noel Polk, *Faulkner and Welty and the Southern Literary Tradition*, p.21.
② 美国史学界一般将1930年至1950年定义为"现代南方"时期，依此本书将重点考察韦尔蒂在此期间及前后的文学创作。不过，考虑到涉及其中的性别、种族、共同体等议题同样出现在《败局》（1970）、《乐观者之女》（1972）等重要后期作品中，相关论述将穿插引用、比附各个时期作品，以更好地格义致知。
③ Qtd. in Mel Watkins, "Talk with Toni Morrison," *Conversations with Toni Morrison*, Danille Taylor-Gutherie, ed., UP of Mississippi, 1994, p.47.

行推销员之死》《走过的路》,且难脱颠覆性女性形象、神话改编、怪诞书写等传统主题的窠臼。例如,平坦的博士论文(2010)揭示了韦尔蒂、卡森·麦卡勒斯、弗兰纳里·奥康纳等作家通过颠覆传统南方女性角色、解构"南方女性神话",从而构建全新的现代女性身份。陈丽的研究考察了韦尔蒂笔下的"女性漫游者"形象与美国20世纪上半叶女性解放运动的历史关联。这些女性主义谱系研究触及韦尔蒂小说中常见的性别主题,反映出作家对美国社会第二波女权运动的接受。易言之,女性主义与现代性/现代主义在文学、经济、社会学等多个领域的密切纠葛在韦尔蒂的写作样本中同样找到例证。

女性主义维度之外,赵辉辉的著作以"身体隐喻"视角深刻地展示韦尔蒂对南方男权文化的反抗与妥协。赵辉辉强调,小说人物的身体经验既是作家书写女性觉醒和反叛精神的标识,亦"体现了美国南方社会对男权思想的建构与解构、颠覆与妥协互动的文化风貌"[①]。她对韦尔蒂笔下的神话引喻与南方淑女传统的细致离析,新人耳目、启人深思。

本书赞同赵辉辉的精彩论析与真知灼见,但更关注韦尔蒂"身体诗学""性别抗争"背后的(地方)现代主义美学,及其现代女性视角对南方历史传统甚至南方文化身份的宏观反思,试图将这两个议题放置南方现代性变革的历史背景之下。郭立颖在探讨《乐观者之女》时有类似的思考,认为韦尔蒂预言了"20世纪后半叶新南方将经历历史意识的解体、地方情结的消散与女性意识的觉醒",随着"南方逐渐融入美国社会主流文化的工业文明与消费文化之中"[②],传统道德规范解体,个人意志代替集体与地域身份,女性亦破除男权规约、追寻自己的价值观与未来。郭的研究取径和

[①] 赵辉辉:《尤多拉·韦尔蒂身体诗学研究》,中国社会科学出版社,2019年,第61页。

[②] 郭立颖:《萨勒斯山中的野玫瑰——〈乐观者的女儿〉中陪衬人物菲伊的形象分析》,《长春理工大学学报》(社会科学版),2010年第3期,第87页。

立论同样适合韦尔蒂创作于现代南方时期的作品——在那个时期,反叛的性别和身份思想与不拘一格的现代主义融合一端,更极端也更隐晦地表达对地方身份、性别秩序及家园与共同体神话的质疑。

相较于以上引人深思的论述,其他韦尔蒂批评视角则稍显平庸肤浅。受时代所限,已有相关怪诞与哥特研究常常执着于怪异人物与意象的罗列,缺乏对怪诞背后的、潜藏于文本肌理深处的矛盾力量的解剖。以今日有利视角观之,哥特/怪诞故事常是社会转型期时人恐惧焦虑心理的反映(爱伦·坡的作品是此一文类的典型),在性别、种族、阶级等固有秩序受到巨大冲击时尤甚。如此,韦尔蒂的怪诞写作或是(南方)现代性背景下南方社会转型之痛的文学见证。此外,既然哥特文类本身暗含性别焦虑,那么韦尔蒂的"女性哥特"便更多地蕴含着作者女性主义视角下对南方文化传统与身份政治的深思。

国外韦尔蒂研究起步早,方法多元,视野宏阔,涵盖种族研究、精神分析、神话原型、地方精神、男性气质等多重视角[1]。因"南方"与"南方文学"常与"地方精神"相提并论,"地方"或"地域"似乎是研究南方作家的必备密钥。虽然针对韦尔蒂的变革论格莱朗德与波恩各执一词,两人皆认同韦尔蒂的"地方感"或"地方精神"源于文学重农主义,这一南方农耕传统又是南方文化传统、家庭和社区伦理甚至南方身份的重要根基。韦尔蒂的地方美学被诠释为"捍卫地方和传统的有力说明"[2],其他学者如波恩则将之阐释为新重农主义意义上的地方书写,尽管她本人对重农主义持保留态度,"对重农派文人的理想亦无太大兴趣"[3]。1965 年,韦尔蒂撰文

---

[1] 自 1986 年起,《密西西比季刊》和《韦尔蒂评论》接连出版了《韦尔蒂研究成果目录》("Checklist of Eduora Welty Scholarship"),方便研究者参考使用。

[2] Jan Nordby Gretlund, *Eudora Welty's Aesthetics of Place*, U of South Carolina P, 1997, p.46.

[3] 转引自 Jan Nordby Gretlund, *Eudora Welty's Aesthetics of Place*, p.216.

《小说家必须为理想执着不懈吗?》,强调作家不必道德说教或是效忠于各种政治运动,对其时种族政治斗争展现难得的审慎立场。当然,与王尔德及爱伦·坡一样,韦尔蒂的非功利美学理想与现实文字实践未必一致,尤其涉及复杂隐微的文学艺术。

于作家韦尔蒂而言,捍卫地方不等同于捍卫南方传统,更不能化约为重农派作家们的文化理念。身处"新南方"与"现代南方"的转型时期,这些充斥男性文人想象的概念——"地方精神""南方身份""文化传统"——亟须仔细检阅。与莎士比亚、曹雪芹、福克纳、哈罗德·品特等作家一样,韦尔蒂常以家庭叙事隐喻变迁中的地域乃至国家政治,"家庭传统、家庭神话与分裂的力量发生冲突,外来者象征着崭新价值观的降临"①。分裂的力量即南方现代性触发的骤变,对家庭传统与神话以及象征意义的审视是韦尔蒂作品的核心议题之一。不仅如此,本书主张,除关注彰显新价值观的外来者形象和义理呈现,应同样瞩目生成新思想的文学形式,如反复出现的"旅行""游泳""越界"等。

空间视角聚焦韦尔蒂笔下的空间、地方对身份的形塑意义。对南方大宅建筑结构的研究展现房屋空间承载的个人与集体记忆、家庭与社区传统,而家庭—社区—南方家园的关联模式是韦尔蒂及整个南方文学的常见叙事设置。伯吉斯从自然景观的角度考察了家/房屋和家园的空间压抑感,"家是束缚,限制着女性自由移动的范围,强迫她遵循既定的家庭角色",而外面的自然世界则显得"无拘无束,开阔的空间让她自由行动,探索自我未来的道路"②。雷默思和帕特森也关注韦尔蒂笔下的家庭空间,尤其是"被建构的心灵港湾"所暗藏的温暖呵护与压抑恐怖之间的张力。在《三角洲的婚礼》(1946)里,"作为意识形态媒介的厨房空间也是

---

① Jan Nordby Gretlund, *Eudora Welty's Aesthetics of Place*, p.46.
② Cheryll Anne Burgess, "Out-of-doors: Representations of Nature in Sarah Orne Jewett, Willa Cather, and Eudora Welty." Diss. Cornell University, 1990, p.320.

探索叙事形式的自由空间",而不同空间中心的转变、家庭成员在种植园及三角洲边界的反复穿越暗示了"家和家园的生活方式没有'唯一'"①。空间与空间越界成为韦尔蒂反思甚而反抗南方文化传统与家园神话的叙事形式。

这些空间研究对思考韦尔蒂的早期作品极具借鉴价值。与媒介一样,空间在本体论与认识论上皆被赋予丰富含义——既是承载传统和身份的情感记忆结构,也是作者现代主义美学道具,在空间中突出"南方漫游者"(与波德莱尔的"都市漫游者"相对)心理、地理、物理的旅行与越界。这种女性主义越界反射出作家在南方现代性变革下对南方家园传统和身份政治的深刻反思。《三角洲的婚礼》中幽闭恐怖的家庭和社区传统,福柯式的权力监视机制,以及女性对越界的、物理与想象的旅行的渴求于《克丽泰》《丽薇》《金苹果》等小说文本肌理深处不可抑制地隐隐悸动。在思索这些议题的同时,本书竭力将作家的女性主义越界思想置于南方现代性变革背景下,探赜韦尔蒂如何以文学呼应现代性,从义理呈现到叙事实验。

国外学界的哥特视角将韦尔蒂的怪诞写作厝放南方哥特文学谱系之中,与查尔斯·布鲁克登·布朗、爱伦·坡、福克纳、麦克勒斯比附考察。《牛津哥特小说选》(2009)便选录霍桑、爱伦·坡、福克纳、韦尔蒂、安吉拉·卡特等人小说作为"哥特文类的最佳之作","以幽闭恐怖之背景演绎陈旧过时的思想和土崩瓦解降临时的感触"②。韦尔蒂的作品中在在可见可怖的血腥暴力、鬼魅灵异、压抑窒息,而她与爱尔兰哥特作家伊丽莎白·鲍恩的友谊亦令人充满无限遐想。布鲁姆认为韦尔蒂的写作临近黑暗的南方哥特小说,近似福克纳的《献给艾米丽的玫瑰》或奥康纳的《好人难寻》,

---

① Laura Sloan Patterson, *Stirring the Pot: The Kitchen and Domesticity in the Fiction of Southern Women*, McFarland, 2008, p.24.

② Chris Baldick, "Introduction," *The Oxford Book of Gothic Tales*, Oxford UP, 2009, p.xix.

"关涉崇高的模式,在幻觉异象与暴力的现实主义之间有更加鬼魅的界域"①。苏珊·唐纳德森提出异议,主张韦尔蒂的叙事不同于传统南方哥特小说,而主要表现20世纪上半叶日益严重的"由性别角色变化引发的地方焦虑"②。

露丝·韦斯顿赞同唐纳德森的观察,但仍倾向将韦尔蒂的创作定义为经典哥特叙事,因为,从形式上看,作家笔下的背景设置、叙事技巧、意象塑造、人物刻画等都充斥着哥特式的元素。韦尔蒂对地方的强调"本身即旨在强化特殊的哥特效果"③,她对哥特文类传统和典型结构的运用是"女性和一些男性对自我追求的反映"④。此外,韦斯顿同样瞩目于韦尔蒂小说中压抑空间的窒息感,"人物的言行受制于哥特时空中愈发压抑的爱或服从要求,这让他或她觉得处处受限,不合情理"⑤。作家正是通过"虚构的束缚性的边界与空间,展演令人费解的人与人之间的压制、隔绝及紧张的关系"⑥。韦斯顿对哥特空间、"服从要求"、压制与紧张的关系等概念的使用虽稍显宽泛,未能详细展开,但对作家哥特写作背后现实关切的触及却启人心智。

值得注意的是,阿尔弗莱德·艾珀尔反对以南方哥特定义韦尔蒂的虚构世界,直陈作家"鲜有设置传统哥特的牢笼困境",准确而言属于南方"怪诞"书写;即便是《紫线帽》《克丽泰》《燃烧》等小说也不如"《献给艾米丽的玫瑰》那般阴森恐怖",因之"旨在传达一

---

① Harold Bloom, "Introduction," *Bloom's Modern Critical Views: Eudora Welty*, Harold Bloom, ed., Chelsea House, 2007, p.10.

② Susan Donaldson, "Introduction: The Southern Agrarians and Their Cultural Wars," *I'll Take My Stand: The South and the Agrarian Tradition*, Louisiana State UP, 2006, p.568.

③ Ruth Weston, "Eudora Welty and the Short Story: Theory and Practice," *A Companion to the American Short Story*, Alfred Bendixen and James Nagel, eds., Blackwell, 2010, p.3.

④ Ibid., p.182.

⑤ Ibid., p.56.

⑥ Ibid., p.173.

种个人与社会的异化扭曲之感"①。"对个体人性的肯定",艾珀尔断言,"反映出作家弥合世界裂缝的艺术追求"②。即便韦尔蒂一再否定艺术的道德说教功用,艾珀尔的研究却另辟蹊径,揭示哥特叙事、性别焦虑之外的社会思考维度。遗憾的是,至于"个人与社会的异化扭曲之感"究竟为何,艾珀尔未作深究,对作家如何"弥合世界裂缝"也未置一词。

唐纳德森、韦斯顿及艾珀尔等人的研究从不同角度指向了韦尔蒂南方叙事的现实感与现实关切,向读者推演了哥特叙事背后潜在的现实政治,因为一直以来,哥特文类被视作远离政治历史、立场保守的文学体裁。韦尔蒂则以恐怖叙事呈展美国南方现代转型期人们对压抑的性别、种族、阶级秩序的怨愤。易言之,作家对哥特文类的青睐有着深刻的现实考量,与南方现代性、历史文化、南方共同体身份政治密切相关。本书将尝试以"现代女性哥特"的视角考察韦尔蒂文学的恐怖美学与政治。

韦尔蒂一生除短暂负笈纽约外,大多深居简出,文学写作与摄影是她关注与思考南方社会变迁的工具。简单纯粹的家庭与写作生活让人不禁想起艾米丽·狄金森。与狄金森一样,韦尔蒂熟读圣经与古希腊罗马神话故事,并将之熔铸笔端,隐晦地传达对南方家乡日常生活和文化历史的深思。约瑟夫·米利查普指出,西方经典神话是"韦尔蒂具有自传色彩的史诗文学的重要构成"③。在文本叙事中,对神话英雄人物的影射,诸如尤利西斯、赫拉克勒斯、玻耳修斯等,既有助于"塑造人物的行为规范",亦便于"道德审判"④;不仅使"读者的阅读体验更加丰富",也易于探讨和揭示"人

---

① Alfred Appel, Jr., *A Season of Dreams: The Fiction of Eudora Welty*, Louisiana State UP, 1965, pp. 75-76.

② Ibid., p. 103.

③ Joseph Millichap, *A Backward Glance: Southern Renascence, the Autobiographical Epic, and the Classical Legacy*, U of Tennessee P, 2009, p. 178.

④ Zelma Turner Howard, *The Rhetoric of Eudora Welty's Short Stories*, UP of Mississippi, 1973, p. 4.

性的真相……小镇社会生活的肤浅和空虚"①。这些神话研究的取径不仅关注神话引喻的美学功用,更注重揭示其背后的现实关切。例如,梅琳达·斯诺在审视《三角洲的婚礼》对神话人物埃涅阿斯和西比尔的影射时提出,神话巧妙地表达了韦尔蒂笔下传统与现实的对峙,"对于小说中的传统社会,集体身份建立于过去和现在的交错融合,而眼前的世界却是反传统的世界,这是其他类似社会都难免遭遇的境况"②。小说中,南方的历史传统蕴藏于南方古宅、家具物事、先辈画像甚至人物姓名之中。这些事与物激发的记忆空间成为连接过去与现在的纽带,也是作家对"反传统"时代的见证与回应。

那么,韦尔蒂笔下的"反传统"世界究竟如何或为何?斯诺对此付之阙如,她的论点倒和其所征引的多萝西·格里芬的研究颇为相似,后者专文论述了《三角洲的婚礼》中建筑与神话问题,认为谢尔芒德种植园的生活"不仅充满了历史过往,它本身即是历史。肖像挂画、先辈传奇、旧物回忆将历史融入家庭日常生活之中"③,抵御"无处不在的凶险的外部世界"④。格里芬对小说中建筑与历史记忆的探析引人入胜,对历史与现实之冲突的触及也启人深思,这也是本书的兴趣所在。显而易见,无论是哥特文类的争辩,抑或神话和建筑的研究,都指向了韦尔蒂小说创作的现实维度,她多元善变的写作风格皆是对南方历史和现实的忠实记录与深刻思考。韦尔蒂直陈文学写作的方法和使命,便是书写一时一地的日常现实生活经验,以想象之舟探索、接近真理。不管是神话或童话故事产生的疏离感,或是现实主义的真实体验,皆是为了传达对当下生

---

① Philip Joseph, *American Literary Regionalism in a Global Age*, Louisiana State UP, 2007, pp.59-67.

② Malinda Snow, "'Oft in the Stilly Night': Past and Present, Myth and Identity *in Delta Wedding*," *Eudora Welty Review*, no.1, Spring 2009, p.94.

③ Dorothy Griffin, "The House as Container: Architecture and Myth in Eudora Welty's *Delta Wedding*," *Mississippi Quarterly*, Fall 1986, p.528.

④ Ibid., p.530.

活的思索,文学"聚焦于此时此刻,或者借由历史转换成的此时此刻,因为小说是关乎现在的体验。虚构文学是理想的叙事架构,透过它,我们当下个人生活的情感和意义得以呈现"①。

虽然前述不少论者已觉察作家笔下的现实感和现实指向,却鲜有研究真正深入考察这一议题,尤其考虑到作家对写作现实意义的反复声明。在"变化""历史""现实""威胁""反传统"这些关键词中,我们能够感受到作家对美国南方进步与守旧、现代与传统、变与不变的大辩论的跟踪思索,这至少可追溯至南方文艺复兴。马里昂·蒙特格雷认为,韦尔蒂研究中的现实性缺乏其来有自,她的小说本身"暧昧不明,拒绝社会历史化的解读"②。迈克尔·霍布曼则批评学界未能有效领会作家对时代和社会语境的介入,因为"韦尔蒂从不浪漫化山区人民的生存境况,拒绝将他们描绘成不谙时事世事或社会变化的傻子"③。虽然霍布曼未能进一步解释具体的"时事或社会变化",但其观察毫无疑问揭示了作家写作的重要潜文本,也与韦尔蒂本人开诚布公的文学立场若合符节。

大卫·麦克维特在考察韦尔蒂"电影现代主义"的结论中指出,"彰显、保存现代性旋涡中地方的价值的唯一途径就是保持开放——时间与空间的开放使得地方能够参与不断'全球化'的对话之中"④。麦克维特的评论指向了作家现代主义美学背后进步、开放的立场。面对南方历史传统,韦尔蒂并不因循守旧,而是以积极

---

① Eudora Welty, "Place in Fiction," *The Eye of the Story: Selected Essays and Reviews*, Random House, 1978, p.117.

② Marion Montgomery, *Eudora Welty and Walker Percy: The Concept of Home in Their Lives and Literature*, McFarland & Company, Inc., 2003, p.6.

③ Michael Hoberman, "Demythologizing Myth Criticism: Folklife and Modernity in Eudora Welty's 'Death of a Traveling Salesman.'" *The Southern Quarterly*, vol.30, 1991, p.33.

④ David McWhirter, "Eudora Welty Goes to the Movies: Modernism, Regionalism, Global Media," *Modern Fiction Studies*, vol.55, Spring 2009, p.85.

的态度拥抱开放和变革——这正是《漫游者》《风》等小说的显性主题。不过,笔者认为,"现代性"在韦尔蒂的作品中并非毋庸置疑的历史语境,而是需要仔细推敲、兼具主题与形式意义的重要概念。此外,麦克维特的研究尚留另一关键议题亟待解决,即韦尔蒂究竟如何保持时间和空间的开放,使她的南方家乡参与全球化变革的进程?易言之,韦尔蒂如何建构了一种开放的现代主义"时间"与"空间",它们又如何传达一种现代(性)立场?美国《现代主义文学研究》杂志2009年曾出版专刊《地方现代主义》"重思全球与地方视角下地方作家和现代主义研究的关系"①。考虑到20世纪上半叶电影在美国南方的流行及对韦尔蒂、福克纳等作家的重要影响,麦克维特的"电影现代主义"绝对是"地方现代主义"的剀切示范。但同样有趣的是悬而未决的南方作家笔下的现代主义时空问题,理论界的"空间转向"也使韦尔蒂研究迎来富有启示的空间视角,空间或许是解答她的现代主义时空和现代性立场的有效进路。

20世纪70年代以来的"空间转向"旨在反抗此前现代主义研究中盛行的历史主义和时间观,强调空间、地方、地理在日常生活和文学实践中同等重要的地位,是"共时性"对"历史性"的新胜利,代表性理论家包括德勒兹、列斐伏尔、大卫·哈维、爱德华·索亚甚至詹姆逊等。例如,索亚激进的人文地理学以"社会—空间"辩证法和"历史—地理"唯物主义为批评理论,重构空间性与空间体验为社会批判的重要维度。在其扬名之作《后现代地理学》一书中,索亚提倡一种理解"社会生活的空间性的批判性敏感性",认识到"历史和地理语境中社会生活同时积极地融入时间和空间之中"②。他希冀以对社会生活经验空间化的重构引起人们对"时间、空间和社会生活三位一体关系的关注",塑造对"历史、地理及

---

① Marjorie Pryse, "Afterword: Regional Modernism and Transnational Regionalism." *Modern Fiction Studies*, vol.55, Spring 2009, p.190.

② Edward Soja, *Postmodern Geographies: The Reassertion of Space in Critical Social Theory*, Verso, 1989, p.11.

现代性"①辩证互动关系的新认知。

对韦尔蒂作品的空间研究并非意在强调其日常生活批判性,而着意突出空间、历史及作家文学现代性三者之间的关联。重思空间而非时间(包括如时间意识、线性时间或时间断裂等)之于现代派作家的意义,在近几年的中外学界已蔚然成风,仅论著一类便有安德鲁·萨克尔的《移动进入现代性:现代主义中的空间与地理》(2003)、《现代主义、空间与城市》(2016),嘉瑞·史密斯和克洛夫特所编《现代文化中的家庭空间再现》(2006),《现代主义的乌托邦空间》(2012),《英美现代主义的流浪地理学》(2010),《移动的现代主义:运动、技术与现代性》(2016)等。在这些研究中,空间已非传统意义上空虚纯粹的活动场所,而是被视作铭刻社会政治及历史文化意义的结构,充斥着欲望与冲突,记忆与情感,性别、种族、阶级秩序,因而与主体身份的建构密切相关;空间也绝非固定静止的容器,而可以由移动和运动所定义,恰如米歇尔·塞尔托所言,"是运动元素的汇聚……由运动整体而构成",且"流淌着历史"②。格罗斯伯格从另一角度阐述了"运动"的空间——"是由不同力量的关系形成",关涉"目标,方向,出入口通道等"。一言以蔽之,空间是"变化的地理,是变化的空间化"③。虽然格罗斯伯格对空间的定义含混不清,但他所言的地理运动和力量关系构成的空间,或曰运动变化产生的空间感,和塞尔托确有共同之处,仍是值得借鉴的观察。

从传统的如《了不起的盖茨比》中的城市空间,到马克·吐温笔下密西西比河的地理空间,再到塞尔托式的运动的空间,空间的美学化和政治化将人物、地方、物事黏合在一起,成为一种崭新的

---

① Edward Soja, *Postmodern Geographies: The Reassertion of Space in Critical Social Theory*, Verso, 1989, p.12.

② Michel de Certeau, *The Practice of Everyday Life*, trans. Steven Rendall, U of California P, 1984, p.117.

③ Lawrence Grossberg, "The Space of Culture, the Power of Space," *The Post-Colonial Question: Common Skies, Divided Horizons*, Iain Chambers and Lidia Curti, eds., Routledge, 1996, p.180.

文学批评范式。另外值得注意的是,在现代主义文学研究中还存有一种与社会经验空间化相对的空间研究,即文本的空间化,首见于约瑟夫·弗兰克发表于1945年的颇具争议的长文《现代文学中的空间形式》。弗兰克提出,在现代主义文学尤其是小说与诗歌中,碎片或片段的瞬间并置会建构出一种空间经验,例如,在法国作家马塞尔·普鲁斯特的笔下,"过去和现在在某个时刻并现……这不是时间,而是某刻时间的体验,即空间"①。这同样见于小说情节当中,"对时间的抵制使'叙事流空间化',意义源于关系而非叙事推进","空间化的叙述常见于日常描绘"②。虽然弗兰克的叙事空间化观点略显宽泛,也不乏批评者,但他对文本空间的研究却颇有启示。在《文学的空间形式:理论的建构》一文中,以视觉文化研究著称的米歇尔进一步拓宽了空间化叙事的概念,解构了叙事中空间性和时间性的二元对立,强调文学作品中的时间经验与空间感密切相连、无法切割,空间"可以体现在对风景描绘的时间当中……一个作品做任何描写,并与其他事物发生联系,便会产生一种'共存数据结构',它可以是人物,器物,意象,感觉或情感……阅读过程中读者得以'观看'的视觉经验与感觉体验都是文学中的描述性空间"③。

米歇尔对叙事空间的论述——尤其是叙事描写中的空间体验——可见显著的弗兰克的烙印。他将文本空间阐释为一种视觉与感知空间,这能很好地解释诸如记忆空间、经验空间、认知空间甚至情感空间等概念。明乎此,"所有文学形式或结构的概念都有空间含义",不论是"我们观览一幅'地图',或是穿行文本的时间运动"④。正是叙事中的这种空间形式,"历史与时间才得以铺展在

---

① Joseph Frank, *The Idea of Spatial Form*, Rutgers UP, 1991, pp.26-27.
② Ibid., pp.91, 125.
③ W. J. T. Mitchell, "Spatial Form in Literature: Toward a General Theory," *Critical Inquiry*, no.3, Spring 1980, p.283.
④ Ibid., vol.6, p.552.

我们眼前,可观可感,文学阅读经验也因此变得生动确切"①。相较于米歇尔和弗兰克对叙事空间的早期探索,加百利·佐伦的《建构叙事空间理论》明显更切实际,且举证缜密,有不少值得借鉴的真知灼见。

佐伦将文学叙事中的空间分为三类:地志空间、时空体空间及文本空间。地志空间是叙事"地图",详列文本中的各种元素,"既指事物的地理位置,也指向它们的属性如颜色、质地、种类等"②,所蕴含的经验空间类似米歇尔所言的视觉空间和感知空间。第二类时空体空间与巴赫金式的时空体判然有别,强调的是由运动和变化构成的时空体。巴赫金的时空体以城堡、沙龙、小镇等相对封闭的空间环境为典型,是其内部事件、事物、心理、历史构成的有机整体。佐伦则将时空体空间划分为历时与共时性两类——前者凸显"空间承载或由空间本身构建的运动",空间是"一个坐标网络,方向具体,特点明确"③,决定运动方向的是作者、人物、关系或事件冲突的力量。不过,这些因素在运动的情况下亦可构成另一种共时性时空体空间。此类空间不仅仅指涉静止或固定的人与物,更强调一种拥抱静态的心理和立场,或是相对静止的运动,是"依附于某个空间环境的生存状态"。举例而言,南方文学作品中许多人物虽行走自由但一生都局限于种植园或社区"孤岛",他们/她们的生活状态趋于静止,流转的时光褪去意义,历史和事件固化而停滞在空间之中,一如《献给艾米丽的玫瑰》中没落贵族小姐艾米丽悲剧孤独的一生,或是韦尔蒂《失败的战局》中寸步不离家乡的沃夫奶奶。这些南方偏远小镇或种植园虽非与世隔离的孤岛,但仍可被视作停滞不前、固步自封的静态时空,因为社区生活缺乏"事件",只有循环性的对白、活动、人物,"无论历史时间还是日常生活

---

① W. J. T. Mitchell, "Spatial Form in Literature," p.563.
② Gabriel Zoran, "Towards a Theory of Space in Narrative," *Poetics Today*, vol.5, no.2, 1984, p.317.
③ Ibid., p.319.

的时间,它们那些具体可见的特征,都浓缩、凝聚、停滞"①在南方社区宅邸、乡景地貌当中。

因此,真正的运动应是"勇于从某一静止空间中逃离而越入其他空间环境的能力"②,恰如荷马史诗中跋山涉水、迎来自我救赎的奥德修,《三角洲的婚礼》中自由骑马、开启"无人看管的旅行"的雪莉。一言以蔽之,静止与运动的辩证关系是这类时空体空间的核心。考虑到现代主义文学对静止与运动的偏嗜,比如达洛维夫人、法国现代文学中的都市"漫游者"(flâneur),"流浪的"现代女性主体等,这一时空体空间将为探究韦尔蒂的女性哥特叙事及其现代主义文学与政治提供重要的参照。

最后,"文本空间"既是叙事空间,也涵盖各种文本元素之间的变化关系,如多重叙述视角、多维叙事结构、多变的句法及作家"隐含的目的"和文本中的权力动态关系等。塞尔托曾指出,文本空间中的"地图"与"旅行"值得特别关注,地图使读者认知"事物的秩序",而旅行则"将行动空间化","各类运动变得有序"③,在秩序与方向的背后洞察作家的目的。经典的例证便是但丁《地狱篇》中极富象征意义的向下旅行——倒三角的地狱结构指向中世纪的哥特建筑形态和其时的宇宙观,向下之旅成为探索魔鬼撒旦之恶的空间实践。向下的"堕落"之旅似乎也是爱伦·坡喜爱的叙事程式,例如《厄舍古屋的崩塌》(1940)中厄舍将他的姐姐活埋于地牢/地狱之中;《黑猫》(1843)的叙述者在向下进入地窖/地狱的路上用斧头将爱妻杀害;而《一桶蒙特亚白葡萄酒》(1846)里,向下之行则承载多重功能——作为推动情节的叙事动力,探勘人类阴森恐怖的"黑暗之心"及隐喻层面的"魔鬼之恶"。毫无疑问,这些运动的秩序性与方向性是作家有意为之,承载着重要的美学甚至政治意义。

---

① 巴赫金:《小说中的时间形式与时空体的形式》,载《巴赫金全集》第三卷,白春仁等译,河北教育出版社,1998年,第448页。

② Gabriel Zoran, "Towards a Theory of Space in Narrative," p. 319.

③ Michel de Certeau, *The Practice of Everyday Life*, p. 119.

对韦尔蒂作品的空间研究,不仅需关注诸如风景、地理、纪念碑、房舍等地志空间,也应仔细考察唤醒记忆与"空间感"的物事,如家具装饰、画像雕塑、古旧物品等。但更为关键的是作家笔下反复出现的、越界的运动——既有逃离现实空间的移动和旅行,也有幻想中的漫游和远行。"女性漫游者"是韦尔蒂文学现代性的重要表征,而这又进一步形塑了作家的历史叙事政治。它们共同揭示出韦尔蒂对南方文化神话和共同体政治背后男权机制的质疑,同时传达其进步的女性主义身份政治思想。循此,本书将以"重思南方""去魅南方""重构南方"三层递进主题分而论之。

第一章首先聚焦南方现代性背景下韦尔蒂如何以地志空间中的回访与回归激活历史记忆、重思南方文化与身份。韦尔蒂笔下的南方现代性既指在南方渐趋流行的电影、摄影等现代科技,也涉及现代交通方式、工业化、消费主义乃至民族主义的涌现。作为现代科技与技术理性的典范,摄影颠覆了传统的时空观,改变了以往的认知图式,使南方人民惊奇欣喜之余,不禁顿生"驯化"之虞。它所捕捉的静止打破了时间与生命的律动,是一种"死亡面模"[①],也是"死后的震惊"[②]。这一"驯化"和"死亡"的经验正是重农派作家/"逃逸者"诗人对现代工业资本主义最尖锐的抨击。

火车是现代主义作家笔下最常见的道具之一,它的运动与力量、速度和恐怖,既喻示对新世界的美好期待,也隐藏了加速变革的时代无法确知未来、无从把握命运的焦虑。韦尔蒂故意将火车、汽车与传统马车并置,在尽显技术现代性的同时,反衬现代性和机械化"狰狞的面相",因为对南方保守主义人士而言,汽车、火车等现代机器自身的失控和威胁,对传统生活方式和自然环境的冲击,实远甚于它的进步、文明和诗意。这种反现代的激进立场在静态

---

① Susan Sontag, *On Photography*, Picador, 2001, p.154.

② Walter Benjamin, "On Some Motifs in Baudelaire," *Walter Benjamin: Selected Writings*, vol. 4, 1938—1940, Howard Eiland and Michael W. Jennings, eds., Harvard UP, 2006, p.328.

封闭的种植园时空中得到了最淋漓尽致的展现。

除了物质世界的剧变,南方社会也见证了思想观念上的现代性,尤其表现在对达尔文主义与科学进步论的热情响应,20世纪上半叶南方轰轰烈烈的优生运动便是明证。韦尔蒂以充满戏谑的象征性叙事,揭示优生学对南方传统社会的冲击,及背后所掩藏的美国现代化时期的民族主义意识形态。它进一步巩固了南方社会根深蒂固的性别与种族秩序。

在如此剧变、冲突、碰撞中,韦尔蒂的小说铺陈乃至操演了"现代性的震惊"[①]对南方社会所造成的前所未有的冲击:经验贫乏、人性异化,传统社区共同体与家庭渐次瓦解,传统伦理道德逐渐沦丧等。因而小说主人公们不断地重返故乡,重入南方古旧的大宅,体察历史与传统的空间。作家对南方大宅空间精神性的呈现,对其中历史遗物、持家仪式、家庭传统的细致描绘,以及海德格尔式"筑、居、思"的哲性反思,皆旨在激活集体记忆、培养一种尼采所言的"历史感受力"。必须指出的是,她强调对历史传统的追念甚至沉迷无法也不应延续南方的传统社会形式,"历史的功用在于教诲而非禁锢"[②];相反,如"逃逸者"诗人及重农派作家一般,一味沉湎甚而迷信过去,将之变成某种神话,只会进一步强化现实世界中的各种社会、性别以及种族等级秩序。

本书第二章重点剖视韦尔蒂对各种"南方神话"的质疑和批判——不论是南方历史、"地方精神"还是"独特"的南方家园和共同体。本章细致地辨析、拷问韦尔蒂笔下的这些南方"特质"为何未能支撑或激发生活,相反却压抑人性,甚至摧残生命,这

---

① Walter Benjamin, "On Some Motifs in Baudelaire," pp. 313 – 355. 拥挤熙攘的人群、工业化机器、电影技术等造成破碎、孤独的经验是典型的现代性"震惊"(shock)。分裂的经验无法进入意识或沉淀为记忆,因此现代性被体验为日常生活中的断裂、混乱、异化。

② Eudora Welty, "The House of Willa Cather," *The Eye of the Story: Selected Essays and Reviews*, Randon House, 1978, pp. 45 – 46.

可从作家的现代女性哥特叙事中尽窥堂奥。除了融入"暗恐"、暴力、死亡等(男性)哥特元素,韦尔蒂的女性哥特更措意观照女性受困于封闭的内部空间(家庭/社区/婚姻/女性身体),以恐惧、幻想甚至投缳反抗南方社会的保守与等级秩序。如果重农派作家/"逃逸者"诗人对南方现代性的拒斥已难掩潜在的男性危机,那么韦尔蒂的现代女性哥特在揭露"危机"之余,号召南方人民正视不可抗拒的现代化潮流,并以此为契机,反思和纠正南方社会的种种弊病。

借助福柯的"监狱机制"理论,本章进一步揭开南方文化和传统(如婚姻、家庭、社区伦理)对女性个体的囚禁与规训。韦尔蒂不遗余力地反复呈现个体的越界与社会管控之间的各种矛盾冲突。由此,穿越各类空间(尤其是家庭/家园)的运动——物理、想象抑或是叙事空间——不仅旨在打破各种禁锢与禁忌,获取自由和新知,更意图实现一种自我解放与升华裂变。在这些探讨女性经验、求知求变的叙事中,韦尔蒂向读者展示了通往自然界、远离家室的"女性移动"能够突破日常生活的规训,拥抱和想象冒险与自由的体验。既然旅行(如打猎、冒险)历来被视为彰显男性气质和特权的场域,那么韦尔蒂的"移动"叙事则凸显出女性的越界与解放,这也是其现代性的重要标记,因为"现代"的含义便是关于冒险,关于成长与裂变,及对自我身体与情感的热烈探寻。

如果现代性对女性而言是一种"反家"的表达——家是监狱与牢笼,那么韦尔蒂的女性流浪叙事映射出对南方社会性别等级制度的批判——尤其是南方文化传统对女性的建构与规训。如果对南方身份和历史传统的定义历来是南方白人男性作家的"特权",旨在建构统一的南方身份与共同体的同时,进一步强化以男权为主导的社会和文化规约,那么韦尔蒂"反家"的现代女性哥特与女性流浪主义便呈现出尖锐而深刻的象征意义:离家的女性流浪主义既是探寻女性经验与主体性的现代主义叙事,更意图挑战家庭/家园背后南方社会等级制度和男权思维方式。她希冀以越界的女性流浪叙事消解统一、"独特"的南方身份和共同体神话。

第三章紧扣韦尔蒂具有世界主义特征的南方共同体思想展开。本章首先将作家的现代女性叙事置于"新女性"的文化知识谱系当中,通过对在美国南方传播的现代电影、报刊及作家本人书评影评的抉剔爬梳,重构韦尔蒂的现代主义叙事与女性主义政治。韦尔蒂的南方现代主义的矛头所指是根深蒂固的旧传统以及重农派文人对这一传统的巧辞辩护和神话性建构。毫无疑问,重农派对资本主义弊端的揭示与批判深中肯綮、极有效力,但与此同时,不应忽视潜藏在这些社会批判背后的更多复杂的问题。他们祭出的南方传统大旗清晰耀目,传统背后显现的底色却斑驳不堪,深陷于继承、批判、迷恋的旋涡之中,因为岌岌可危的合法性而无限挣扎、无法自拔——对单一南方共同体与身份神话的霸权建构的根本目的便是延续以白人男权为中心的"例外主义"封闭等级社会。南方的历史和文化传统以"旧南方"的奴隶制文明为根基,经南方文艺复兴作家的想象性建构和宣扬,呈现出明显的白人男权烙印。而对南方的他者化则进一步巩固了这一等级秩序结构,赋予其深刻"合法性"——当美国(北方)在现代化道路上疾驰时,南方被建构为一个传统有序、贫穷落后、未受现代性腐蚀的世外净土,与自由、民主、发达的北方正好相对。在这一双向建构过程中,南方地方主义者以"独特"的南方历史文化推动多元美国文化与社会的意识形态,掩饰南方保守社会的内部矛盾与重重危机。

唯因如此,韦尔蒂反对"地方作家"这样的标签,也谴责对"南方"别有用心的操纵和挪用——尤其是来自南方内部的(男权)作家。在颠覆统一的南方身份和共同体神话的同时,她书写了与众不同的女性主义南方共同体理想——近似让-吕克·南希所言的无法预设的"无用的共同体"。这一共同体理想对任何宣誓的(狭隘)身份表达都保持警惕,提撕世人不断省察排他性身份宣誓表象下的社会与文化规约;同时,对自我内外的陌生他者应积极地保持"去蔽",只有主动去面对、应对甚至体察陌生的他者性,自我对他者的防御性建构才会终止和消解,个体、社区共同体乃至整个国族莫不如此。在更深的层面,韦尔蒂"无用"的南方共同体理想体现出浓厚的地域世界主义色彩。她不宣扬普遍主义的世界大同观,而是强调开放的互动和交流,反对保守主义与自我封闭,倡导与文化认同和身份政治保持批判性距离。

和福克纳、艾伦·泰特等南方文艺复兴作家不同,韦尔蒂从不钟情"南方家庭史诗"这一男性题材,而是以求知求变的现代主义女性移动叙事,倡导应对现代性的积极立场:只有打开封闭固化的社会等级制度,南方才能在现代性变革中更好地认识和传承自己的文化传统。韦尔蒂以女性离家的自我流浪呈现危机和对峙,其反叛的女性现代主义成为20世纪上半叶看似众声喧哗的南方文艺复兴中极重要的主题变奏:不但颠覆了历史传统中白人男权对"独特"、"统一"的南方家园和共同体神话的霸权建构,且能超越时间与空间的桎梏,洞察统一身份政治背后的规约性排他思维。

"9·11"事件后,哲学家朱迪斯·巴特勒号召美国重新认知对"世界他者"的政治与伦理责任,深入反思"认同"(政治、文化、生命等)背后的排他性准则。对于共同体想象中的排他性身份宣誓与认同政治,韦尔蒂与巴特勒不谋而合。不仅如此,韦尔蒂以想象的文学之舟,邀请读者在(幻想的)越界性旅行和流浪中,探索异质性的空间,思考非主流的、去中心化叙事的意义。这些哲学思想的碰撞与激荡,在全球政治文化冲突不断、民族主义高涨的今日,应有不一般的启示。

第一章　重思南方：历史空间下的回归

> 南方是一种浸润于地方和时间的文化。历史在南方清晰可见、意义深远。
>
> ——克林斯·布鲁克斯①

对于南方作家而言，南方的历史和现实是无可回避的话题。即便是偏好以欧洲为小说背景的爱伦·坡，南方的种族和历史也不时在叙事线索中暗暗涌动。间接隐晦的叙事距离恰能使作家客观冷静地审视美国南方的文化政治与历史问题，尤其是惨痛的"内战"与"吉姆·克罗法案"所唤起的关于南方种族与政治经济的思考。和福克纳、奥康纳等同时代作家一样，韦尔蒂并不将南方不光彩的历史描绘为无可言说的创伤，而是省察工业资本主义阴影下变革、进步、文化身份等议题的肇端。在她的笔触之下，南方传统家庭和社区中静态的历史文化与南方经受的、持续的现代性转型形成一种张力，矛盾和冲突因人们的性别、心理、观念上的深刻差异愈演愈烈、一触即发。物理空间中的物是体认韦尔蒂小说中南方历史的最佳进路。

"我出生在密西西比州杰克逊市，成长过程中印象最深的就是家里布道所式的祖父时钟"②，韦尔蒂 1983 年在哈佛大学的演讲

---

① Cleanth Brooks, "Southern Literature: The Past, History, and the Timeless," *Southern Literature in Transition: Heritage and Promise*, Philip Castille and William Osborne, eds., Memphis State UP, 1983, p.10.

② Eudora Welty, *One Writer's Beginnings*, Harvard UP, 1995, p.3.

中提到。时钟是韦尔蒂小说中的常见设置,既是家族历史的见证,也是一种传统农业生活方式的象征——循环式的时间生活,日出而作、日落而息。这种传统的时间感将与火车代表的现代性时间形成鲜明的对比,这正是小说《克丽泰》的主题之一。此外,韦尔蒂对时钟、肖像画、家具精心描摹所产生的认知空间,使历史和现实生活融合在一起。家庭和社区因姓名、器物、故事甚至南方大宅紧密相连。在品评薇拉·凯瑟的作品时,韦尔蒂直陈房舍的文学意义,"房屋是一种物质形式,是我们生活历史和现有生活的见证。即便离世之后,也不会随时间和历史而消失"①。在作家的小说世界,房屋不但是时间和历史记忆的记录,且拥有一种神圣的光晕,是抚慰创伤、安顿心灵的精神空间。重访充满历史的南方大宅是韦尔蒂早期作品的常见主题。

第一节 "回家的诱惑":历史与空间生产

在《旅行推销员之死》中,已有14年工龄的主人公博曼罹患流感而突然发烧,他"愤怒而又无助,似乎倏然迷了路"(*CS* 119)②。此处迷路语义双关,既是字面义的失去方向,亦隐喻职业与精神上的危机,宛如但丁《地狱篇》开首的比喻,"当人生的中途,我迷失在一个黑暗的森林之中"③。当疲惫不堪的博曼渴望"祖母房间的那张羽绒床"而不得时,他的汽车突然抛锚。远离机械的驾驶经验使他意外地迎来了救赎,他瞥见一栋绿荫掩映的房屋,"所有的愠怒似乎烟消云散,好像一个欣喜的孩童走向了它"。房舍屋顶藤蔓丛

---

① Eudora Welty, "The House of Willa Cather," *The Eye of the Story: Selected Essays and Reviews*, p.56.
② 本书所引韦尔蒂之短篇小说若未特别注明,均出自 *The Collected Stories of Eudora Welty* (Harcourt Brace, 1980),随文将以书名缩写 CS 加页码标注。
③ 但丁:《神曲:地狱篇》,王维克译,江苏凤凰文艺出版社,2022年,第1页。

生,"青葱翠绿,好像完全被夏日遗忘了一般"(*CS* 121)。屋内一片漆黑,黑暗"像一只手专业地轻抚着他,是医生的手","房前的田野寂静无声,整个房屋似乎也都变得静谧安详"。屋内陈设古旧,"红黄相间的被褥"令博曼记起"祖母少时的罗马焚烧画作","壁炉地面是由山嘴上的板石做成"(*CS* 122)。男主人萨尼身着旧时南部联军的外套,操着古旧的方言,由于没有电,他常步行数里去借火,像普罗米修斯那样举着火把回家。

从房屋结构到生活方式,萨尼身上彰显的是自然的、前现代甚至原始的生活,或者说是伊甸园式的生活——萨尼和他怀胎的爱妻正好和亚当、夏娃形成类比。他们的"心灵和自然融合一体,这是重农派作家竭力维护的传统价值观"[1]。博曼对祖母的突然记忆及对萨尼夫妻的倾慕清晰地折射出他所经历的"自我分裂与存在的失落",因为现代主义文学"将女性气质作为一种非异化、非碎片化的身份象征……女人成为真正的起源点,是未受社会和象征体系影响的神秘指称","救赎性的母性身体"[2]代表着未受社会化的原始理想,是自我存在感的基石。

另一方面,此处乡村世界的安宁和淳朴是博曼内心深处所渴望的,它与嘈杂、压抑、世故的现代城市生活构成极强烈的对比。汽车也是精密而复杂的城市生活的体现,"乘客是来自'喧嚣的街市'的'忙碌奔走'的'国人'",是"紧张、狂热、骚动的奋斗的意象"[3]。博曼的旅行推销员职业是这一紧张忙碌生活的典型。在重农派作家眼里,城市资本主义在南方的发展最可见于"现代广告

---

[1] Albert Devlin, *Eudora Welty's Chronicle: A Story of Mississippi Life*, UP of Mississippi, 1983, p.14.

[2] 芮塔·菲尔斯基:《现代性的性别》,陈琳译,南京大学出版社,2020年,第51页。

[3] 利奥·马克斯:《花园里的机器:美国的技术与田园理想》,马海良、雷月梅译,北京大学出版社,2012年,第16页。

业和个人推销员的出现"①。旅行推销员走南闯北,穿梭于南方的城市和农村,将消费主义与欲望引入落后的城郊乡野——在小说《丽薇》中,白人女化妆品推销员驾车径直开到"路的尽头","长久、持续地敲门"(*CS* 233)只为推销商品。即便处于极度精神困顿,博曼抵御屋内"神秘、安静、冷酷的威胁"的"唯一"方式也是出自本能的推销,"我这里有些很好看的女鞋,价格低廉"(*CS* 123)。即便在弥留之际,"'到了一月,所有鞋子都有额外的折扣',他轻声地反复说道"(*CS* 129)。博曼机械的话语是现代资本主义异化的病症,让人不禁想起麦尔维尔笔下的文书巴特尔比或是卓别林的电影《摩登时代》。在重农派作家的眼里,现代资本主义唯利是图、丑陋卑鄙,劳动者丧失了人的尊严和主体意义,在残酷的内卷竞争和被剥削的异化中苦苦挣扎。

除了让劳动变得异化,工业资本主义也使人与人的关系变得商品化。无数次的重复训练培养了博曼的专业性,使其在危机时刻仍能脱口而出"价格低廉""额外折扣"以招揽顾客,商品成了人际沟通的工具与情感联结的桥梁,一如盖茨比以华美的衬衫赢得和表达对露西的爱。传统社会里的温情、承认(acknowledgement)、互助正是博曼的现代推销职业所缺乏的,城市资本主义剥夺了他的真情实感,"导致更严重的社会分裂和个人的自我僵化"②,这些似已注定了他最后的不幸。

小说中,博曼精神与身体的双重危机与自给自足、充满男性气概的萨尼形成了鲜明的对比。博曼因为流感加上"旅途的疲惫"变得"非常虚弱",一整个月都是"发烧与孤独,脆弱的生活已让他濒

---

① John Crowe Ransom, "Reconstructed but Unregenerate," *I'll Take My Stand: The South and the Agrarian Tradition*, Louisiana State UP, 2006, p. L.

② 法国社会学家伊娃·易洛思(Eva Illouz)的"情感资本主义"考察资本主义尤其是商品如何生产、掏空、移植情感,从而引发主体性危机。这一视角对探究文学作品中的商品和消费(如《了不起的盖茨比》)也颇有启示。引文参见"情感为何沦为商品?资本主义如何利用、加工并生产我们的情感"(https://www.thepaper.cn/newsDetail_forward_2984535?from=timeline&isappinstalled=0)。

临……乞讨"(CS 122 - 123)。萨尼则健壮有力,他"体型高大,身边带着两条猎狗",象征男性阳具的"腰带挂在了臀部"。他"脸颊红润……身体强壮,走路也显得庄重有力"(CS 124)。如此,萨尼带着农业文明象征的骡子和耕具拯救了博曼和他的职业。在静谧舒展的房屋中,博曼感受到了一种精神上的安慰与联结,发现"这里的人们拥有一种神奇的东西,而他无法看到"(CS 129),也无法买到,却是他痛苦、压抑、混乱生活的一剂良药。通过种种二元对比,韦尔蒂突出了南方传统生活的独特价值——充满生命力的和谐家庭、富有情感交流的社区共同体是应对机械现代性、获得心灵救赎的唯一归宿。韦尔蒂对南方震惊的现代性的思考与英国作家D.H.劳伦斯反抗机械资本主义的露骨的身体书写遥相呼应。

汽车的速度是进步的绝佳象征,不仅是技术进步,也代表着民族和国家的现代化发展。如果如弗洛伊德所言,一切文明秩序都以对本能需求的压制为基础,愈发达的社会的失意和压抑愈加普遍,那么博曼的意外遭遇或许表达了韦尔蒂对南方现代化的一点存疑,日益强大和复杂的现代工业资本主义使人们想要逃离世故与堕落,回归纯真和淳朴的生活。因此,可以说,工业现代性造就的精神危机反而进一步凸显了南方农耕文明的特殊意义。博曼在危机时刻与神秘大宅的遭遇,他对祖母的突然回忆,甚至像"欣喜的孩童走向它",在在向读者展演了大宅作为精神家园的"疗愈"意义。博曼精神上象征性"回家"也构成韦尔蒂作品中重访家园、重思传统的常见主题模式,《三角洲的婚礼》是另一剖切的示范。

在《三角洲的婚礼》中,火车取代汽车成为危险现代性的具象。这班火车"外号叫黄狗,正式名称是亚祖-三角洲号。车上坐满了形形色色、各行各业的人"。9 岁失恃的女孩劳拉·麦克莱文也乘此班列,"第一次只身踏上寻访妈妈娘家的亲友之路,她们住在密西西比州费尔柴德地区的谢尔芒德种植园"(*CN* 91)①。与博曼一样,劳拉离开火车后,初遇种植园大宅即为之深深吸引,韦尔蒂也措意突显房屋空间的精神性:

> 屋后是高大的山核桃树,整个房子在夏季的薄暮中闪耀着光芒,是夜晚最亮丽的景物——高大、雪白,门窗宽阔,四面都设有门廊……装有彩色玻璃的窗户完全敞开,微风轻拂着窗帘,即便在远处也能清晰地听到音乐房中传来的歌声,有人正在弹奏钢琴,劳拉并不认识。(*CN* 94)

大宅有两层,一楼客厅里悬挂着高叔祖父乔治立于马背的画像,乔治是在前往高祖父家的路上被纳奇兹的强盗所杀。"高祖父爱仰脸微笑的家族特征……在老一辈和年轻人那里得到了很好的遗传……所有三角洲的费尔柴德子孙长相都那么相似。"(*CN* 102)餐厅里放着高祖父亲手打造的陈旧胡桃木藤椅和胡桃木桌,胡桃树都是他在开拓荒芜的亚祖地区(历史上的种植园)时所伐,房屋另一端排放着过世姑母小时候的绘画。

查尔斯·艾肯认为,20 世纪 30 年代最典型的南方种植园大宅正是这种宽敞白净的二层建筑——一楼分为餐厅和客厅,二楼用作卧室,而"钢琴通常是最稀奇最昂贵的家具"。这类宅邸大都建于"旧南方"时期,外观样式变化很小,甚至"和'内战'后南方的住宅几乎完全一样",因而极易令人"记起另一个时代"②。虽然荣光不再而略显破落,但它们的魅力无疑在于自身所承载的南方历

---

① 小说引文出自 *Delta Wedding* in *Eudora Welty: Complete Novels* (Library of America, 1998). 若无特殊说明,后面引文将随文以书名缩写 *CN* 加页码标注。

② Charles Aiken, "Faulkner and the Passing of the Old Agrarian Culture," *Faulkner and Material Culture*, Joseph Urgo and Ann Abadie, eds., UP of Mississippi, 2007, p.7.

史和传统。房屋的外表("闪耀着光芒")、色泽("雪白")和结构("高大宽阔")透射出特殊的精神抚慰,是一种精神上的回家。在这座大宅中,画像、家具等历史遗物使日常生活渗透了家族传统与记忆。在客厅之外,图书室同样陈列着先祖和其他家族成员的画像,"他们谦恭而深沉的目光,一直注视着生活在此的费尔柴德家族"(*CN* 143),似乎时刻在提醒他们谨守传统、保持身份的伦理责任。阿拉斯戴尔·麦克因特对个体身份的观察正适合韦尔蒂笔下的南方人民,"我的故事、我的身份和社区的故事紧密相连。我带着过去出生,抛弃过去将完全毁掉现有生活中的关系。历史身份与社会身份完全重合"①。

随着故事情节的推进,不同的历史悠久的种植园大宅向读者一一呈现,这些房屋的地理和空间性皆颇有深意。婚礼女主角戴布尼拜访普林罗斯姑妈时,先骑马穿过一段铁轨而继续向前,来到柏树建造、鸽子灰色的格罗夫大宅前。房子"高耸的门廊正对着亚祖河,不时有微风荡过,四周林木阴翳"(*CN* 125)。虽建造于美国"内战"期间,"祖母和高祖母珍贵的遗物都十分小心地存放在此",屋内家具也和"费尔柴德家族的完全一样"(*CN* 128)。客厅正堂悬挂着高祖父亲手绘制的远祖母玛丽·香农的两幅肖像,她"双目下垂盯着戴布尼和那宝贵的客厅,里面都是些愚蠢的、易碎的小物件"(*CN* 129)。历史和记忆不仅呈现在这些物品所激活的感知空间中,也体现于女性的持家方式。普林罗斯姑妈依旧在用三角洲大开发时马淑拉姑妈和香农祖母的食谱,其中便有婚礼所用的传统费尔柴德蛋糕的制作方法。姑妈也不忘将菜谱和持家传统以及一个颇有历史的小夜灯传给新娘作为新婚礼物。

韦尔蒂在此处设置了两层巧妙的类比,皆与戴布尼的婚姻及在象征层面种植园的未来相关:在观察祖母香农的肖像画时,新娘

---

① Alasdair MacIntyre, *After Virtue: A Study in Moral Theory*, 3rd ed., U of Notre Dame P, 2007, p.221.

注意到她眼睛下的圆圈,原来"有一年黄热病来势汹汹,她不得不去照顾很多人,既有家人和邻居,还有两个猎手和一些陌生人在她怀里死去"。兴许因为这些不凡的经历,她的眼光"显得镇定、独立,又有些疲惫。如果你整天独自待在家里,除了丈夫之外见不到任何人,你会怎么样?"(*CN* 129)。祖母香农勇于在"内战"时陪伴丈夫来到三角洲地区拓荒并建家立业,这段历史故事的意义对身处"一战"后面临现代转型的种植园的戴布尼不言而喻。饶有趣味的是,她和特洛伊婚后居住的玛米恩大宅地处种植园北部边境,这对新人如何在大宅空间中历史和家族传统的浸润下,迎接时代的挑战,这是小说结尾遗留的开放问题。另一层面,赠送给戴布尼的小夜灯是马淑拉姑妈等待在"内战"中牺牲的丈夫乔治·费尔柴德的护身符。她对家族身份的忠诚及女性角色的恪守,尤其在战争等危机的时刻,显然对戴布尼有很强的道德教化意义。

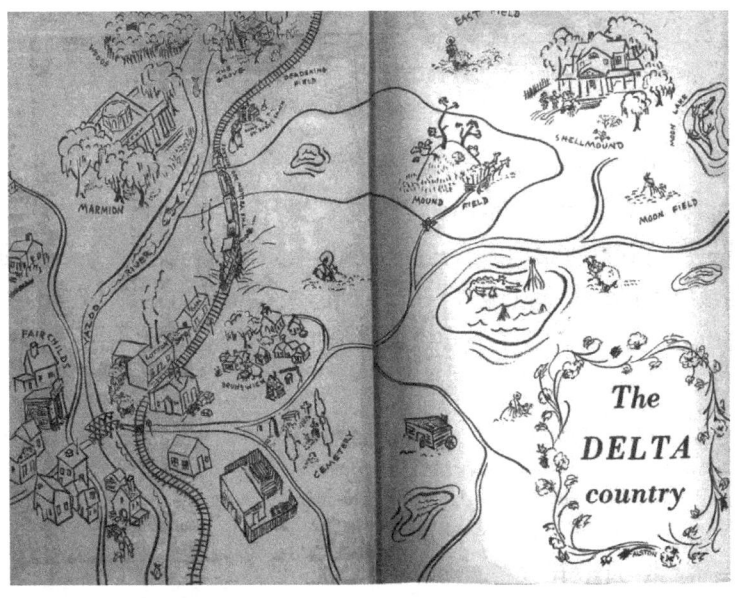

(《三角洲的婚礼》1946年初版发行时衬页所附的种植园地图)

普林罗斯姑妈的格罗夫大宅是三角洲地区种植园最古老的房屋,它紧靠亚祖河,地处种植园深处,即便不是戴布尼的家,也算得上是她的精神家园。因此,戴布尼在婚礼前,跨越现代化的铁路回到格罗夫大宅也是一种精神上的返家,重识和重思家族历史与记忆,以应对种植园不确定的"反传统"①的未来世界。正是在这个意义上,多萝西·格里芬的观察十分重要,格罗夫大宅"深深地植根于这片土地,牢不可摧,它是费尔柴德家族的根基和力量源泉,不管在结构上还是外形上"②。"牢不可摧的根"既指其同种植园诞生之初便存在的悠久历史,也隐喻其中的家族记忆和历史对现实世界不可割裂的深刻影响。

文学中的空间形式不仅是指"通过阅读'看见'的事物",米歇尔强调,"也包括整个描绘性空间的认知体验"③。这些大宅空间中鲜活的南方历史和家族传统已融入费尔柴德家族的日常生活实践,塑造并强化了他们——以及远嫁而来的"外来者"如乔治叔叔的妻子罗比和爱伦——共同的家族身份——恰如约翰·兰瑟姆所言,南方身份的含义是"对地方和历史及生活方式的持续关注与认同"④。

小说《亲戚》的女主角迪茜和劳拉一样,从小失恃并移居北方城市。订婚后的迪茜重回南方家乡小镇,祖母建于19世纪80年代的旧宅让她重拾与家人过往生活回忆,领悟南方与北方迥异的传统,就连屋外"地上的李氏禾草闻起来都跟北方的草那么不一样"(CS 539)。踏入安妮大姐家的院子后,迪茜不禁诧异"到底是

---

① Malinda Snow, "'Oft in the Stilly Night': Past and Present, Myth and Identity in *Delta Wedding*," *Eudora Welty Review*, vol.1, Spring 2009, p.94.

② Dorothy Griffin, "The House as Container: Architecture and Myth in Eudora Welty's *Delta Wedding*," *Mississippi Quarterly*, Fall 1986, p.528.

③ W. J. T. Mitchell, "Spatial Form in Literature: Toward General Theory," p.283.

④ John Crowe Ransom, "Reconstructed but Unregenerate," *I'll Take My Stand: The South and the Agrarian Tradition*, p.1.

我已经遗忘还是根本不知竟有这样一个古老原始的处所"(CS 547)。院子里的铃铛将她带回过去田野采摘棉花的时光,叔祖父菲利克斯"旧南方"式的房屋内弥漫着对过去生活的回忆——墙壁依旧是生出裂缝的粗糙木板,地上躺着"内战"时的火枪,破旧的面包托盘和儿时迷恋的立体幻灯机见证了往昔与家人亲密无间的生活。这些历史旧物最终令迪茜重新认知这座"高大宽敞的"房屋,"回忆起这所房屋,如此真实的房屋,永远闪闪发亮,就像现在一样,它在柏树荫下,那么甜美、清爽,反射出光亮而一尘不染"(CS 557)。

在这些作品中,作为地志空间的大宅呈现出诸多相似的旨趣:宽敞、微风、绿荫等描绘传达出大宅对观者的心灵慰藉,它是深植于南方历史和传统的心灵归宿;而闪亮、一尘不染则彰显一种道德与精神上的纯洁,与城市的丑陋、堕落、世故俨然相对。特别值得指出的是,每一个大宅场景中对房屋四周"阴翳"的突出强化了大宅/南方作为逃离工业资本主义的田园自然理想,与"竹林七贤"的壁画倒有惊人的相同之处。重回南方、在历史空间中追忆与反思南方历史和传统,这一文学母题始终贯穿韦尔蒂的文学创作。在中后期作品如《漫游者》《败局》及荣膺普利策奖的小说《乐观者之女》中,从压抑复杂的都市生活中重返南方家乡、体察淳朴的农耕传统仍然是作家的叙事模式,主题表征上也有显见的一致性。但必须指出,重返南方,甚而在地志空间中感受到精神慰藉并不说明韦尔蒂认同城市—乡村、文明—自然、堕落—救赎的二元对立,或是像重农派作家/逃逸者诗人那样一味颂扬淳朴南方农耕文明的优势。韦尔蒂笔下的南方记忆虽有怀旧但绝不伤感,她也从不将南方历史和传统变成神话。实际上,"几乎所有新一代南方作家在思想上都……明确地放弃了南方传奇故事",将"注意力直接聚焦到南方社会问题上"[①]。韦尔蒂的文学笔触便始终观照当下的现

[①] W. J. Cash, *The Mind of the South*, Vintage, 1991, p.379.

实,"虚构小说的命题应该是此时此刻,或是用过去的历史思考此时此刻"①。唯因如此,她反对兰瑟姆将《三角洲的婚礼》解读为"'旧南方'传统最后的小说"②,因"'旧南方'不够真实、不够直接"③。对历史的引用,她在考察薇拉·凯瑟作品中的房屋意义时强调,也应服务现实世界,"不应成为当下的牢笼,而应启发当下、传递意义"④。

强调文学创作的现实意义是许多作家共同的文学观,虽然这一现实介入的策略不尽相同,譬如爱伦·坡以域外恐怖复仇故事反思美国本土种族和政治问题,品特在20世纪五六十年代借"荒诞"戏剧追问现实政治问题等。韦尔蒂的文墨生涯横跨了"现代南方"的整个时期,南方的社会、文化、经济等领域的变革自然成为她写作的背景素材。一方面,她以细腻的文笔记录了南方从农业机械化到大众文化涌入、消费文化兴起的现代化轨迹,展现南方现代性对传统农业社会造成的巨大冲击——个体精神危机、人际关系异化、社区内部矛盾加剧等;另一方面,如果现代性的本质是知识所启蒙的质疑与反叛的精神,那么韦尔蒂的(南方)现代主义不断拷问南方保守的文化传统中的流弊,尤其是性别规训和种族秩序。这些沉重的议题也注定她的写作风格不会明丽动人,而总是笼罩在阴郁、压抑甚至恐怖的乌云之中,而这似乎是南方作家不自觉的共同美学风格。

---

① Eudora Welty, "Place in Fiction," *The Eye of the Story: Selected Essays and Reviews*, p.117.

② John Crowe Ransom, "Delta Fiction," *The Kenyon Review*, vol.8, no.3, 1946, p.507.

③ qtd. in Linda Kuehl, "The Art of Fiction XLVII: Eudora Welty," *Conversations with Eudora Welty*, Peggy W. Prenshaw, ed., UP of Mississippi, 1984, p.82.

④ Eudora Welty, "The House of Willa Cather," *The Eye of the Story: Selected Essays and Reviews*, p.45.

第二节 "现代性的震惊"

在前文所述的以重访家园为主题或主要场景的小说中,南方现代性变革的迹象早已显露端倪。更准确地说,正是因为外部世界的变化带来的冲击才使重访精神家园变得迫切而必要。现代性在韦尔蒂的作品中,既是汽车、火车、电影、摄影、流行音乐、消费商品、广告等新技术和新媒介,也可以是拥抱个体主义、生活世俗化等新的价值观和生活实践,例如《三角洲的婚礼》《漫游者》等小说所突出的女性意识的觉醒。查尔斯·泰勒认为,现代性是"一种前所未有的综合体,包含新习惯和新制度形式(科学,技术,工业生产,城市化),新生活方式(个体主义,世俗化,工具理性),新的弊端(异化,空虚,隐隐的社会分裂之感)等"[1]。

德国哲学家本雅明将现代性的"弊端"定义为断裂、暴力甚至创伤性的体验,是由"震惊的现代性"导致的破碎的经验——都市流动不息的交通、熙熙攘攘的人群、引人注目的广告电影等对人们的传统经验造成前所未有的震撼,"在来往的车辆行人中穿行把个体卷进了一系列惊恐与碰撞中"[2]。本雅明将经验(Erfahrung)归纳为人类知识和智慧的综合,植根于传统之中并依赖记忆在人与人之间传递。在前资本主义社会里,人们通过口头故事、仪式等途径交流和传播经验。本雅明指出,城市现代性的出现彻底改变了传统的经验,经验受到不断的冲击而变得日益贫乏、碎片化,成为孤立的体验(Erlebnis)。就现代生活的具体印象而言,经历的震惊越是强烈,那些印象"进入经验的机会就越少,并倾向于滞留在

---

[1] Charles Taylor, *Modern Social Imaginaries*, Duke UP, 2004, p.1.
[2] 本雅明:《论波德莱尔的几个母题》,载《启迪:本雅明文选》,张旭东、王斑译,生活·读书·新知三联书店,2008年,第191页。

人生体验的某一个时刻的范围里……代价则是丧失意识的完整性"①。

在韦尔蒂笔下的南方世界,新技术新机器带来了全新生活方式,也导致新的社会弊端和问题。现代性成为威胁南方家族和社会稳定、造成社区撕裂的离心力,对传统农耕社会的经验造成巨大冲击,这在对火车和汽车等机器的隐喻中展现得淋漓尽致。而摄影、电影等视觉现代性则使经验被震惊、撕裂成异化的、隔绝的体验,压抑的精神体验导致的意识失控造成一种隐形的精神创伤,成为城市空间中诸多暴力现象背后的本质诱因。

在现代文学中,或许没有比火车与汽车更能代表现代性的新技术。在美国浪漫主义作家霍桑与梭罗等人的作品中,"与火焰、烟雾、钢铁、速度及噪音相联系的火车是新型的工业力量的最主要象征"②,它集中表达了美国人对技术进步神话的深深信奉。约瑟夫·米利查普在《铁路、文化与南方文艺复兴》一书中提出,在南方文艺复兴作家的笔下,铁路与火车是南方现代性的重要象征,是这些文人展现"技术、文化与文学领域传统和现代之间冲突"③的有效手段。韦尔蒂虽非南方文艺复兴作家,但她十分钟情火车、汽车的形象,常有意无意地将这些新机器与南方传统的牛马车并置,揭示其现代意义及背后潜藏的危险。《三角洲的婚礼》中,火车的现代性意义首先在于其作为沟通种植园与外部世界的桥梁,为南方传统社会带来了繁多的消费商品,既有婚礼所需的温室花卉、棉花糖蛋糕,又有雪莉的法蒂玛香烟和图坦卡门拖鞋(20 世纪 20 年代的流行鞋具)。这些现代商品的涌入是南方"与全美乃至全球经济

---

① 本雅明:《论波德莱尔的几个母题》,第 175 页。
② 利奥·马克斯:《花园里的机器:美国的技术与田园理想》,第 18 页。
③ Joseph Millichap, *Dixie Limited: Railroads, Culture, and the Southern Renaissance*, UP of Kentucky, 2002, p.6.

趋势密切而持续互动的结果",共同推动了"现代南方的出现"①。

火车作为震惊的现代性体验则主要呈现在其令人爱恨交织的速度与机械性方面。例如,在《三角洲的婚礼》的开头,"劳拉的窗下突然来了一只白色的形似狐狸的农场狗,它一边跟着火车跑,一边吠嗥,不久落到了后面,或是它自己掉头走掉了。然后好像有只手伸到绿色的山脊,一下子将山和所有的树木一起拔掉,宛如清理一个储物箱一般,只留下棉花地,三角洲就突然出现了"(*CN* 92)。在一段火车上的风景描述之后,劳拉竟又发现"一只黑色的骡子——在远处明亮的光线下,渐渐消失,是个孩子骑着骡子回家,他们身后埋在田野里的铁轨满是火车经过时扬起的尘土"(*CN* 92)。从一开始机车的速度便兼具两面性——既有令人不安的噪声和威胁(狗的吠嗥),也有视觉上的惊奇。在解救莫林的场景中,韦尔蒂巧妙地将火车的威胁设置为引爆种植园家族内部矛盾的导火索:

> 乔治叔叔和莫林两人紧紧抱在一起,其他人站在下面栈桥的阴影里。火车引擎喷出两行烟雾,像只体型柔和的大鸟,正对着他们,好像马上就会过来。乔治不去管莫林被卡住的脚。两人都紧绷着脸,同时都似乎在准备着火车的撞击。……火车的引擎让她(雪莉)心里充满了恐惧——它的速度很快,你可以经常看到,它肯定也能停下——当然,她对"黄狗"火车的那种恐惧并不是天生的。(*CN* 175 - 177)

雪莉对火车的惧怕"不是天生"表明火车的威胁是在日常生活中逐渐被体验和认知的,是不同于传统农耕生活的机器经验。乔

---

① James Cobb, *The Most Southern Place on Earth: The Mississippi Delta and the Roots of Regional Identity*, Oxford UP, 1992, p. x.

治和莫林紧密拥抱以等待危机,象征性地寓示了火车所代表的现代工业文明对南方传统社会的冲击。贝蒂娜·恩茨明格也持相近的观点,认为这一场景充分表现了"火车作为不可阻挡的进步与未来之象征正威胁着白人社区的稳定生活"①,这种安稳的生活具体而言是重复与固守成规,正如外来者劳拉的感受,"他们'似乎一成不变'"(*CN* 103)。对于嫁入种植园的外来者罗碧而言,这种墨守成规的缘由或许在于过分强调的家族传统和共同身份。"你从来不会为我这么做"(*CN* 103),罗碧指责乔治为了救出莫林完全置个人安危和婚姻于不顾,心中所系只是他作为男性族长的身份与责任。这在爱伦的视角中得到了印证,为了家族,"他每一次几乎都是倾其所有——他炽热的情感无与伦比,有时伤害到自己也毫无保留"(*CN* 168)。这种男性族长的英雄主义和男性气概面对"震惊的现代性"也遭遇了危机,"周遭的巨变,那些看不见的事物,令费尔柴德家族中性格急躁的男人感到紧张不安,他们装出平静和自我保护甚至让人心生怜悯"(*CN* 251)。可以说,火车所代表的现代性恰如一面棱镜,照射出变革过程中南方社会内部的分裂立场:有对进步和技术的热烈拥抱,也有不安的固守与自封②。

《三角洲的婚礼》中火车作为进步与威胁的现代性经验在韦尔蒂的许多其他作品中也反复出现。例如,小说《克丽泰》的同名女主的家庭生活极端自闭,屋内"每一扇窗户都紧闭着,每一个百叶窗都被拉下,不过屋后火车的汽笛声依旧清晰可闻"(*CS* 82)。虽然无法逃离,她"偷偷打开窗户,看到太阳底下火车正从桥上穿过"(*CS* 87)。火车成为南方必将经受的巨大变革的标志。在同样反对南方保守而压抑的道德传统的《金苹果》小说集里,斯诺迪和金

---

① Betina Entzminger, "Playing in the Dark with Welty: The Symbolic Role of African Americans in *Delta Wedding*," *College Literature*, vol. 30, no. 3, 2003, p.56.

② 谢尔芒得种植园的名字(Shellmound)本身便颇有蕴意:是自我保护、自我隔离(shell)的地方(mound)。

常常在莫甘纳社区的边境树林幽会,那里背靠"大黑河"(即密西西比河),火车由桥上穿过,一路往西。最后,在《败局》《庞德的心》等小说中,火车同样既是震惊的现代性体验,也是彰显南方社会拒斥和抵制现代性的叙事设置。

不少学者指出,美国南方的现代化进程与罗斯福总统的"新政"及"二战"直接相关。"'新政'为南方经济、社会和政治变革制定了方向,而战争则加速实现了南方的转型"[①],如大型军事基地、工厂、学校、医院、法院、邮局、铁路与高速公路等基础设施的建设大大推动了南方的现代发展。与此同时,农业机械化(如收割机和农药的应用)也使佃农逐渐减少、人口流动加剧,资本主义自由经济获得快速发展。据盖文·莱特对"新政"影响的研究,1934年至1941年,南方汽车拥有量增长了一半,直接原因便是联邦政府对建设高速公路的大量投资[②]。南方汽车时代的来临引发了连锁反应,首先便是连锁商店开始陆续出现,人们的生活从"家庭生活"向"购物休闲"发生转变。新的生活方式在《三角洲的婚礼》也得到了反复印证,"他们刚才在山核桃树荫下玩耍,之前休息了一下,又去了趟格林伍德杂货店购物"(*CN* 160);"戴布尼,你应该在格林伍德杂货店购物才对"(*CN* 241);"劳拉喜欢去杂货店,因为三角洲地区的杂货店老板都是中国人"(*CN* 317);"雪莉就是从一位热情的中国人店里买的东西"(*CN* 319);"从格林伍德购物回来,雪莉和孩子都饥肠辘辘,还是从那个慷慨的老板那里买的东西"(*CN* 326)。

另一个重要变化便是旅行推销员的出现。在《旅行推销员之死》《丽薇》《搭便车的人》等小说中,不同身份的旅行推销员遭遇道德与精神困境显然具有丰富的象征意义。既然南方现代性"本质

---

① James C. Cobb and Michael V. Namorato, eds., *The New Deal and the South*, UP of Mississippi, 1984, p.13.

② Gavin Wright, "The New Deal and the Modernization of the South," *Federal History*, no.2, 2010, pp.58-73.

上是乡村地区的变革,是关乎汽车和牵引车而非工厂与摩天大楼的经验"①,那么有必要细致梳理韦尔蒂笔下的汽车情节,以探求作家对现代性在南方的深远影响的沉思。《三角洲的婚礼》与《败局》等小说同样力图以对汽车的矛盾心理隐喻种植园面对现代性的分裂立场。劳拉初到种植园便发现"汽车扬起的漫天尘土让人感觉失明一般,无法分辨种植园里的田野"(*CN* 94),汽车的速度虽然令人称奇,但仍然显得与三角洲的生活格格不入。老一辈人对汽车根深蒂固的厌恶使戴布尼不禁质问"我不明白为什么我们不选择用汽车",一边看着仆人将探亲所用"一袋袋东西装到马背上系好,保证不会掉落"(*CN* 118)。传统的马车在彰显家族关系上仍然显得不可替代,"在辽阔的三角洲的夜晚,轻轻地、没有方向地想象骑马的感觉"(*CN* 169)是维系和体会家族身份最浪漫的方式。作为追寻女性自由的象征,雪莉在种植园时常骑马出行(而非驾车)也进一步说明,汽车的机器性不适于探索种植园的历史地理及其背后的文化与身份,它的速度和危险性与充满怀旧色彩的南方历史传统显得格格不入。

有趣的是,即将成婚的新娘戴布尼却和"外来者"罗碧一样对汽车十分迷恋。前来参加婚礼的乔治叔叔坦言,因为"罗碧开走了汽车。我只能给戴布尼送匹马了"(*CN* 139)。在小说结尾高潮处,戴布尼和特洛伊准备前往北部城市孟菲斯度假,在同所有人惜别后他们驾驶着新款皮尔斯·阿罗离开了种植园,"蓝尼追着汽车跑了一路……像只小狗。和镇长船一般的汽车不同,皮尔斯·阿罗很快消失在夜色中。天边升起了一轮圆月"(*CN* 308)。此处汽车呈现出完全不一样的意义,无与伦比的速度似乎象征冲出传统种植园、应对现代性的决心。虽然家犬常是忠诚与坚守特质的化

---

① David Davis, "Southern Modernists and Modernity," *The Cambridge Companion to the Literature of the American South*, Sharon Monteith, ed., Cambridge UP, 2013, p.93.

身,但戴布尼和特洛伊的离去也并非对南方家族身份的"背叛",而是一种积极面对变革的态度,因为在韦尔蒂看来,倡导对南方传统和历史身份的坚守反会导致故步自封。最后,当男性族长面对"震惊的现代性"而无所适从甚至焦虑不安时,韦尔蒂对独立女性戴布尼的塑造折射出她本人的女性主义立场,即现代性引发的变革对南方女性而言将是破除性别秩序、赢得平等与自由的机遇。

考虑到摄影对现代主义作家(例如伍尔夫、格特鲁德·斯泰因及施蛰存)的深远影响,《三角洲的婚礼》中的唯一摄影场景值得认真审视。自 19 世纪 50 年代发明以来,摄影术便被视为"现代科学和技术的高度理性……对物质世界的征服与改变"①,是典型的技术现代性。小说中在婚礼现场拍摄照片时,巴特尔叔叔难抑兴奋之情,尖叫:"现在我们都定住啦!我也定住了!"对巴特尔的回复"是被驯化了"(*CN* 306)是一句匿名的自由引语,可被视作作家本人对摄影的观感。"定住"(stillness)是指摄影将时间停止、使现实固定,"被驯化"则指向了被控制、被规训之体验。两者共同揭示了现代摄影的内在逻辑,即通过悬置时间,剥夺主体的生命体验,将主体与对视觉世界感知的纽带完全斩断②,难怪苏珊·桑塔格将摄影称之为"死亡面具"③。本雅明认为,摄影时"手指轻按便将某个事件永远定格"无异于一种"死后的震惊"④,同样触及摄影中止时间与生命体验的恐怖。

在短篇小说《亲戚》中,对南方历史传统的空间造访同样成为省思震惊的现代性的契机。与幼年失怙的劳拉一样,迪西·海思

---

① Don Slater, "Photography and Modern Vision: The Spectacle of 'Natural Magic'," *Visual Culture*, Chris Jenks, ed., Routledge, 1995, p.227.

② 露易丝·霍恩比的论著《被定格的现代主义:摄影、文学与电影》第四章考察了电影对伍尔夫文学创作的影响,对她建构"光影写作"理论的意义。详见 Louise Hornby, *Still Modernism: Photography, Literature, Film*, Oxford UP, 2017.

③ Susan Sontag, *On Photography*, Picador, 2001, p.154.

④ Walter Benjamin, "On Some Motifs in Baudelaire," *Illuminations: Essays and Reflections*, trans. Harry Zohn, Hannah Arendt, ed., Schocken, 1968, p.175.

婷亦年幼失母,如今在北方的"图片城市"(CS 558)订婚后重回南方小镇省亲。通过对房屋空间南方历史与传统的细致描绘,韦尔蒂着意突出南北文化的迥异及迪西回归之行的非凡意义。迪西对大宅及其内部物事的空间性再认知,令她很快发觉自己并非外来的"陌生客",她的身份和记忆仍深深地植根于此,也重新体悟了亲情的意义。与此相对的则是对历史空间的忽视与摒弃,尤其体现在安大姐及对摄影的迷恋之上。

安大姐为人粗俗势利,喜好蛋糕和甜食却不会制作,不尽力照顾菲利克斯叔叔却醉心于摄影,将家中祖屋租给旅行摄影师;最不合时宜的是,她一直未婚,是个老处女。当迪西沉浸在对大宅及菲利克斯叔叔的重新认识与启示时,安大姐突然将她打断,询问对自己初次摄影的着装的建议,"马上!迪西!请你看看我的形象如何!"(CS 558)。迪西来自北方"图片"城市,自然是安大姐求助的对象。不过,具有讽刺意味的是,前者返回南方追寻真实的现实与可见的历史,后者却热切地追求虚拟的相片。安大姐在准备时,"她的双眼熠熠发光,她浑身充满了兴奋、自豪、期待,与我们,与房屋,与这里的一切一切都失去了关联"(CS 558-559);但在拍摄时不免焦虑攻心,"她的脸上闪过许多不同的情绪——沉重,渴望,伤心,难过,还有认真严肃",以及"无所适从的脚后跟",虽然"她练习了整个下午"(CS 560)。此处作家既展现摄影技术的魔力,又绘声绘影地传达南方民众面对新技术的复杂心理——更准确地说,是电影技术打破线性时间、置换现实、产生幻觉的体验,"与一切失去关联"正是摄影图像替换客体的逻辑。这一"存在"/"缺失"的表征方式通过小说中"看见"与"看不见"辩证关系的反复指涉及画面/视力/启示(vision)隐喻得到进一步彰显。

"看"(see)在《亲戚》中频繁出现,共有 37 次之多[1]。它既包含

---

[1] See 的同义词"look"(不考虑其他如"recognize","eye")前后出现共 85 次,这些足见"观看/启示"之于小说隐秘主题的重要意义。

看见/看不见,也涉及观看之道。例如,安大姐在摄影结束后即刻探问,"你们刚才看到我了吗?",足以证明这一超现实的体验需要见证,因为沉迷摄影的她常陷于不被看见/无法成像的焦虑之中,与思索"看不见"的事物的迪西形成鲜明对照。在被安大姐打断之前,迪西沉浸在对往事的回忆之中,"我移开了眼睛。那里,身前的木桶上躺着一件物品,看起来像是破旧的马具,我慢慢地才意识到它是我以前十分珍爱的东西。是立体幻灯机"(*CS* 556)。这件关于"观看"的旧物通过迪西的回忆逐渐被"看到",其意义逐渐被体认——它点燃了迪西的历史记忆,令她重新"看到"与菲利克斯叔叔的亲情以及身处大宅的精神意义,"我忆起了这所房屋,如此真实的房屋,永远闪闪发亮,就像现在一样"(*CS* 557)。不过,在与菲利克斯叔叔共同观看立体幻灯机的美景时,迪西坦陈,"仍然有些东西是我无法看到的,叔叔看完却会噘起嘴唇好像要求亲吻",此时却被安大姐的呼喊打断,"马上!迪西!请你看看我的形象如何!"(*CS* 558)。

安大姐对"看"的执着与迪西的犹疑形成意味深长的对比并置,贯穿着她们见面的整个过程,而这正好亦是迪西遭遇摄影的过程。迪西与表姐凯特到达安大姐的家后,首先从"一处栅栏门抬头(look up)远远看见(see)斜坡处的房屋。房子外观的大小和结构看着(look)比较正常,但总觉得有点不对劲——一种诡异的午后强光。难道是房内燃烧着的火光?我有点疑惑不解"(*CS* 547)。从后文得知这应是摄影的强光,但迪西对"看到"光线的真相并不执着,而是保持"疑惑不解"。接下来遇到安大姐时,虽然"确定那肯定是她",迪西只是"渐渐抬起双眼,发现她看上去(look)并不像以前那么苍老……脸上带着她特有的模糊的微笑"。相形之下,安大姐则对"看"的结果十分执拗,"我看到了(see)什么?蛋糕!"(*CS* 548)。在准备去探视菲利克斯叔叔时,她又突然说道,"稍等一下,让我看看(look)这个蛋糕","我想看清楚(see)它是什么蛋糕"(*CS* 551)。值得注意的是,在安大姐试图弄清蛋糕种类之前,他们勉强穿过等待摄影的、人满为患的客厅,"又看到令人目眩的闪光——窗帘无济于事,强光从窗帘边沿漏出,有时完全穿过窗帘,大厅里看得十分清楚"。"'闻起来像火药',凯特冷冰冰地说道"。"'确实像',安大姐回道。她看起来很得意,然后又说道,'或许有点像'"(CS 551)。

对摄影的着迷令安大姐只关注事物的外在表象或真相,因为摄影追求的是表面的真实,是存在而非缺失/不存在;在与亲戚相处时也显得焦躁匆忙,思维方式变得单一简单化,根本不能辨别凯特言语("闻起来像火药")所含的对摄影的讥讽与不满,因为摄影没有深度表象,追寻即时的欲望满足的代价是放弃甚至杀死经验和记忆,"摄影师不浪费一点时间。房子里电光闪闪,我们站在门口感觉头发被烤焦,胸腔肺部充满火药的烟味,像是屠杀的气味"(CS 562)。摄影的"屠杀"是指对记忆与想象的驱逐,故而安大姐在准备拍照时好似着魔一般,"与我们,与房屋,与这里的一切一切都失去了关联"。如此,她将房屋交给摄影师,将菲利克斯叔叔搬到后屋黑奴的住处,"我转头(look)看见(see)角落的钟已经坏了。我深刻地记得这座房屋所有的钟都完好无损,似乎一直为我的回家计算着时间"(CS 549),甚至为了摄影背景需要而将英勇的、富有浪漫色彩的曾祖母杰罗德的画像完全遮蔽,在在表明摄影技术对历史与记忆的背离,它的即时性、表面性与厚重的传统、连绵的记忆完全相对,安大姐与房屋空间的自我割裂也和迪西对历史空间的回归、体悟形成深刻的对比。

摄影使安大姐沉迷于直接外在于眼的、可"见"的图像,缺乏历史和记忆的这一视觉逻辑又铸就她对情感的肤浅理解——不论是对菲利克斯叔叔,还是对前来探访的迪西与凯特。相较之下,迪西"压根不关注,也不介意安大姐看上去(look)怎么样",而摄影的片面、肤浅、虚假的视觉呈现,"照片里明戈完全失真,那移动的临时背景——同样的历史遗物在背景中完全没有,只是一团黑白灰混合的月光幕布,底部用铸铁客厅用的兔形制门器固定,安大姐的脚后跟在前面抖动不停"(*CS* 560)。迪西的观看之道不受直接的、表面的真相的牵制,而是历史、记忆与想象中"看见"不为人见的情感的真理,是间接的观赏与体认。她对菲利克斯叔叔的亲情及"闪闪发亮"的大宅的认知源于立体幻灯机让她体验到的过去与记忆,尤其是"仍然有些东西是我无法看到(see)的"(*CS* 558)。这种经验和记忆源头在于丰富的日常生活经验及其塑造的亲密身份,在小说中隐微地通过绚丽的植物意象尤其是玫瑰传达。

"玫瑰"在小说中出现25次之多,这一植物在南方普通人家皆有种植,是人们表达情感的常见工具。出发前凯特与迪西所准备的玫瑰"看上去沉甸甸的,鲜艳动人又芳香迷人"(*CS* 545),是她们充沛情感的象征。到达安大姐家后,摄影的震惊也体现在玫瑰上,"在我们眉头紧锁时,大厅里突然有一束强光闪过,从白到黑,又从黑变白——我看见手中玫瑰都在颤抖,好像通了电"(*CS* 549 - 550)。安大姐在收到玫瑰后,"短视"的她无法看到玫瑰背后的情感象征,"双手毫不在意地将玫瑰插进烟灰色的花瓶,花瓶有些太小,她放的水也完全不够"(*CS* 551)。安大姐对玫瑰的暴力与前文摄影的冲击构成诡异的类比。

在探访结束行将离去时,重获亲情与身份的迪西再次表达对明戈大宅和自然风景的由衷赞美,"在那一刻,我想我从未离开心中古老温柔的明戈——屋内难忘的厨房记忆,油灯,木灰,还有蛋糕纸拨开后的金色油层——屋外结实宽阔的栅栏旁是新浇灌的蕨类植物,芳香四射,远处明亮的田野甚至暗黄的树林和溪边都能闻到,它的馥郁与浓烈我有次几乎都能看到(see)"(*CS* 563)。这一联觉修辞同样出现在"甜美的空气"(*CS* 546)、"甜美、凉爽"的大宅(*CS* 557)、"晚间甜美的空气"(*CS* 563)等,皆旨在表现丰富的情感和身份依赖多维的感官体验,它们构成南方人民的传统与记忆,而这些正是摄影所极度匮乏的。摄影,借用本雅明对电影的批判,是"没有传统的丰富体验"①。

最后,韦尔蒂对摄影的肤浅与平面性的批判也隐藏在叙事技巧之中。与《三角洲的婚礼》中的劳拉相似,迪西前往明戈大宅的探访之旅象征着她对记忆与身份的探索之旅,也是心灵的救赎之旅。如此,韦尔蒂将明戈大宅建构成心灵的"宫殿",迪西从远处"我开始看到栅栏门"(CS 546),到近栅栏门处"抬头远远看见斜坡处的房屋"(CS 547),"从门口进入后才发现我已遗忘还是根本不知竟有这样一个古老原始的处所"(CS 547),"门厅入口簇拥着男男女女……都不是我的亲戚"(CS 548),随后安大姐告知"尽管穿过人群一直走"(CS 549),直至来到后屋菲利克斯叔叔的房间,"安大姐用手指打开了门,然后我们三个一起挤进小房间,里面已经十分拥挤不堪了"(CS 553)。对房屋结构的每一步探索也是迪西逐渐迈向记忆的幽深之处,迹近弗洛伊德所言的无意识深处,最终重识和重拾家族的历史传统与个人身份。女主体悟"亲情"空间性的、缓慢的过程与摄影即刻的、平面的影像定格构成了深刻的对比,也清晰地传达出小说在现代性震惊中追寻传统与身份的立场。

摄影技术的优势在于即时成像,将"缺失"转换成"存在"。在韦尔蒂看来,这一技术导致人们执迷"看见",即对图片/客体不受中介的直接体验,同时又总是不可避免地片面、单薄地呈现客观世界。摄影产生的"死后的震惊"也使观看成为破碎的、转瞬即逝的浮浅体验。这些统统构成了罗兰·巴特所注目的摄影的"暴力",也注定安大姐无法看到复杂而并不直观的"亲情"的广度与深度,因为"她的内心缺乏才情"(CS 544)。而要领悟亲情、友情甚至爱情等情感的疆界,需要深厚的记忆与极大的想象(两者或多有重合),这些则深植于南方历史和丰富的日常生活与身体经验之中。摄影无法替代鲜活的生活体验与个人身份,反会剥离、异化这些立

---

① Eli Friedlander, *Walter Benjamin: A Philosophical Portrait*, Harvard UP, 2012, p.179.

体生动的经验。如此观之,韦尔蒂在《亲戚》中的叙事实验亦凸显了文学的情感与想象的功用,读者在沉浸文字中涵泳记忆和想象的深远意义。

在《论波德莱尔的几个主题》中,本雅明语出惊人,强调现代性的震惊并不只是产生"死后震惊"的摄影,还涉及"杂志广告,城市熙攘的人流"以及广播、电影等新媒介。它们将引发"个人乃至整个社会的经验贫乏。如此而导致一种新的野蛮暴力"①。"经验关乎传统,个人与共同体生活中的传统。"②韦尔蒂的《亲戚》生动地演绎了摄影如何割裂个人与集体传统,经验变得破碎而最终成为"单向度的人"。在经验与传统的意义方面,安大姐与回归的迪西构成一组颇具象征性的对照。那么杂志广告、电影、广播又如何引发存在危机?在《搭便车的人》《献给玛娇丽的花朵》《我的爱,无处容身》等小说中,韦尔蒂展演这些新媒介所滋生的暴力和异化并非一人一时一地的偶然,而反映出整个南方社会面对现代性的交流困境与精神危机。参照雷蒙·威廉姆斯对哈代的研究,这种精神危机是现代资本主义入侵农业文明,完全颠覆以往的人际关系、劳动形式、经验方式。

在《旅行推销员之死》中,汽车作为现代性的震惊体验揭露出推销员博曼孤独异化的生活体验。韦尔蒂通过将博曼的猝死和他对传统生活的回忆与渴望并置,加倍突显主人公身上"贫乏的经验"导致的精神崩溃。汽车驾驶的单调性、重复性、危险性在《搭便车的人》里同样得到彰显。同是旅行推销员的汤姆·哈里斯为了谋生四处奔波,驾车时"行动犹如在梦中一般……蓦然会感到一阵危险和孤独"(*CS* 62)。旅行推销的颠沛流离也使哈里斯陷入交

---

① Walter Benjamin, "Experience and Poverty," *Walter Benjamin: Selected Writings*, vol.2, Part 2, 1931—1934, Howard Eiland and Mchael W. Jennings, eds., Harvard UP, 2006, p.732.

② Walter Benjamin, "On Some Motifs in Baudelaire," *Illuminations: Essays and Reflections*, p.157.

流困境,与搭便车的陌生人打招呼完全是例行公事,跟异性也无法正常交流,反复出现的"倦怠"成其精神空虚与身体失能的真实写照:"我希望我到的时候,他们用'你'来称呼我,他自言自语,感觉很疲惫"(CS 68);"哈里斯已经十分厌倦了"(CS 70);"他太过疲惫,根本没法入睡"(CS 71);"他非常疲劳,他想到了其他城市的女孩"(CS 72);"他关上女孩的车门,部分原因是厌倦"(CS 74)。面对漆黑雨夜的女孩,哈里斯只感受到"初始的欲望苏醒"(CS 71)。他的性无能与迷离的深夜形成巨大反差,揭示出工业资本主义对人身体与精神活力的摧残,恰如劳伦斯反复以炽热的原始主义爱欲抗议现代资本主义对人的堕落。这一主题也在男主姓名中埋下了伏笔:哈里斯(Harris)音同哈里(Harry/Hare),后者常指代胆小无力之人。

另一方面,"厌倦"(Ennui)是现代性异化感的重要标识,它既可能源于异化的劳动,也可能是现代资本主义如消费主义、电影与广告("媒介化")冲击的结果,是一种典型的"现代身份危机"①。在《爱欲与文明》中,马尔库塞将现代异化感归因于日益复杂的技术制度对本能冲动的强大压抑。为了满足机械社会的指令,人不得不压制内心自发的、充满爱欲与激情的自我。当这种自我克制失去作用时,本雅明所言的野蛮与暴力便可能不期而至。在小说中,引爆自我克制机制的正是传播媒介——其暴力既体现于吉他产生的噪声及汽车广播里声嘶力竭的音乐,正如凶手里索比的坦白,谋杀同伴只是因为"厌倦了他到处弹拨吉他发出的噪声"(CS 71);也表现于索比在汽车里将同伴毒打致死时"旁边正放映着电影"(CS 68)。

对索比的厌倦与对哈里斯的倦怠的描写如出一辙,这似乎是韦尔蒂有意为之。思及肖瓦尔特对简·爱与伯莎·梅森的"替身"

---

① Barbara Dalle Pezze and Carlo Salzani, eds., *Essays on Boredom and Modernity*, Rodopi, 2009, p.19.

解读,索比的暴力也可视作哈里斯男性危机的极端表现。这种存在的虚无感不只体现于两个普通人之间,也是整个社会面临的现代精神状况。哈里斯发觉:

> 这一晚和其他无数个夜晚毫无分别,这座小城市和其他无数座小城市也毫无差异,他依旧和衣而睡,时而心安时而绝望……种种的暴力事件虽然与他无关——斗殴,在他汽车里的斗殴,并非毫无目的;斗殴,突如其来的忏悔,陡然而生的性爱——这些都跟他不相干,不是他的事端,却属于他经过的这些城市里的所有人,源自他们久远的过去和虚伪的东拉西扯,也源自他们的时代。他自己脱离了时代。他自由,却又无助。(CS 72)

这一段情感抒泄折射出哈里斯现代劳动的无根生活及随之而来的、难以排遣的异化感。蕾·安·塔克认为,现代性的冲击之一体现于对时间的体验之上,"资本主义市场与工厂是前进的线性时间,而农耕文明的传统与仪式则是循环的、冥想的时间"①。在线性时间中,逐利与发展会剥夺对时间的感知,而循环时间则强调时间体验对经验与思想的意义,卓别林的经典电影《摩登时代》便是剀切的例子。现代机器与时钟的双重压迫最终使卓别林失去心智,变成只知拧螺丝的机器。现代资本主义"唯利是图,丑陋卑鄙",劳动者"丧失了生活中为人的主体意义",而自耕农的生活是自然的也是自由的,伴着天光月影日出日落,"身体和心灵皆有巨大满足"②。现代性的经典体验,凯文·纽马克指出,"便是思想着

---

① Leigh Anne Duck, *The Nation's Region: Southern Modernism, Segregation, and U.S. Nationalism*, U of Georgia P, 2006, p.8.

② Stark Young, "Not in Memoriam, But in Defense," *I'll Take My Stand: The South and the Agrarian Tradition*, p.347.

的主体无法完全理解或有意识地经验属于他'自己'个人历史的事件"①。这一观察与创伤研究的论点不谋而合,也深刻地揭示出博曼、哈里斯等人的心理(精神危机)与身体的创伤(性无能)。迈克尔·科雷林甚至认为哈里斯在推销旅途中的精神和身体失能似乎早已预设了博曼悲惨的结局②。

在南方现代化的浪潮中,工业化、城市化、电气化等对南方社会自给自足的传统经济模式与生活方式产生了巨大冲击,随之而来的个体与社区的彷徨焦虑更是难以回避的现实问题。《旅行推销员之死》与《搭便车的人》所描绘的居无定所、颠沛流离的现代工作方式及其弊端与农耕文明安稳而安逸的生活构成了强烈反差,也成为重农派作家等反现代者捍卫南方文明与传统的首要根由之一。不同于《亲戚》《搭便车的人》等小说,《献给玛娇丽的花朵》是《绿帘》小说集为数不多的以大都市为背景叙述震惊的现代性之恶的小说。不过,韦尔蒂对两性关系及其隐喻的隐微运用,尤其是以岌岌可危的男性气概与"自给自足"的女性气质并置对照影射现代性与南方文化传统的辩证关系,这一主题和创作策略与前述小说一脉相承。

《献给玛娇丽的花朵》的叙事背景设置于"经济大萧条"时期的纽约城,男主霍华德因长时间失业而自暴自弃。职业上的失意痛苦使他无法面对已身怀六甲、将及分娩的妻子,内心积聚的愤懑与孤独最终促使他操起屠刀将玛娇丽残忍地屠戮,因为她"愈发圆润的身体所孕育的生命令她完全忽视了他伶仃孤苦的生活,紧张压抑的生活"(*CS* 99)。学者历来对此小说评价不高,视之为韦尔蒂

---

① Kevin Newmark, "Traumatic Poetry: Charles Baudelaire and the Shock of Laughter," *Trauma: Explorations in Memory*, Cathy Caruth, ed., Johns Hopkins UP, 1995, p.238.

② Michael Kreyling, *Understanding Eudora Welty*, U of South Carolina P, 1999, p.34.

不太成功的实验小说,以"深深压制的心理病态……沮丧,愤怒,疯癫"①揭示现代社会人际关系的危机。我国学者赵辉辉则认为,小说深刻地表现了工业化制度对南方人造成的身体、情感、劳动等多重异化,充分说明"田园经济时代的和谐渐渐消逝了,工业化带来的只有无序和不和谐的生存状态"②。崔莉指出,这种情感异化的根源在于霍华德身上地方感的缺失,"现代都市生活的快节奏还投射到都市的消费地景上","尽管纽约城富丽堂皇,街上人头攒动,却根本无法引起霍华德的认同感……只有恐惧感、缺失感"③,"地方感丧失才是真正造成他异化、奉行暴力、盲目认同的根源"④。这些观察各有见地,从不同层面揭示出韦尔蒂对南方农耕传统的讴歌及对城市危险的警示。不过,作家对"工业化制度"与"都市"之恶的书写并非不言自明,而是值得进一步细读与推敲的议题。

首先,霍华德的沮丧与绝望不仅仅来源于失业及家庭造成的情感与身体的双重异化,还在于城市空间的压迫感,既体现于崔莉所言的快节奏都市生活,更多的则见于本雅明所强调的"震惊的现代性"。例如,在城市中行走,霍华德常需要"从一大群孩子中穿过,他们突然涌向一个跳绳,在他身边又唱又跳,嘴唇分开得很大"(CS 102),宛如恐怖电影里的惊悚效果。"穿过街后,他又被一个少年邮递员的自行车撞到";接着又是"一群人正围着橱窗,里面的机器非常缓慢地制作着甜甜圈",另一个门口的橱窗里"放满了圣母玛利亚还有各种各样的动植物的彩色相片,底下还有一排灰色纸板盒子,里面放的是人们恶作剧用的迷你马桶和夜用水缸"(CS 102);地铁上更是人流如织,"他在车厢里一直看着人头上面

---

① Stephen M. Fuller, *Eudora Welty and Surrealism*, UP of Mississippi, 2013, pp.55-56.
② 赵辉辉:《尤多拉·韦尔蒂身体诗学研究》,第167页。
③ 崔莉:《尤多拉·韦尔蒂文学作品的地方研究》,外语教学与研究出版社,2021年,第311页。
④ 同上,第321页。

所贴广告中的各种图片"(*CS* 103)。城市里人群的洪流、分人心神的广告与噪声以及令人震惊的机器,令霍华德显得完全格格不入。琳琅满目的商品并未给他带来任何即便是心理上的满足,而更多的是惊慌失措,因为"商品文化的出现挑战了固有的男性观念"①,也象征了人际的情感和联系被简化为数字,从而"加剧了物和人的同质化和可互换性"②。按照齐美尔的观点,城市里不断激增的琳琅满目的商品让人觉得无法理解和失去控制,似乎大量的商品有自己的存在和意志,更产生被商品淹没和支配的恐惧。如此的无力和失控感在下文场景描绘中得到进一步暗示——精神上孤立隔绝的霍华德忽受幸运女神眷顾,在穿过旋转栅门时:

>有个女人走到他跟前,告诉他:"你是进入广播城市的第一千万名访客,今晚东部时间六点钟你将参加全美广播网的节目。留下你的姓名,住址和电话? 你是否已婚? 拿着这些玫瑰和进入城市的钥匙。"
>
>她递给他一把巨型钥匙,还有一大捧鲜红的玫瑰花。他起先想还给她,但她丝毫未等就消失了。一群面像飞鹰的男人簇拥上来,在一片刺眼的闪光灯中,用照相机直直对着他拍照。
>
>"你的职业是什么?"
>
>"你结婚了没?"
>
>……
>
>他的双眼在四处寻找出口,然后趁他们不注意的时候,迅速挣脱跑走了。(*CS* 102)

---

① Guy Davidson, "'Almost a Sense of Property': Henry James's *The Turn of the Screw*, Modernism, and Commodity Culture," *Texas Studies in Literature and Language*, vol.53, no.4, 2011, p.471.

② 芮塔·菲尔斯基:《现代性的性别》,第57页。

这一串连珠炮似的问询和前文急速的人流、目不暇接的广告图片有异曲同工之处,隐微地传达出快节奏与高强度的都市生活。尤其值得注意的是对霍华德对面女性的描摹,无论是她命令似的指示"留下你的姓名,住址和电话？你是否已婚？拿着这些玫瑰和进入城市的钥匙",还是急不可耐地离开,"他起先想还给她,但她丝毫未等就消失了",皆与玛娇丽的和婉体贴形成十分鲜明的对比。"这座城市的女人皮肤黝黑,嗓门奇高,紧张而又焦虑……而玛娇丽像是他的家"(CS 99),因为玛娇丽的轻声细语与沉默寡言都能与霍华德产生情感联结,成为他的心灵庇护所。都市生活似乎是处处密布福柯式监视的监狱,让霍华德难以脱身。

其次,学界针对霍华德杀戮爱妻的犯罪动机一直疑义纷纷,但大都认为反映出男主以死亡摆脱精神困境,是其极度异化的悲剧,"行尸走肉的霍华德却徒手杀害了洋溢着生命力"[①]的妻子。应当指出,死亡或者疯癫(如巴特比)其实是工业资本主义牺牲品的悲剧性反抗,在小说中集中体现为霍华德对时间的反抗——时间的震惊不仅是急速汹涌的人流、不可违逆的快速指令、地铁离开后呼啸而过的疾风,更具象地表现在令他失去心智的廉价时钟。

小说伊始,韦尔蒂便突出霍华德对时间及其所象征的变化感到厌恶。面对"飘动"的"小巧粉色口香糖纸"(CS 98),他没有抬头,朝之啐一口吐沫、一脚踢开;地上惊起的白鸽"集体的回旋急转令他觉得眼睛疼","他只能闭上眼睛,不看鸽子扑腾着的、变幻的乳白色翅膀"(CS 98)。霍华德的时间感则始终停留在南方维克多小镇的农耕传统,他不用手表(这与小说最后警察看表的动作形成对比),依旧借助自然规律判断时间,"站起来,看了看太阳的位置,缓缓起身回家找她"(CS 98)。他记不住时间甚至遗忘玛娇丽的孕期,只是反复询问,"时间还有多久？",而妻子的无奈回应,

---

[①] Ruth D. Weston, "Eudora Welty and the Short Story," *A Companion to the American Short Story*, p. 281.

"唉,霍华德,你为什么老是不记时间？老是问我……"(CS 100),并非因为自私冷漠,而是她尚未经受城市现代性与资本主义劳动制度的"污染",无法体会霍华德遭受的震惊之感。

据大卫·哈维、安东尼·吉登斯及齐格蒙特·鲍曼等人的现代性研究,"时空压缩"是显著的现代体验,时钟成为现代文明的标志之一,象征"抽象、线性、可衡量之时间对自然、日夜、人身体中的循环时间的胜利"①。这能较好地解释霍华德的创伤性时间体验,"他突然停住,眼睛短暂地闪现光芒,好像看到幻象一般。或许他可以想象正常稳定的日夜时差,能在早晨吃早餐"。"时间并不容易计算,根本不像你想的那么简单"(CS 101),他告诉玛娇丽,同时努力从她的身体寻找到"家园"的庇护所,"他把脸紧挨着玛娇丽的脸,感受她宽阔的身体的温柔和律动",可是"那廉价的时钟发出的滴答声愈发响亮,好像从她的身体发出,他越来越绝望"(CS 100)。身体代表着自然的循环时间,与象征工业现代性的时钟正好相对。但在霍华德看来,玛娇丽的身体因怀孕也变成了令他心生恐惧的时钟,因为两者都时刻提醒着他线性未来的降临。如此,在"一阵绝望之中,他从口袋掏出那个小小的皮革钱包,暴力地前后摆甩",钱包"像个小钟摆一样慢慢地停在他手里"(CS 101)。此处,韦尔蒂精妙地借钟摆比喻表达霍华德对资本主义时间的不适,他显然未能理解"时间就是金钱"的资本主义逻辑。

在他破旧的斗室当中,霍华德反抗时间现代性的唯一途径便是处于性别弱势地位的玛娇丽。他的咆哮"你是这个世界唯一没有停止的东西"(CS 101),将原本视作心灵港湾、温暖体贴的玛娇丽的身体咒骂成代表一切持续向前的时间的"东西"(thing),反射出霍华德扭曲的时间观与深刻的男性气质危机,也为随后对玛娇丽的暴力杀戮埋下了伏笔。值得注意的是,杀人后"时钟的滴答声

---

① Jean-Miche Johnston, *Networks of Modernity: Germany in the Age of the Telegraph, 1830—1880*, Oxford UP, 2021, p.12.

极度吵闹,他只得将之从窗户扔下"(CS 102),这一细节进一步揭露出霍华德杀人动机的无力与悲剧性。盖尔·莫提默也发现霍德华的作案对象"不仅是玛娇丽自身,更是她代表的对时间的不同视角",且具有讽刺意味的是,霍德华的暴力非但没有阻止时间和变化,却"不可挽回地坠入线性时间当中,经历了毫无止尽的种种变化"①。

为了逃离这些震惊的变化,霍华德只能重新回家。诡异的是,"当他大步哆哆地往回跑时,马路上的交通似乎轻柔地停了下来",卡车"在他面前也善意地缩小了,好像是风箱的作用。他平日所走的路也不再人满为患,大家似乎都消失不见了",霍华德感觉"他好像死去一般,周遭的人与物都对他心生畏惧"(CS 105)。在这一连串描绘中,川流不息的"马路交通"、巨型"卡车"、令他恐惧的"人与物"皆是典型的本雅明式的"现代性的震惊",它们从另一维度揭示出城市现代性对霍华德的巨大冲击。及至家中,目睹玛娇丽垂下的胳膊和毫无生气的尸体后,霍华德"终于相信一切都停止了。这正是他所恐惧的,也是他所梦想的。他的梦已经实现了"(CS 105)。在传统文学中,家庭是安全、私密同时又脆弱的空间,如此而加剧了霍华德暴力的悲剧性。在退无可退的困境中,他如一只困兽将愤怒与无力指向了更为脆弱的爱妻玛娇丽。

转身回到马路,"他在街角碰到的第一个人是位警察,他正观察飞翔的鸽子"。鸽子上方,"六点钟的钟声响起,但警察在那一刻也不确定他们所处的时间和位置,只能借助手表和口袋里的其他物品确认",最终抓住"盯着他的男性的胳膊"(CS 106)。警察对飞鸽的观察与小说开头霍华德对待鸽子的冷漠似乎是蓄意的对比。在判断时间时,前者的手表与霍华德对"太阳位置"的依赖则构成另一层对照。根据阿尔都塞对国家机器的研究,警察是维护

---

① Gail Linda Mortimer, *Daughter of the Swan: Love and Knowledge in Eudora Welty's Fiction*, U of Georgia P, 1994, p.92.

现代资本主义秩序的压制性国家机器之一,那么小说中警察的看表行为与观察鸽子可阐释为对时间与秩序的确认,而逮捕霍华德自然是顺理成章的事情,因为后者代表的是与资本主义秩序与逻辑不相容的农耕文明的时间感,虽然他的罪行也确实违反了国家法律。最后,霍华德头上的钟声并非循环时间的象征,而是时钟作为统筹、管理现代私人与公共生活唯一指标的高度浓缩,是资本主义现代性线性与同质性时间经验的最佳展示。这一结尾也进一步深化了霍华德的悲剧及小说的主题意义——现代资本主义(时间)已是自我加速、自我演变的完备机器,个人抑或集体的徒劳反抗只是轻飞曼舞的历史微尘,终将淹没于时代的海洋之中。

在《现代主义与男性气质》一书开头,娜塔莉亚·拉斯提和朱利安·墨菲特指出,20世纪以来的男性气质"危机"研究主要有两个关切:一是考察"危机"作为批判威权的隐喻;二是推衍"危机"背后男性气质/男性气概及男权经历的政治文化变革[1]。"一战"的创伤,工业化、商品化、消费主义的兴盛,"新女性"与女性解放等使男性丧失了传统农耕社会里的权力与权威,柔弱的男性成为现代主义文学中瞩目的文学与文化现象,无论是《尤利西斯》中"女性化男人"的雷波尔德·布鲁姆[2]、《阿尔弗瑞德·普鲁弗洛克的情歌》中唯诺敏感、性无能的同名男主,还是海明威、福克纳、费茨杰拉德等"战争一代"作家笔下的男性人物。男性气质危机也是韦尔蒂笔下的常见主题,《献给玛娇丽的花朵》中,霍华德的男性气概危

---

[1] Natalya Lusty and Julian Murphet, eds, *Modernism and Masculinity*, Cambridge UP, 2014, p.6.

[2] 韦尔蒂对《圣经》及古希腊罗马神话十分熟稔,对这些故事的隐射、挪用、改写在《金苹果》《喀耳刻》《庞德的心》《强盗新娘》《依尼斯弗伦的新娘》等许多作品中都能窥见。值得一提的是,《喀耳刻》受乔伊斯《尤利西斯》的影响很深,小说关于身份、独立、创造力的主题和叙事手法与乔伊斯的小说有惊人的相似之处。对于两部作品的解读,详见 Michael Gleason, "Circe and Language: What Welty Took from Joyce," *Eudora Welty Review*, vol.11, no.1, 2019, pp.71–75.

机显然并非源于性别焦虑或是"公共商业生活的女性化"①,而是机器与工业化对主体性造成的分裂,是现代性的伤痛体验。实际上,"现代主体与震惊和创伤的经验密不可分"②。

小说中,反复出现的帽子意象是揭开霍华德男性危机的一把秘钥。首先,如麦克卢汉所言,帽子作为身体的延伸,是"社会生活中自我界定的手段"③,凭此霍华德方如他人一样伪装融入都市生活,因为"帽子有时可用作抹除社会阶级区分的工具,虽然它的首要功能是宣称社会地位"④。故而小说伊始,他戴着帽子在广场四处转悠、找寻工作;将爱妻残害后,他回到街上,"立即戴上帽子,穿过孩童的人流"(*CS* 102);上地铁前记得"将帽子摆正",下车也不忘"将帽子抓紧"(*CS* 103),踏进喧闹的人流。

另一方面,帽子的形状自然地成为霍华德彰显男性气质的符号。弗洛伊德在《梦的解析》《精神分析导论》等作品中多次强调帽子"中间凸起而两边下垂,是男性阳物的形状"⑤。小说开首,霍华德从广场寻觅工作无功而返后,"他打开门,耸耸肩膀,然后把帽子扔到了床上,这样玛娇丽便不会询问他今天在哥伦布广场找工作的情况"(*CS* 98 99)。联系弗洛伊德的启示,这一动作意在试图通过向女性展示男性权威以掩饰自我的男性无能,因为床常是"女阴的象征",尤其是"母亲阴户的象征"⑥。当霍华德走投无路、只能去"新政公共事业振兴办"(W. P. A)向弗格森小姐求助时,他

---

① Natalya Lusty and Julian Murphet, eds, *Modernism and Masculinity*, p. 8.

② Mark Seltzer, "Wound Culture: Trauma in the Pathological Public Sphere," *October*, vol. 80, 1997, p. 18

③ 麦克卢汉:《理解媒介:论人的延伸》(增订评注本),何道宽译,译林出版社,2011年,第141页。

④ Diana Crane, *Fashion and Its Social Agendas: Class, Gender, and Identity in Clothing*, Chicago UP, 2000, p. 95.

⑤ Sigmund Freud, *The Interpretation of Dreams*, Dover Publications, 2015, p. 225.

⑥ Marcus Grantham, "The Sexual Symbolism of Hats," *American Imago*, vol. 6, no. 4, 1949, p. 286.

"俯身向前,准备移除自己的帽子,可她只是继续打字"。面对弗格森小姐的冷漠,他只得"提了提自己的帽子,动作轻快活泼而又有点古怪,兴许是想维护自己的自尊心"(CS 104)。"新政公共事业振兴办"前厅与弗格森小姐办公室之间的隔门是阻碍霍华德与都市女性建立联结的象征性鸿沟,因为他的"南方农村出身影响了他对都市人际关系的解读"①。在更深的层面,两人的差异或者说弗格森面对霍华德的优越,或许源于她"把键盘敲得噼啪作响"所体现的资本主义现代性对于霍华德身上南方农耕文明的震惊与胜利,而此处正是他因长期失业而丧失男性气概的地方。回到马路上,霍华德又遭遇急切的采访女记者和一群飞鹰似的男摄影师,他侥幸逃脱后飞奔而去,"空出的一只手紧紧扶住自己的帽子";而当他以最后一枚硬币在酒吧老虎机上博得大彩,"投币口哐当哐当地喷出大量硬币,这让他觉得很恶心;硬币在他的腿周围撒了满地,他退到脏兮兮的红色窗帘那边。他的帽子滑落到了地上"(CS 105)。对强调荣誉、正直、正义等古老美德的南方人而言,重农派作家反复强调,现代资本主义"唯利是图,丑陋肮脏",劳动者"丧失了生活中为人的主体意义"②。这也能够解释为何以霍华德为代表的南方人对北方资本主义工商文明怀有本能的反感。因此,帽子的坠落不仅是因为喷币老虎机带来的震惊,更是因为依赖地上"肮脏"的赌博硬币是对霍华德男性尊严底线的突破,是对其个人价值和荣誉的彻底否定。

可以说,在资本主义现代性面前,霍华德的传统男性气质已如倒悬之危,帽子成其自我保护也是自我隔绝的屏障。这种精神上的自我隔绝也使霍华德丧失任何"救赎"的可能,因为帽子充当了

---

① 崔莉:《尤多拉·韦尔蒂文学作品的地方研究》,第 321 页。
② Twelve Southerners, "Introduction: A Statement of Principles," *I'll Take My Stand: The South and the Agrarian Tradition*, pp. xliv - xlv.

阻挡上帝之光与恩典①的媒介物。将阳光赋予特殊的宗教意涵非韦尔蒂独创,在但丁、威廉·布莱克、乔伊斯等作家笔下,日光引申出复活、恩典、希望、创造力等多重联想意义②。在《好人难寻》《善良的乡下人》等作品里,奥康纳更是将遮天蔽日的帽子与精神顿挫、堕入罪恶相勾连,喻示对强烈阳光及所暗含的救赎的抵抗。在韦尔蒂的小说中,霍华德将玛娇丽残杀后回到市街,"城市微弱的阳光正斜照在马路上",他"立即戴上帽子,穿过孩童的人流"(*CS* 102)——其决绝的姿态同样暗示出一种信仰泯灭、无力救赎的覆顶危机。

与帽子的黯淡隔绝直接相对的是小说标题中沐浴阳光、充满生机的红玫瑰。盛开的红玫瑰与怀孕的玛娇丽形成某种神秘对照,加剧了叙事的惊悚效果与悲剧主题。同时,红玫瑰与玛娇丽又是霍华德获得救赎的玄奥存在,不论是他"魂不附体似的在第六大道上飞奔,怀里的玫瑰像人头一样朝他频频点头",还是"低下头,将眼睛、鼻子和嘴一起埋入玫瑰之中"(*CS* 105)。在韦尔蒂的心中,花卉植物的救赎性一方面来自其作为神圣阳光/恩典的媒介,因为如媒介学家约翰·彼得斯所言,"植物从一开始便是阳光的重要媒介",是与麦克卢汉笔下帽子一样"存储热能"③的中间物;另一方面,它们是作家所歌颂的女性气质和女性权力的绝佳象征(在样貌上也颇为相似)——这一理想至少可溯至19世纪文学尤其是唯美主义对男性危机的恐惧和对女性气质的崇拜。

在《现代主义与男性气质》一书中,杰拉德·艾森伯格引用雅

---

① Joanne Halleran McMullen, *Writing Against God: Language as Message in the Literature of Flannery O'Connor*, Mercer UP, 1996, p.35.

② 参见 Eric Pyle, *William Blake's Illustrations for Dante's Divine Comedy: A Study of the Engravings, Pencil Sketches*, McFarland, 2015, p.224; Joanne Halleran McMullen, *Writing Against God*, p.32.

③ John Durham Peters, *The Marvelous Clouds: Toward a Philosophy of Elemental Media*, Chicago UP, 2015, p.148.

克·乐来德的现代性研究著作指出,现代化所呈现的技术、进步、理性等"所蕴含的价值观是对男性特质的过度强调"①。科技理性、工业化给男性带来前所未有的权力,但同时也造成了主体性分裂,催生"存在危机",而女性气质(尤其是母亲形象)则是完整的自我性别身份、性别意识的基础。因此,在托马斯·曼、德国戏剧家弗兰克·魏德金及俄国画家瓦西里·康定斯基的笔下,男性自我危机之中却时时显露出对理想女性气质的推崇与挪用②。芮塔·菲尔斯基在对《现代性的性别》研究中发现齐美尔的论著里:

> 女性事实上被视为怀旧欲望的明显对象……将女性气质作为一种非异化、非碎片化的身份象征的渴望,构成了关于现代性本质的文化再现史的一个特别重要的母题。在这些话语中,女性是真正的起源,是未受社会和象征体系束缚的神话符号……她位于时间和社会的畛域之外……怀旧和女性气质融合在一起,表征一种神话性完满(plentitude),另一边则是男性经历的自我分裂与存在迷失……救赎性的母亲身体成了非历史的他者及历史的他者,现代身份正是在其反面获得了定义。③

如此,救赎性的女性/母亲形象成为反抗现代性"实证主义、进步主义价值观以及现实主宰原则"的理想原始性力量。不过,此处"理想"的女性特质并非"女性庸俗、暴虐的身体",而是"巧妙展现

---

① Jacques Le Rider, *Modernity and Crises of Identity: Culture and Society in Fin-de-Siècle Vienna*, trans. Rosemary Morris, Continuum, 1993, pp. 89 – 90.

② Gerald N. Izenberg, *Modernism and Masculinity: Mann, Wedekind, Kandisky through Wrold War I*, Chicago UP, 2000, pp. 4 – 13.

③ 芮塔·菲尔斯基:《现代性的性别》,第51页。译文有改动。

的自然之美,自然情感得到有意识的展示"①。韦尔蒂笔下的女性从来不是羸弱、被动、充满依赖性的角色,她们成熟完满的女性气质常通过花园或野外的花朵植物得到表达——在《亲戚》中,回乡之旅使迪西体悟到"在那一刻,我想我从未离开心中古老温柔的明戈——屋外结实宽阔的栅栏旁是新浇灌的蕨类植物,芳香四射,远处明亮的田野甚至暗黄的树林和溪边都能闻到,它的馥郁与浓烈我有次几乎都能看见"(CS 563);《依尼斯弗伦的新娘》里,年轻女主为逃离新婚丈夫开启独立旅行,穿越"无边的大海,那深沉而奸诈的大海",旅行的终点让她重获希望,看到"每一棵柳树的金红色茸毛正四处飘散,好像维纳斯复活一般……树上充满阳光、花团锦簇"(CS 508)。循此,《献给玛娇丽的花朵》里明艳亮丽的蝴蝶花和玫瑰花作为"自然之美"亦是对玛娇丽身上理想女性特质的隐喻,她的母性身体在霍华德心中激发怀旧欲望,"这座城市里的女人皮肤黝黑,烦躁焦虑,嗓门奇大,而密西西比维克多的女孩们都如玛娇丽一样——玛娇丽就像他的家,这些他都快记不起来了"(CS 99)。在霍华德的三次出走与三次回家后,面对"失去生命的玛娇丽",他只能"低下头,将眼睛、鼻子和嘴一起埋入玫瑰之中",这也再次证诸韦尔蒂希冀以圆满女性气质作为现代性震惊的救赎可能。

利奥·马克斯指出对自然乡野、花卉树木的崇拜,源于对城市世界"冷酷无情的社会现实和技术现实感到厌恶",显露出从权力和世故向安宁和纯真迁移的真诚渴望②。不止如此,在韦尔蒂的妙笔之下,花卉植物在神圣阳光和自然的照耀下被赋予完满的自然美,与霍华德象征自我隔绝、精神贫乏的帽子形成鲜明对比;它们也不再是传统幼稚、貌美与装饰性女性气质之象征,而是原始

---

① Gerald N. Izenberg, *Modernism and Masculinity: Mann, Wedekind, Kandisky through Wrold War I*, p.14.

② 利奥·马克斯:《花园里的机器:美国的技术与田园理想》,第3、13页。

性、救赎性的母性/女性特质的化身。不同于 D. H. 劳伦斯反抗机械资本主义的激进身体书写,韦尔蒂将救赎的希望寄托于远离男性社会/机器文明的女性特质/自然旷野,依旧笃信安宁纯朴的南方农耕传统的现代意义,这是她应对"震惊的现代性"的独特进路。

《献给玛娇丽的花朵》以帽子展演资本主义现代性给南方农耕传统人群造成的人际交流危机与自我精神危机,并从侧面传达韦尔蒂对神圣自然与女性气质的救赎意义的歌颂。这些帽子书写清晰地折射出作家认同"重农派"前辈文人、肯定南方农耕传统的文化立场。"城市的外表通常是包容和自由,深长的街道一眼望不到尽头",韦尔蒂在《来自西班牙的乐音》中指出,"对任何人而言,它们仍然是牢笼"(CS 407)。和霍华德相似,主人公尤金的时间和记忆依旧留驻于过去密西西比农村的土地及与哥哥的农耕狩猎生活。

在韦尔蒂的文学作品中,帽子、头发、身体不仅是自我装饰,更被赋予深刻的社会和性别意义。仅以帽子为例,小说《紫帽》同样以帽子象征女性性器官及逾越性的女性气质。帽子所代表的不受社会规约束缚的女性欲望有力地传达了作家对南方传统(白人)淑女身份与女性气质规训的批判,这显然也具有一定的自传意义。在《我的爱,无处容身》中,帽子成为陌生的红男绿女探索情感与欲望联结的线索,韦尔蒂也同样赋之以丰富的女性气质和性感意义。《莉莉·多和三位女士》中帽子成为南方保守社会对女性道德与身体规训之隐喻,如此表达出作家对优生学在美国南方的批判,尤其是它所裹挟的性别与种族歧视。《三角洲的婚礼》对帽子在叙事与主题层面的运用更为精妙复杂,既涉及"对新身份、新行动的探索,也用来暗示社会接纳"与社会排斥,是尝试和展现"主体意志性的创造性行为"[①]的工具。

[①] Laura Sloan Patterson, "'Lady Couldn't Expect to Travel without a Hat': Cultural Capital, Gender, and Sexuality in Welty's Short Fiction," *Eudora Welty Review*, vol.12, 2020, pp.30, 33.

韦尔蒂对震惊的现代性的批判不局限于《亲戚》《旅行推销员之死》《献给玛娇丽的花朵》等小说中的摄影技术、混乱时空、工业资本主义异化等主题。既然查尔斯·泰勒所言之现代性包含"新习惯和新制度形式(科学,技术,工业生产,城市化)"及"新生活方式(个体主义,世俗化,工具理性)"①,那么韦尔蒂对20世纪上半叶南方轰轰烈烈的优生学运动的抨击便是另一例剀切的现代性批判,因为优生科学"诞生于现代性之中,也是现代性的标志"②。

优生学这一概念源自英国,由达尔文的表弟弗朗西斯·盖尔顿于1883年提出。受达尔文"进化论"启发,盖尔顿深入研究了遗传和基因选择如何能产生更好的人类后代。优生学是"提高物种的科学,综合研究所有能改善或损害后代种族(即遗传)素质表达的动因"③。优生学的目标就是孕育更健康、更"优质"的后代,同时减少甚至消灭"劣质"、有缺陷的物种。这通常可从两方面实现:"积极优生学"鼓励具有优秀遗传基因的人结婚生子,"消极优生学"正好相反,建议不适合生育的人禁止结婚生育。优生学常被与民族健康、国家未来相联系,优生学家通常"既是科学家,又是现代民族国家的构建者"④。

优生学运动在美国大陆引发了强烈反响,自20世纪初便有美国育种协会(1903)、盖尔顿研究会(1918)、美国优生学会(1926)等一批优生研究协会陆续成立,一大批精神病院、弱智看护中心也迅速拔地而起。1927年,联邦高等法院将强制优生绝育合法化,目的便是保护美国国家和种族后代的健康。及至50年代末,美国本土30州约七万人接受了绝育手术。历史学家黛岚·英格丽什认

---

① Charles Taylor, *Modern Social Imaginaries*, p.1.

② Alison Bashford and Philippa Levine, eds., *The Oxford Handbook of the History of Eugenics*, Oxford UP, 2010, p.15.

③ Francis Galton, *Inquiries into Human Faculty and Its Development*, Macmillan, 1883, p.17.

④ Marius Turda, "Race, Science, and Eugenics in the Twentieth Century," *The Oxford Handbook of the History of Eugenics*, p.68.

为,优生学是美国20世纪前30年的主流国家意识形态,是具有典范意义的现代话语,在政治、文化、医学、经济等领域产生了持续而深刻的影响①。在文学领域,T.S.艾略特、格特鲁德·斯坦因、伊迪丝·华顿、杰克·伦敦、菲茨杰拉德、尤金·奥尼尔等作家也未能置身事外,而是执笔创作不少与优生主题直接相关的作品,传达美国社会和文化对具有优生威胁的疾病与人群的广泛焦虑。

众所周知,20世纪初,美国移民、城市化及工业社会的急速发展引发贫穷、犯罪、卖淫、种族矛盾恶化等诸多社会难题。进步主义改革家以国家干预为手段,制定实施禁酒、扫黄、限制离婚、限制移民、处理残障人士等方针政策,以解决威胁社会稳定和国家发展的"问题"人群。作为干预生育的现代"科学",优生学对身体的控制与国家对社会"有机体"的管控如出一辙,能为社会"问题群体"带来合理的"科学"解释(归咎为基因和遗传问题),并提供了可行的解决进路(即绝育、隔离、限制婚姻等)。爱德华·拉森指出,那些"优生学意义上不适生育的人——尤其是'疯子'和'智力低下者'——被视为许多社会问题的根本原因"②。如此,优生学运动在北美大陆甫一出现,便备受进步主义政治青睐,以实现"更健康的美国"与"更强大的美利坚种族"(American Race)。

优生学运动在美国南方同样响应者众,因为进步主义时期的南方亟需这种科学的现代思想缓和南方社会矛盾,摆脱发展滞后的面貌,尽快实现现代化。福克纳、凯瑟琳·安·波特、奥康纳、卡森·麦卡勒斯等南方作家各从不同角度关注着现代优生学在南方的演变。例如,杰·沃森从《喧嚣与骚动》中著名的白痴人物班吉切入,揭示福克纳受优生学启发,以"堕落"主题(酗酒,放荡,残疾,

---

① Daylanne English, *Unnatural Selections: Eugenics in American Modernism and the Harlem Renaissance*, U of North Carolina P, 2004.

② Edward Larson, *Sex, Race, and Science: Eugenics in the Deep South*, Johns Hopkins UP, 1995, p.1.

贫困潦倒)检视南方社会混乱落后的"病灶"①。艾什莉·兰卡斯特则以优生运动对南方"无私/放荡"的穷困白人女性的蓄意建构为线索,细致推演考德威尔、福克纳等人笔下这一白人女性刻板形象如何掩盖"大萧条"时期美国政治与经济的失利,沦为国家意识形态的工具②。詹妮·霍特曼等不同学者借镜其时优生学的家族研究,对考德威尔作品(尤其是《烟草路》)中"白人垃圾"家族形象的优生学剖析同样指向优生运动的政治性:以医学"科学"之名缓和美国南北经济差异与矛盾,凝心聚德,推动美国进一步发展③。在"白人垃圾"形象的文学构建背后,这些研究指出,也映射出优生学所催动的种族主义,即白人贵族的家族式没落是源自遗传问题,而非优越的种族特质,如此而强化南方固有种族秩序的合法性。

另一方面,艾莉森·格兰特等学者对韦尔蒂、弗兰纳里·奥康纳的探赜索隐却呈现另一种文学政治面相——"社会优生学家"对"放荡""道德智力"低下女性的规训不过是男权制的另一种变异④,"道德堕落""人种优化"等优生学话语根本无从判断,只会让

---

① Jay Watson, "Genealogies of White Deviance: The Eugenic Family Studies, Buck v. Bell, and William Faulkner, 1926—1931," *Faulkner and Whiteness*, Jay Watson, ed., UP of Mississippi, 2011, pp.19-55.

② Ashley Lancaster, *The Angelic Mother and the Predatory Seductress: Poor White Women in Southern Literature of the Great Depression*, Louisiana State UP, 2012.

③ Janet Holtman, "'White Trash' in Literary History: The Social Interventions of Erskine Caldwell and James Agee," *American Studies*, vol.53, no.2, 2018, pp.31-48.

④ Alison Arant, "'A Moral Intelligence': Mental Disability and Eugenic Resistance in Welty's 'Lily Daw and the Three Ladies' and O'Connor's 'The Life You Save May Be Your Own,'" *The Southern Literary Journal*, vol.44, no.2, 2012, pp.69-87.

技术理性摧残、泯灭人性。在小说《莉莉·多和三位女士》①中,韦尔蒂以充满戏谑的象征性叙事,批判了优生学背后隐藏的性别与种族歧视,更揭露其所裹挟的现代民族主义对南方传统社会的冲击。

小说开头,维克多小镇的三位女士突然收到密西西比艾丽斯维尔弱智服务中心的回信后又惊又喜。艾丽斯维尔弱智管理中心的历史原型为1920年创办于艾丽斯维尔的密西西比弱智学校和教育中心②。此时的莉莉尽管"并不聪明"(弱智的委婉语),但"依她的年纪来看,已经非常成熟了"(CS 5-6)。经历性成熟的莉莉萌生了恋爱的想法,这宛如"夏日里的晴天霹雳"(CS 7),三位女士即刻决定将她送走,原因正如密西西比弱智学校负责人兰瑟所言,"每一个身有缺陷的女孩都是对社区民众思想道德和身体健康的严重威胁"③。恰如《金苹果》中的道德审判员凯特,三位女士下定决心"莉莉不能结婚,维克多的青年不能自毁声誉"(CS 4),言下之意即与莉莉这样"残疾"女子结婚是很不光彩的事。令人唏嘘的是,对弱智群体的社会偏见竟也深入莉莉父亲的心灵,他"开始打她,想用杀猪刀把她的头砍下来"(CS 5)。莉莉或许并不知晓父亲暴力的因由,她身体的伤痕却是无疑的见证,"如果你留意的话,就能隐约看到她喉咙边波纹形的条条伤疤"(CS 6)。

不过,面对主流的优生学运动,三位有道德、"明辨是非"的女士却流露出迟疑与不确定。韦尔蒂以第三人称全知全能视角描绘了她们面对国家意识形态的内部分裂。当诱骗莉莉放弃婚恋念

---

① "莉莉·多"(Lily Daw)名字也饱含深意:Lily是白色的意思,象征纯真幼稚,而Daw意指傻瓜或轻信于人的人。韦尔蒂的小说正讲述智力低下、一片纯真的莉莉如何轻信三位女士,被骗送往弱智管理中心的故事。

② 随着优生学在美国的流行,美国各州相继建立了一批精神病院,如弗吉尼亚州立癫痫与弱智中心(1910)、佛罗里达农场癫痫与弱智中心(1921)、路易斯安那训练中心(1921)等。

③ 转引自 Edward Larson, *Sex, Race, and Science: Eugenics in the Deep South*, Johns Hopkins UP, 1995, p.92.

◆ 第一章　重思南方：历史空间下的回归 ◆

头、转去弱智学校的努力一次次落空时，她们的对话充满了意味深长的停顿与沉默：

"我们真的必须把她送走——现在就得行动！"艾米·斯洛克姆带着尖叫说。"假如——！她真的不能留在这儿了！"

"喔，不行，不行，不行"，卡森女士急忙说，"我们决不能那样想。"

她们坐在那儿，陷入了绝望。

"我能把我的'希望箱'带上吗——去艾丽斯维尔？"莉莉腼腆地问，眼睛斜着望着她们。

"当然，可以啊"，卡森女士茫然地回答。

她们再次站了起来，谁也不说话。（CS 8）

这一段充满张力的对话富含深意。斯洛克姆的绝望的尖叫，"我们真的必须把她送走——现在就得行动！"，折射出问题的严重性。"假如——！"的留白显露出对弱智"疾病"的恐惧，尤其考虑到它对"社区民众思想道德和身体健康的严重威胁"。卡森女士的慌忙回应，"我们决不能那样想"，也进一步揭示出优生学运动强大的影响力。不过，从另一角度思之，"假如——！"和"我们决不能那样想"可能暗示出她们内心被压制、反抗的愿望——留下莉莉，因为她们知晓国家机器背后的可怖阴谋，那些弱智服务中心卫生条件落后、管理不善、暴力侮辱司空见惯。最糟糕的是，莉莉会被强制绝育——1928年密西西比州已将强制绝育合法化。这些均使莉莉的"希望箱"显得极为讽刺。三位女士迟疑的可能反抗在小说晦暗不明的结尾得到了呼应，"有人以为莉莉上了火车，有人发誓她根本没走。每个人都在欢呼，一顶草帽被扔到了电话线上"（CS 4）。小镇欢呼一方面展现当时民众的疯狂，另一方面也是对国家优生学意识形态的潜在反抗，在强大、生硬、侵略性的火车身上得到了具化。

荷兰学者冯客认为,优生学"不仅是一套现代科学准则,更是从生物科学层面探讨解决社会问题的'现代'方式"①。对美国南方而言,优生隔离为"解决南方社会特有的矛盾问题提供了一条现代、科学、和平的路径"②,譬如贫困、种族冲突,快速城市化而导致民众当中大量出现精神疾病问题。优生学绝非寻常的科学实践,而演化成实现隐秘政治目的的政治工具。对于管控弱智等残疾人,兰瑟曾表示,"密西西比的人民一定会支持这项正义的事业……这家机构(即密西西比弱智学校)和我们全体美国人民的健康富足息息相关"③。兰瑟的政治鼓吹充满了民族主义色彩,因为民族主义,安东尼·吉登斯提醒我们,"将整个共同体认作言说的对象,以推进某些政策或事业,而在其他时候民众也许会对这些漠不关心或心存怀疑"④。正是将优生学与整个南方共同体的利益相勾连,三位女士才不得不决定要将莉莉送走,不能因为个人利益阻碍国家和民族事业的发展。据欧内斯特·盖尔纳等学者考证,民族主义的出现和流行是现代性和现代化的重要结果⑤,民族和民族主义标志着一个国家从农业社会向现代文明过渡。可以说,民族主义完全是为现代工业社会服务,因为工业主义需要一种"文化同质性,通常由某种客观、重要的事业产生,最后的形式便是民族

---

① Frank Dikötter, "Race Culture: Recent Perspectives on the History of Eugenics," *American Historical Review*, no.2, 1998, p.467.

② Gregory Michael Dorr, *Segregation's Science: Eugenics and Society in Virginia*, U of Virginia P, 2008, p.3.

③ 转引自 Edward Larson, *Sex, Race, and Science*, 1995, p.91.

④ Anthony Giddens, *Nation-State and Violence*, Polity Press, 1985, p.91.

⑤ 相关研究可见如 Liah Greenfeld, *Nationalism: Fives Roads to Modernity*, Harvard UP, 1992; Ernest Gellner, "Nationalism and Modernity," *Nations and Nationalism: A Reader*, Philip Spencer and Howard Wollman, eds., Rutgers UP, 2005, pp.40-47.; Daniele Conversi, "Modernism and Nationalism," *Journal of Political Ideologies*, vol.17, 2012, pp.13-34.

主义"①。

民族主义、现代化及工业主义三者之间的纠葛对理解南方优生运动至关重要。对于 20 世纪 30 年代的南方及整个美国而言，现代化和工业发展是重中之重，进步主义是国家意识形态。不过，南方社会却始终处于两种思潮的碰撞之中：一方面，现代化进程带来的益处显而易见，也是不可阻挡的潮流；另一方面，南方传统贵族阶层和一些民众对变革或是拒斥（《克丽泰》是极佳的例子）或是无感，更希望维持社会现状，继续以往稳固的社会等级秩序。优生"科学"的出现正符合南方利益阶层的需求，能成为北方进步主义与南方"落后"的农业意识形态的调解者，在"维持南方传统社会种族、阶级、性别秩序的同时"，也能"促进南方开放阶层对实证科学和工业经济学的拥抱"②。

《莉莉·多和三位女士》对优生学的批判首先指向其与民族主义的"合谋"，三位女士的踟蹰与情感上的真情流露是对这一现代"科学"原理的无声抗议。不仅如此，韦尔蒂也已洞察优生学所暗含的性别与种族偏见，并在小说中予以辛辣的讽刺，这集中体现于对莉莉突如其来的爱情的描绘。当三位女士第一次获知莉莉结婚的"幻想"时，她们立刻厉声反驳，"莉莉不可能结婚"，因为"维克多的青年不能自毁声誉"（CS 4）。这看似简单的优生逻辑背后实则暗藏根深蒂固的性别偏见，直需放置 19 世纪末以来的性别研究史中理解。

美国 19 世纪末出现一派颇有影响力的人类文明观，认为"男性，而非女性，才能带领人类实现完美"③。这一观点的出现适逢第一波女权主义运动，因而受到激进女权主义者的严厉反击。美

---

① Ernest Gellner, *Nations and Nationalism*, Blackwell, 1983, p.39.

② Gregory Michael Dorr, *Segregation's Science: Eugenics and Society in Virginia*, U of Virginia P, 2008, p.7.

③ Wendy Kline, *Building a Better Race: Gender, Sexuality, and Eugenics from the Turn of the Century to the Baby Boom*, U of California P, 2005, p.8.

国著名作家、女权主义活动家夏洛特·柏金斯·吉尔曼当时便奋笔疾书,号召新世纪的女性必须认识"她们身上的社会职责,她们无可比拟的种族优越性,因为男性都是由她们所产生"①。"新女性"的出现见证了女性地位和女性意识的大幅提高,女性在公共领域尤其是消费领域享有越来越多的话语权。性别秩序的渐渐瓦解、社会生活的女性化、"一战"带来的男性自我认同的危机等,这些在中上层(白人)男性阶层引发不小焦虑。不少论者相信,优生运动的及时出现成为男性规训和惩罚新女性的契机,她们正"徒劳地企图替代男性的地位"②,颠覆传统性别与家庭秩序。

优生学主张,性放荡、未婚"闲荡"皆是一种精神疾病,在成年女性尤其是弱智女性身上极易造成滥交,孕育"劣质"婴儿,而"劣质"后代将驱逐优良后代,致使"美利坚种族"退化(消极优生学)。如此,强制绝育、引产、上环等优生措施成为必要,虽然男性阉割同样存在。无论是北方进步主义政治,还是南方社会对传统家庭秩序的强调,都成为优生运动大肆传播的意识形态土壤。如此观之,小说里男孩子们"不能自毁声誉"和莉莉结婚,不仅是因其智力低下,还可能因为莉莉会变成不道德、"性放荡"的妇人,证据便是她在小说中轻易爱上听力残疾的木琴演奏师,并决定与他行婚。莉莉的轻浮与三位道德女士形成鲜明对比,她们脸色煞白、难以启齿,只能旁敲侧击地询问莉莉是否已经失身,"你还和以前一样吗?"(CS 6)。韦尔蒂心裁别出,将莉莉的回答赋予浓厚的情欲色彩:

"他——他有没有对你做什么?"最后还得是沃茨夫人发声。

---

① Charlotte Perkins Gilman, *Women and Economics*, Small, Maynard and Co., 1899, p. xxxix.

② 转引自 Wendy Kline, *Building a Better Race: Gender, Sexuality, and Eugenics from the Turn of the Century to the Baby Boom*, p. 14.

"嗯,是的呀",莉莉回答。她小心翼翼地用她的小指尖按了按香皂盒,把它们用毛巾细心包裹起来。

"什么?"艾米·斯洛克姆查问道,她晃晃悠悠地站起来,又在大厅里厉声问道,"什么?"

……

"他穿着红色外套",莉莉优雅地说道,"他用小木棍不停地敲打,呼咆!叮咚!"

"我的天,我感觉我要晕倒了",艾米·斯洛克姆喊道,但她们告诉她,"你没事的,不会晕倒的。"

"是那个木琴师!"沃茨女士惊叫,"那个木琴演奏师!他是个懦夫,现在应该乘火车逃走了吧!"(CS 7)

此段细节描绘充溢着象征色彩:莉莉小手指的动作让斯洛克姆震惊是因为在精神分析理论中,摆弄手指具有强烈的情色象征意义。在对茨威格小说《一个女人一生中的24小时》的解读中,弗洛伊德深入阐释了手作为爱欲表达的象征意义,对后世文艺作品中"手"意象的阐释意义深远。这让人不禁联想到艾略特的名诗《普鲁弗洛克的情歌》里手指相近的象征含义,那位女士的"房间里有一瓶丁香花 / 她边说边用手指拧转"①。此处,玩弄花枝的手指动作是男性阳物的经典象征符号。除此之外,木琴的小棒也是男性阳物的象征——经典精神分析将棍状物如帽子、雪茄、铅笔、蜡笔及笛子、口风琴、木琴和鼓的棍棒乐器都视作男性阳具的象征②,故而斯洛克姆大喊"我要晕倒了"。莉莉的行径不仅与南方淑女传统相悖,更印证了优生学中对弱智女性"放荡"的偏见。

---

① T.S. Eliot, *Collected Poems: 1909—1962*, Harcourt, 1963, p.9.
② 相关著作可参考如 Curt Sachs, *The History of Musical Instruments*, Dover, 2006.

莉莉的性成熟或曰轻佻同样表现在她着装打扮的细节之中。在车站候车厅三位女士看到整装待发的莉莉,她跪在地上"舔了一口手里百日菊的花根,声音跟松鸦一模一样","奶黄色的秀发在一顶新帽子下自由地飘动"(CS 5-6)。舔吸行为显然具有含蓄的性寓意,百日菊、松鸦、奶黄色等俗艳颜色也象征莉莉大胆轻浮的"欲望"表达。在头发研究中,飘动的长发常被视作旺盛身体欲望的符号。此外,弗洛伊德指出,帽子同样是女性性器官的象征,是女性气质的强烈表达。劳拉·帕特森发现,莉莉漂亮的新帽子太过俗丽,完全逾越了"南方中产阶级白人女性的规范"①,因而在出发时,"莉莉坐在她们中间的丝绒座位上,她的头发梳得整整齐齐,一顶蓝色小帽下打了一个结,那是她用漂亮的帽子跟朱厄尔换来的"(CS 9)。莉莉飘动的头发已被整理成结,靓丽的发色也被遮掩,绚丽的女帽也换成普通的蓝色小帽,一切重又回到淑女着装规范。这一转变显然是由三位女士授意安排,而莉莉的座位位置正是其在她们密切监视之下生活的隐喻。可以说,这一句的句法巧妙地揭示了莉莉身体被规训的结局及原因。

有趣的是,与莉莉一见钟情的木琴师似乎也患残疾。他"听力不好"(CS 9),显得同样轻浮——身着红色外套,帽子下面是红色的头发,还随身携带一个红色笔记本。他的残疾与不符习俗的轻薄或许是其职业选择的根由——只能做一名流浪的乐团琴师。如此,两位不容于南方社会的情侣坠入爱河颇有象征意义。当木琴师返回小镇要践行与莉莉结婚的诺言时,斯洛克姆女士被深深地打动了,"'我感觉我要流眼泪了,在这样的时刻'"(CS 11)。她为莉莉避免被送往弱智管理中心绝育的命运感到庆幸,更为她找到自己的真爱而感动。帕特森高明地指出,只有木琴师能够爱上并

---

① Laura Sloan Patterson, "'Lady Couldn't Expect to Travel without a Hat': "Cultural Capital, Gender, and Sexuality in Welty's Short Fiction," *Eudora Welty Review*, vol.12, 2020, p.23.

带走莉莉是因为他是外来者,可以"降低莉莉将'弱智'基因传给维克多小镇共同体的风险"①。因此,斯洛克姆的眼泪也有可能是因为她们自己不必再承担将莉莉送走的道德责任,也不用去纠结优生民族主义背后的弊端。小说结尾最后一句话,"所有人都在欢呼,一顶草帽被抛到了电话线上"(*CS* 11),烛照出优生学及科学现代性对南方社会造成的压抑与分裂。遗憾的是,莉莉最终未能留在家乡,她与琴师的结合既展现出韦尔蒂对南方优生运动尤其是隐含的性别偏见的抨击,也传达了她对南方社会歧视与排斥残疾人的不满,"幸福美满的结局"背后难掩南方社会根深蒂固的等级秩序和习俗规范。

韦尔蒂对震惊的南方现代性的观察从来都是与反思南方历史及社会文化相伴相随。韦尔蒂的文学创作原则是置身与关注当下,她不仅忠实记录下现代性带来的冲击,同时也借此揭露南方社会隐藏的诸多问题。与重农派作家/逃逸者诗人一样,韦尔蒂信仰南方社会独特的历史与文化传统,相信通过文学"个人的过去经验能够点亮集体历史的事物"②,构建"集体经验的物象以抵御生命经验中最大的震惊,即死亡"③。在历史遗物、生活仪式甚至家族故事的传承中,作家营造出一种视觉与感知经验空间,激活尼采式的"历史感受力",以此凝聚记忆、重塑身份。

---

① Laura Sloan Patterson, "'Lady Couldn't Expect to Travel without a Hat': "Cultural Capital, Gender, and Sexuality in Welty's Short Fiction," *Eudora Welty Review*, p.22.

② Walter Benjamin, *Illuminations: Essays and Reflections*, p.159.

③ Ibid., p.102.

第三节 历史再现与历史感受力

"过量的历史会伤害生活",尼采在谈《历史的用途与滥用》长文里指出,但"生活也的确需要历史为之服务"①。在"摅怀旧之蓄念、发思古之幽情"时,尼采强调应着眼于当下与未来,"渴望了解过去,只是为了服务于将来和现在,而不是削弱现在或是损坏一个有生气的将来"②。韦尔蒂也警惕过度怀古,主张"历史的功用在于教诲而非禁锢"③。在神话衰落的现代性世界,尼采认为,历史的用途对于个体、族群及一个文化皆有深远意义,但他反对将历史完全视作纯粹的理论知识,强调须与生活融合才能为未来增益。具体而言,历史至少有三层必不可少的效用,涉及个人"行动与斗争、他的保护性与敬畏之心、他的痛苦与得到解救的渴望"④。这三种作用指向了三类历史,即纪念式、怀古式和批判式。

纪念式的历史对于敢于行动、寻求力量的人尤为重要,因为永恒不朽的历史是可师法的榜样和鼓励,他们相信伟大的历史可以重新书写。对于历史辉煌与不朽的追逐,尼采警示,使纪念式的历史"总有被稍稍改动、略加修饰和近于虚构的危险",变成"一个虚构的浪漫故事"⑤,这在南方文艺复兴时期的怀旧文学中并不少见,它们常常粉饰或是讴歌南方的辉煌历史及传统美德。更值得关注的是,膜拜过去的权威会导致对当下的冷漠甚至敌视,"纪念式历史是他们的伪装,在这层伪装之下,他们将对现有权力和伟大

---

① 弗里德里希·尼采:《历史的用途与滥用》,陈涛、周辉荣译,上海人民出版社,2020年,第14页。
② 尼采:《历史的用途与滥用》,第36页。
③ Eudora Welty, "The House of Willa Cather," *The Eye of the Story: Selected Essays and Reviews*, pp.45–46.
④ 尼采:《历史的用途与滥用》,第16页。
⑤ 同上,第22页。

事物的憎恶装扮成对过去的极端崇拜。这种看待历史的方式的真实意义被装扮成它的对立面"①。肖明翰曾精辟地指出,向后看的纪念式历史"使南方人对北方的资本主义工商文明有一种本能的反感","美化过去的神话也间接表现出他们对变革的恐惧和拼命想维护旧秩序的绝望心情"②。或者借用卡什1941年经典论著《南方的心理》中的著名观点,"厌恶、怀疑新思想","喜爱虚无想象的事物和虚假的价值观……多愁善感而缺乏现实认知,这些是南方人至今犹在的心理缺陷"③。

批判式的历史源于逃离痛苦压抑的过去,耻辱的战争,不公正的种族、性别、阶级制度,暴力、殖民的历史等使人们对历史进行彻底的清算与审判,"把所有的'虔敬'都无情地践踏在脚下"④。这种应激反应最终将变成新的直觉和生活方式,对他人和社会甚至整个时代都会带来危险与巨大的不确定性。在托妮·莫里森、库切、辛西娅·奥奇克等作家笔下不时可见批判式的历史态度。

韦尔蒂对待南方历史传统的立场属于怀古式的敬畏。在《三角洲的婚礼》《亲戚》等小说中,作家以历史空间下的回归与重访凸显历史与记忆之于南方身份的重要性,恰如尼采所言,"在他的灵魂之中,拥有祖先的家具这件事有了不一样的意义,因为还不如说是他的灵魂被家具所拥有。所有微小和有限的东西、陈腐和过时的东西,都获得了自己的价值和不可侵犯性,因为怀古者保守而虔敬的灵魂迁入到这些东西之中,并筑起一个秘密的小巢"⑤。对于迪茜、劳拉·麦克莱文、萨尼夫妇及许多其他人物,不是生活被历史包围,而是历史被生活所渗透。这种历史的保护性正是深受震惊的现代性所困的博曼、汤姆·哈里斯、霍华德甚至迪茜等人所亟

---

① 尼采:《历史的用途与滥用》,第25页。
② 肖明翰:《威廉·福克纳:骚动的灵魂》,四川人民出版社,1999年,第74页。
③ W. J. Cash, *The Mind of the South*, Vintage, 1991, pp.428-429.
④ 尼采:《历史的用途与滥用》,第34页。
⑤ 同上,第27—28页。

需的精神抚慰,通过"纵览了过去了不起的个人生活,并认同那房屋、家庭……的精神",守卫他们的灵魂,"不会在夜晚被人连根拔起"①。"无根性"是现代人的精神特点,也是韦尔蒂反复借以书写历史价值的主题之一。

对于个体乃至族群而言,尼采断言,怀古式历史最大的功用在于安土重迁,尤其是在消费主义盛行的时代。这一历史感受力:

> 把那些不太有天分的种族和人民固定在其祖先的家园和习俗之中,防止他们为了追求更好的东西而背井离乡、却只遇到了挣扎和竞争——历史还能比这更好地为生活服务吗?把人们束缚在同样的伙伴和环境之中、束缚在日常的辛苦工作之中、束缚在他们光秃秃的山脊之中的这种影响力看起来自私且不可理喻,但这种不可理喻却是有益健康的,并对社会有益。凡是已经清楚地认识到那些想要迁徙和冒险的愿望——也许是在整个民族之中存在的愿望——会带来什么样的可怕后果的人,或是看到一个忘记自己过去、放任世界主义渴望蠢蠢欲动、放任自己无止境追求新奇东西的民族注定有着怎样命运的人,都会知道这一点。②

在《不合时宜的沉思》一书中,尼采对"野蛮的"现代文化展开了批判——理性的盲从、肤浅的乐观主义、自负的个人主义、同质化与碎片化、忧郁与颓废等使现代人和现代文化显得庸俗软弱。对于新奇、极具诱惑力的现代性,借用他对希腊艺术的观察,"每一面闪亮的外表之下都是令人战栗的深渊"③。尼采对现代生活中

---

① 尼采:《历史的用途与滥用》,第28页。
② 同上,第29—30页。译文有修正。
③ Friedrich Nietzsche, *Kritische Studienausgabe in 15 Bänden*, de Gruyter, 1967, p.159.

迁徙、冒险与背井离乡的观察似乎完全是对韦尔蒂的写作而发,后者的文学创作总是呈现静与动、流离与坚守、变与不变的矛盾张力。而使人物流离迁徙、生发"世界主义渴望"的首要原因便是南方现代化与现代性。南方现代性带来的震惊与机遇是韦尔蒂思考历史对生活的利与弊的动因。

据卡什的考证,南方自20世纪初便出现大规模的人员迁徙,城市工商业带来的发展机遇是首要原因。"在外地主土地所有制"渐次流行开来,不少房屋大宅被空置,变得日益破旧不堪①。更大规模的迁徙是南方历史上的两次非裔大移民,第一次(1910—1940年)大移民共有200万非裔人民从南方迁移到美国北部及中西部地区,第二次(1950—1970年)约有300万黑人离开南方、奔赴美国北部及西部与中西部地区。对于大移民的原因,历史学家埃里克·方纳认为主要是北方发达工商业的就业机遇、子女更好的教育机会以及"逃离私刑的威胁",移民们将此次迁徙称作"第二次解放",北方是"迦南之地"②。在众多迁徙路线中,最常见的选择是贯穿密西西比州和伊利诺伊州的美国中央铁路——自密西西比三角洲地区经孟菲斯抵达芝加哥、底特律等中西部城市。

学界普遍认为,第一次大移民是美国历史上规模最大、影响最深的族群迁徙,"无论是报纸或是其他公共平台或是立法机构,无不在深入分析、评估、谴责抑或捍卫"③这一历史性现象。甚至在黑人中广为流行的蓝调音乐也关注到这一不寻常的人口流动。"蓝调皇后"贝西·史密丝的歌曲《圣路易斯蓝调》唱道:"感受明天,就像我感受今天/感受明天,就是感受生活的今天/我将收拾行囊,奔向远方。"对于如此广受关注、与南方紧密相关的历史性事

---

① W. J. Cash, *The Mind of the South*, p.190.

② 埃里克·方纳:《美国历史:理想与现实》(下),王希译,商务印书馆,2017年,第931页。

③ Allan H. Spear, *Black Chicago: The Making of a Negro Ghetto: 1890—1920*, Chicago UP, 1967, p.129.

件,韦尔蒂没有置身事外,而是在作品中反复影射。实际上,"大迁徙""火车""变迁"本身也是作家倾心关注的南方现代转型的一部分。不仅是韦尔蒂,帕特里夏·耶格指出,在卡森·麦卡勒斯、奥康纳、爱丽丝·沃克的笔下,"大移民已成为隐喻",从"狭隘保守的地方"①到现代性变局。

《三角洲的婚礼》开头的列车车名"黄狗"取名自同名蓝调歌曲(*Yellow Dog*),讲述一名年轻黑人女子的情人乘坐火车离开后杳无音信的故事。歌曲影射的是大移民洪潮下流落凋零的爱情及亲情、友情的悲伤主题。随后读者得知乔治与罗碧离开家乡前往的是孟菲斯,这里正是"移民群体乘坐火车离开三角洲往北到达的第一个大城市"②。移民潮对南方社会经济造成的冲击在小说中被隐晦地提及——巴特·费尔柴德不听他人建议,不愿扩大种植农作物的种类,因为他的棉花生意每况愈下。背后原因或是"新政"带来的农业机械化及大量黑人佃户的出走。在《乐观者之女》中,劳拉尔·迈克尔瓦乘火车自芝加哥返回新奥尔良照顾她罹患眼疾的父亲。《亲戚》女主迪茜也是从北方乘火车返回密西西比的小镇家乡。《搭便车的人》里哈里斯虽然驾驶汽车,但目的地同样是北方。虽然《老路》并未提及北方,但凭菲尼克斯·杰克逊奶奶和孙子"是世上彼此唯一的亲人"(*CS* 148)推断,父母的消失或是离家出走,或是在遥远的城市打工,这是"大移民的自由在老人和儿童身上体现的代价"③。在这些人物或细枝末节中,韦尔蒂执文学之笔记录大移民给南方家庭与社会带来的冲击,挽救了"南方历史地图中被抹除的版图"④。

---

① Patricia Yaeger, *Dirt and Desire: Reconstructing Southern Women's Writing, 1930—1990*, Chicago UP, 2000, p.50.

② Babar Sylvester, "The Delta Wedding Blues," *Eudora Welty's Delta Wedding*, Reine Dugas Bouton, ed., Amsterdam, 2008, p.19.

③ Patricia Yaeger, *Dirt and Desire*, p.157.

④ Ibid.

对于移民潮的原因,如方纳所言,北方的教育资源和就业机遇是不言自明的优势,但对于"私刑的威胁"韦尔蒂也不回避,而同样以隐微的写作邀请读者思考南方的种族暴力。梅·克莱克斯顿指出,《老路》中韦尔蒂将硕大的枯树比喻为"独臂黑人"(CS 144)是隐射"菲尼克斯奶奶一生所恐惧的、在南方普遍存在的私刑"[①]。《乐观者之女》也曾不经意地提及劳拉尔的父亲迈克尔瓦法官曾英勇地"面对白帽团体"(CN 930)[②],当场阻止了残忍的私刑。在《三角洲的婚礼》中,女黑奴品琪的身体成了作家对"私刑"的隐喻。当然,同样值得留意的是种植园监工特洛伊对反抗的黑奴鲁特的暴力:

> 特洛伊没有说话,而是将她重新推到他身后。雪莉看到他从抽屉里掏出一把枪。
>
> "你如果用碎冰锥砸我,我就开枪。"特洛伊说。
>
> 鲁特的手臂有些颤抖,他开始瞄准,但特洛伊开枪击中了他的手指,鲁特应声倒下,哀号中朝他摆着手。
>
> "把这黑鬼弄走。我不想再看到他。"
>
> ……
>
> "好了,你叫什么名字?"特洛伊发问,他并没先问候雪莉。
>
> "大宝贝,他们都这么说我"。
>
> "好了,别再惨叫了,告诉我你发什么病了?尾巴被鳄鱼咬了?"

[①] Mae Miller Claxton, "Migrations and Transformations: Human and Nonhuman Nature in Eudora Welty's 'A Worn Path,'" *The Southern Literary Journal*, vol.47, no.2, 2015, p.79.

[②] 白帽团体(White Caps)是由白人农场主组成的暴力组织,因为农场经济下滑而对黑人产生强烈的憎恨心理,经常以私刑、绑架、暗杀、焚烧房屋等暴力活动表达不满情绪。他们因夜间身穿白袍、头戴白帽从事暴力犯罪活动而获名"白帽"。

......
特洛伊跟他一起呻吟,突然又咧开嘴大笑。(*CN* 284–85)

这一段简短的对峙场景展示了种族暴力及背后隐藏的南方社会种族秩序。黑奴鲁特不应暴力反抗,而应安分守己,否则将遭到惩罚。这一种族秩序建立于对黑人充满偏见的种族建构当中,19世纪的科学种族主义认为黑人性欲旺盛,身体和智力上都难以自我控制,是尚未完全进化的动物。因此,特洛伊将雪莉藏到身后以避免鲁特的性威胁,特洛伊使用的比喻"尾巴被鳄鱼咬了"便是将后者视作低人一等的猴子。对黑奴的质问"你发什么病了"则暗示出对他们智力低下、鲁莽冲动的偏见。这种歧视也体现在双方的语言政治当中,不管是"黑鬼"还是鲁特不成语法、口音浓重的言语,皆是为了凸显"沉默与话语权力的对比",从而"强化阶级地位差异与他者性,荣耀与权力"①。此外,特洛伊最后突然的咧嘴大笑也是在彰显高人一等的权力。他对鲁特痛苦的漠视或拒绝认可(acknowledgement),借用哈佛大学哲学家爱莲·斯卡利在《伤痛的身体》中的观察,"是对伤痛的否认和否决"②,如此而摧毁"受害者的声音、自我和世界"③。

三角洲种植园里的种族暴力同样体现在品琪的遭遇中,她的存在首先是定义白人身份的"他者"。当罗碧步行回到种植园参加婚礼、在烈日下感到酷热难耐时,她看到一个棉花工棚可以歇息:

---

① Toni Morrison, *Playing in the Dark: Whiteness and the Literary Imagination*, Harvard UP, 1992, p.52.
② Elaine Scarry, *The Body in Pain: The Making and Unmaking of the World*, Oxford UP, 1985, p.56.
③ Ibid., p.50.

> 但当她突然迈入一片黑暗之中,她跳了起来。那里有个黑人女孩,她很年轻,正在门后喘着气。她肯定是刚从地里劳作结束,因为额头上全是汗水……
> "姑娘,我要在里面休息,你出去休息吧",罗碧说道。
> 女孩的反应好似刚从梦中惊醒,她提脚从屋内走到屋外木门留下的一条阴凉处,紧紧挨着那里。
> ……
> 罗碧静静地坐在棉花棚里面的地上,双腿交叉,机械地用裙子给自己扇风。在她的视线内,那个黑奴站着后又冲到外面,像个不安分的黑蝴蝶,或许是酷热的原因,她的身后亮光在跳动。才走了一半路吗?她的眼睛梦一般地锁定在那个黑影身上,黑影好似悬挂在阳光中一样一动不动,这种感觉就像她在窗前等着观看遥远的河岸夜空中闪烁的一点亮光。(CN 236-37)

在这一段女性对峙的场景中,黑人品琪成了罗碧建构主体身份的工具。从喘粗气、冲到屋外如"不安分的黑蝴蝶"到"悬挂"的黑影,一连串身体与气质上的他者化刻画具象地表现出罗碧对融入保守的费尔柴德家族的隐忧。这种压抑的焦虑以一种令人震惊的修辞将品琪备受折磨的身体"转换成诗意或田园风光的联想"①。不仅如此,"黑暗""黑人""黑蝴蝶""黑影""夜空"与"光亮""阳光""亮光"形成强烈对比,进一步折射出罗碧通过物化黑人(非人、无性别的黑影)表达自己进入"屋内休息"(象征家族传统)的决心。易言之,品琪是罗碧的"黑人面具",呈现"她为挽回婚姻而不得不驱除内心的反叛"②。

---

① Patricia Yaeger, *Dirt and Desire: Reconstructing Southern Women's Writing, 1930—1990*, p.68.

② Betina Entzminger, "Playing in the Dark with Welty," p.58.

与特洛伊同鲁特的对峙情形不同,品琪此处自始至终都是沉默的,她被剥夺了声音、情感、反应,像"从梦中惊醒"的行尸走肉。美国解构主义批评家巴巴拉·约翰逊曾在《缄默嫉妒》一文中指出,济慈、马拉美、华莱士·史蒂文斯等西方诗人善以精致的古瓮(女性身体象征)建构沉默女性的诗性美学,如此男权可以肆意挥洒想象的暴力,"混淆、抹除沉默的内在差异",将抗争、质疑幻想、物化成羞涩甚至"性快感"①。品琪的失语是罗碧为融入男权社会所强加的白人种族与性别双重暴力建构的结果,而这也是其在种植园经受的日常性别与种族歧视的缩影。

　　令人匪夷所思的是,种植园白人家族对品琪的怀孕生子始终视而不见,避之为可怖、不体面的事件。在新娘戴布尼、罗碧及爱伦看来,黑人品琪的孕期反应是神秘而不可理解的,小说中大量的委婉语尤其是颇受争议的"正在结束"(coming through)②揭示出南方白人对黑人孕妇的歧视与他者化,恰如女性主义对同性恋中的性别歧视的批判。即便在品琪孕期"结束",她孕育出的新生命仍然受到藤普姑妈的挖苦、冷落。谭莉·班克提出,品琪所诞小孩为黑白混血证明她极有可能受到了监工特洛伊的强暴,这也解释为何鲁特要对之施以报复③。对于品琪微妙的遭遇,韦尔蒂本人在访谈中一再三缄其口,希冀读者能够真正挖掘并见证南方隐秘的性别与种族秩序。不仅是品琪的沉默与不被看见,耶格指出,《三角洲的婚礼》中其他黑人如霍华德、霍拉斯等也常"习惯性地消失不见",如此韦尔蒂有力地揭示了南方白人社会的歧视性认知,

---

① Barbara Johnson, "Muteness Envy," *The Feminist Difference: Literature, Psychoanalysis, Race, and Gender*, Harvard UP, 1998, p.137.

② 谭莉·班克深入解剖了《三角洲的婚礼》中品琪遭受的种族歧视,研究发现颇启人心智。详见 Tenley Gwen Bank, "Dark-Purple Faces and Pitiful Whiteness: Maternity and Coming Through in 'Delta Wedding,'" *The Mississippi Quarterly*, 2009, pp.59–79.

③ Tenley Gwen Bank, "Dark-Purple Faces and Pitiful Whiteness," p.71.

即黑人的消失不见"合理而有必要,正常且没有任何问题"①。

《三角洲的婚礼》所潜藏的草蛇灰线般的种族政治是韦尔蒂早期甚至中后期作品关注种族议题的常用叙事程式。在《绿帘》《金苹果》《乐观者之女》及《那个声音来自哪里?》等小说或小说集中,至上的白人男权、处于中心位置的白人女性故事与时常处于叙事边缘的黑人形象混杂在一起,传达作家对南方种族、阶级、性别等问题的思索。可以说,对非裔形象的边缘化与神秘化本身便是南方社会普遍的种族偏见与盲识的一种隐喻。茱莉娅·艾切尔伯格认为,"相较于大多数密西西比的白人作家,韦尔蒂对于种族的立场显得进步得多"②。她"描绘黑人的方式让白人作家相形见绌",托尼·莫里森直陈,"没有纡尊降贵,也不是浪漫笔法,而是本真地呈现"③。

"我的一生都是在种族主义、残忍和不公正的环境中度过",韦尔蒂曾在访谈中坦陈④。她也始终以一种隐微的叙事关注和拷问种族隔离的南方现实,且常与她对阶级和性别政治的反思相互勾连。在她显著、琐碎的白人女性故事之下,始终涌动着令人战栗的种族张力与暴力。仅以黑人私刑而言,据大卫·戴维斯统计,19世纪末至20世纪上半叶足有三千多起针对非裔的暴力私刑事件

---

① Patricia Yaeger, *Dirt and Desire: Reconstructing Southern Women's Writing, 1930—1990*, pp.68-69.

② Julia Eichelberger, "Rethinking the Unthinkable: Tracing Welty's Changing View of the Color Line in Letters, Essays, and *The Optimist's Daughter*," *Eudora Welty, Whiteness, and Race*, Harriet Pollack, ed., U of Georgia P, 2013, p.225.

③ Toni Morrison, "Interview with Mel Watkins," *New York Times Book Review* 11 September 1977, p.50.

④ Qtd. in DonLee Keith, "Eudora Welty: 'I Worry Over My Stories,'" *Conversations with Eudora Welty*, Peggy W. Prenshaw, ed., UP of Mississippi, 1984, p.151.

发生①。在这一社会环境中,韦尔蒂似乎相信,大移民和种族秩序都是不可避免的现实。既然如此,站在非裔的角度,她对怀古式历史的推崇是否会进一步强化南方种族隔离的历史遗产?是否会成为宣扬认同白人历史、顺从现实秩序的阿尔都塞式的意识形态工具?大卫·迈克维特等学者早已指出,韦尔蒂笔下的黑人属于"隐形的特工",是作家反思南方历史传统和不公正现实的重要设置②,是颠覆而非巩固现实秩序不可或缺的拼图。例如,《三角洲的婚礼》巧妙地以具有反抗精神的黑仆呈现具有觉醒与独立女性意识的雪莉。

方纳发现,那些从南方迁徙到北方大城市的黑人依然遭遇极大的失望与不公,"严格限制的就业机会、被工会的排斥、极为死板的居住隔离制度以及暴力的直接威胁"③。无论是"迁徙和冒险的愿望"或是"放任世界主义的渴望",对尼采和韦尔蒂而言,忘记过去、迷恋充满魅惑的现代性的可怖结局早已注定。韦尔蒂信奉"虔敬的怀古精神最伟大的价值,在于它能给一个民族或是个人乏味、粗糙甚至痛苦的生活环境带来一种愉快和满足的朴素情感"④,能够不再漂泊无根而拥有统一的身份认同。同福克纳一样,韦尔蒂深信唯有深刻地反思历史传统才能更好地理解转型时期的当下南方社会,也笃信南方历史传统的价值,那些南方特有的"正义感,勇气,慷慨,和善,礼貌"⑤等古老美德。这些优秀的品质能够使南方人安身立命,摆脱震惊的现代性带来的精神危机与道德沦丧。

---

① David Davis, "Southern Modernists and Modernity," *The Cambridge Companion to the Literature of the American South*, Sharon Monteith, ed., Cambridge UP, 2013, p.99.

② David McWhirter, "Secret Agents: Welty's African Americans," *Eudora Welty, Whiteness, and Race*, Harriet Pollack, ed., U of Georgia P, 2012, pp.114-130.

③ 埃里克·方纳:《美国历史:理想与现实》(下),第932页。

④ 尼采:《历史的用途与滥用》,第29页。

⑤ W. J. Cash, *The Mind of the South*, p.382.

"美国的'大萧条'让我们看到了长久以来所宣扬的政治与经济理念的谬误",与韦尔蒂同时代的美国实用主义哲学家杜威1932年在全国有色人种协进会的发言中指出,人们必须认识"想要深刻地思考的意义在于思想与表达两方面更大的自由。如此,美国的少数群体、受压迫的群体才能更好地表达他们的需求、遭遇的不公正及对更大自由的渴求"①。在杜威的自由主义哲学中,处于饥饿或是种族歧视困境中的人没有任何自由,自由是"不受种族、肤色或信仰影响的人类真正的平等"②。要学会"深刻地思考"则需接受实践性、参与性的教育,而"最佳的教育启示,发展个体品格气质最大的力量,是他们生活的社会环境"③。在韦尔蒂的文学世界里,对怀古历史的艺术性表征旨在"启示"南方人民更好地应对南方现代性下的南方现实,更"自由"地谴责不公、伸张正义,使南方变成更公正的社会。这是韦尔蒂文学政治中尼采式怀古历史的最大意义。

---

① John Dewey, "Address to the National Association for the Advancement of Colored People," *Later Works*, 1925—1953, Jo Ann Boydston, ed., Southern Illinois UP, 1987, pp. 224-25.

② Ibid., p.230.

③ John Dewey, "Renascent Liberalism," *Liberalism and Social Action*, Capricorn Books, p.63.

第二章 去魅南方:"流动性"政治

"所有人要么困在他们的梦幻世界里,要么恐惧离开,无法踏入外面的世界;唯有弗吉称得上真正勇敢不凡的人物,她一向如此……我爱弗吉"①。

面对南方现代性与现代化,韦尔蒂以敏锐的笔触细致记录下南方社会经历的地理、心理与伦理等方面的剧变。针对"现代性的震惊",她与"逃逸者"诗人及重农派作家立场一致,充分肯定南方农耕传统与历史文化的现代意义,她对地志空间下的历史重访与回归主题的反复书写是最好的例证。但另一方面,韦尔蒂始终强调,对历史传统的追忆不应也无法赓续南方传统社会形式。一味地怀旧或是沉湎过去,将之变成某种神话,只会进一步强化南方社会固有的性别、种族、阶级问题。这一辩证的立场浓缩在韦尔蒂对薇拉·凯瑟写作的书评之中,"历史的功用在于教诲而非禁锢"②。实际上,韦尔蒂也在自己的文学创作中充分践行这一理念——如果空间下的历史重访旨在宣扬历史的教育意义、传达认同南方历史传统的积极立场,那么她恐怖的女性哥特叙事则意图揭露南方历史下的不同"禁锢"——既有性别规范、婚姻制度,也有来自家庭、社区乃至共同体的规训与惩罚。唯因如此,与前辈文人不同,韦尔蒂并不视南方现代性为洪水猛兽,"从未因为'旧秩序'遭到破

---

① 见 John Griffin Jones, "Eudora Welty," *Conversations with Eudora Welty*, Peggy W. Prenshaw, ed., UP of Mississippi, 1984, p.332.

② Eudora Welty, "The House of Willa Cather," *The Eye of the Story: Selected Essays and Reviews*, pp.45–46.

坏而满腔悲愤,更不像某些'重农派'作家那样,耽溺于对旧南方的缅怀之中"①,而是揭露时弊、改良社会的契机,能够"发现新的真理,社会结构的新变化,会给生活带来新的重要启示"②。

"变化"是韦尔蒂文学创作之眼,不仅体现在对南方现代性细致入微的描摹,也时刻显露于小说人物甚至叙事的求新求变之中。于福克纳而言,应对时变是"个体成熟与否的试金石",在"个体与社区之间,时间与空间之间,历史传统的那些古老价值观之间"③,他们经历着深刻的道德困境。相形之下,韦尔蒂笔下的主人公并不留恋也不挣扎,倒显得十分坚定甚至决绝,她们"并不珍视这些关系——压抑而毫无裨益的"关系与礼法,因而"对地方、家庭、记忆"的书写传达的总是"变化和遗失"④,这在《莉莉·多和三位女士》中已尽可管窥。而在《大网》(1943)、《金苹果》(1949)等小说集中,韦尔蒂通过"空间流动"叙事,更加全面而深入地揭露了南方传统社会中的压抑与禁锢,呈现出鲜明的现代女权主义立场。韦尔蒂的"流动"叙事兼具美学与政治意义,既表达了求知求变、获得自我解放的女性理想,同时挑战了白人男性主导的文学传统对南方义化和统一身份的霸权建构。韦尔蒂表现出的"反动的现代主义"是20世纪上半叶看似众声喧哗的南方文艺复兴中极重要的主题变奏。

---

① Jan Nordby Gretlund, "Eudora Welty," *A Companion to the Literature and Culture of the American South*, Richard Gray and Owen Robinson, eds., Blackwell, 2004, p.506.

② Noel Polk, *Faulkner and Welty and the Southern Literary Tradition*, p.21.

③ Ibid.

④ Barbara Ladd, *Resisting History: Gender, Modernity, and Authorship in William Faulkner, Zora Neale Hurston, and Eudora Welty*, Louisiana State UP, 2012, p.5.

第一节 现代女性哥特

对于韦尔蒂风格多变的叙事,哈罗德·布鲁姆向来不吝美词,称之为"与同时代的福克纳、海明威齐名的一流叙事大师"[1],其黑色小说可与《献给艾米莉的玫瑰》《好人难寻》等经典南方哥特作品媲美。对于韦尔蒂的黑暗叙事,她与英国哥特小说家伊丽莎白·鲍恩的交谊或许是其形成风格的原因之一,但笔者认为,更重要的缘由在于哥特小说在本质上与韦尔蒂的文学诉求若合符节。她博采众长,将经典哥特、南方哥特乃至欧洲鬼故事传统融于笔端,最终开物成务,建构出独特的现代女性哥特。

虽然自诞生之初,"女性哥特"这一概念便遭遇不断争议,但学界基本赞同其有别于(男性)经典哥特的一些关键特征:除了常见的"暗恐"、暴力、死亡、尸体等阴森悚然的元素外,女性哥特主要聚焦女性的恐怖经历——被剥夺权利(如被禁言、失身),堕入地狱般困境,被禁锢甚至活埋,成为"鬼魂"等。须留意的是,这些经历可以是真实发生的事件,但更可能是生存处境的隐喻。此外,女性哥特的叙事设置常见于家庭房屋而非宏伟城堡,注重状写女性人物"逃离压抑的密闭空间",而非男性哥特中的穿越与深入冒险[2]。最后,女性哥特的主题程式多为婚姻中的天使处处受限,失去身份或财产,最后幡然醒悟并以暴力表达反抗与决绝。总之,女性哥特围绕不同女性的共同困境,书写被压抑的欲望、恐惧和幻想,表达对男权制度下家庭、婚姻甚至身体偏见的不满。

韦尔蒂的女性哥特形成于南方现代性之中,既有对现代性弊

---

[1] Harold Bloom, "Introduction," *Bloom's Modern Critical Views: Eudora Welty*, Harold Bloom, eds., Chelsea House, 2007, p.10.

[2] David Punter and Glennis Byron, *The Gothic*, Blackwell, 2004, p.278.

端的戏剧性恐怖表征,但更多的仍是关注女性身份、身体欲望等传统议题,传达对南方历史与文化传统的批判。约翰·利库尔梅在《现代主义哥特》一文中指出,现代派作家的哥特叙事"挑战的对象是根深蒂固的文化观"[①],它是"现代性自身充满悖论的本质的反映"[②]。韦尔蒂的女性哥特正是试图颠覆南方传统的性别文化观,同时揭露男权遭遇的现代性危机。

在韦尔蒂文墨生涯之初发表的两篇小说中,《玩偶》已初步显现作家后来偏嗜的女性哥特文风与性别批判主题。小说伊始,无名无姓的"她"刚刚订婚,满怀对婚姻的憧憬,驾车缓缓驶至未婚夫查尔斯的办公室楼下,以便"他抬眼就能从窗户认出[她]镶有红布苹果的意大利麦秆辫草帽;甚至朦胧地希望,帽子便代表我和我昨

FIG. 542 English (1920)

("意大利麦秆辫草帽")

---

① John Paul Riquelme, "Modernist Gothic," *The Cambridge Companion to the Modern Gothic*, Jerrold Hogle, ed., Cambridge UP, 2014, p.20.

② Jerrold Hogle, "Introduction: Modernity and the Proliferation of the Gothic," *The Cambridge Companion to the Modern Gothic*, p.7.

晚许下的诺言"("Doll" 25)①。她"轻轻地用手摸了摸身旁从教堂义卖集市购买的白裙布娃娃,好似受伤了一般"("Doll" 25)。在寥寥数笔的精简描摹中,韦尔蒂勾勒出女主对婚姻及传统女性气质的向往与认同。

意大利麦秆辫草帽因之"卷曲边缘与协调比例成为二十世纪最优雅的流行女帽之一"②,它与红布苹果的合体是女主努力追寻传统女性气质的生动具象,也与"教堂"的"白裙布娃娃"所暗示的女性贞洁若合符节。不过,时尚服饰,本雅明反常地指出,不仅不会使女性与众不同,反"将她们变成商品,更准确地说,是大规模生产的一件普通商品"③。如是观之,女主的自陈("帽子便代表我")暗示出她并不反感未来的普通家庭妇女身份,认同传统婚姻中的性别角色分工。对女性附属地位的顺从也从她的茕茕无名与空间位置——"办公室窗下"——得到进一步印证。这些细枝末节的铺垫与小说结尾处觉醒的女性意识形成强烈反差:在颇具象征性的火烧房屋场景之后,女主第一次被赋予颇有深意的"玛丽"④之名,也对男权社会的性别规训展现出"惫倦",不愿再做家中的"玩偶"。

《玩偶》的标题和结局令人不禁想到易卜生的名作《玩偶之家》,火烧家室是比娜拉离家出走更激进的女权主义宣示,与《简·爱》中的大火遥相呼应,皆彰显出女性的愤怒与自我觉醒。与此同时,火焰焚烧的暴烈也使貌似甜蜜平常的家庭叙事急转直下,呈现一抹惊悚的南方哥特底色。作为一次初步的女性哥特创作实验,《玩偶》的主题与叙事框架也是诠释韦尔蒂后期小

---

① Eudora Welty, "Doll," *The Georgia Review*, vol. 53, no. 1, 1999, p. 25.

② Hilda Amphlett, *Hats: A History of Fashion in Headwear*, Dover Publications, 2003, p. 155.

③ Walter Benjamin, "Exchange with Theodor W. Adorno on 'The Flaneur' Section of 'The Paris of the Second Empire in Baudelaire,'" *Walter Benjamin: Selected Writings*, vol. 4, 1938—1940, Howard Eiland and Michael W. Jennings, eds., Harvard UP, 2006, p. 188.

④ 据《牛津大词典》(OED),"Marie"即 Mary,常指"爱思考、睿智的女性"。

说的重要参照。

小说《丽薇》同样以女性逃离压抑的家庭空间反思南方社会僵化的性别秩序问题。同名女主丽薇婚后与丈夫所罗门迁至"纳齐兹小道尽头村庄的家里"[1]。废弃的小道成了隔绝丽薇与外部世界联系的屏障,她"被留在家里,不能出去",所罗门"不愿世上任何人找到他的妻子"(CS 228),也不希望"她看到[任何其他人]"(CS 230)。此处,房屋取代了经典哥特小说中的城堡,成为女性难以逾越的封闭空间。

丽薇生活的压抑同样体现在充满威胁的外部环境之中。屋外,"地上堆积的枯叶已没过膝盖",行走其中"宛如蹚在河里一般","腿上到处是被划伤流血的痕迹,她说这路似乎没有尽头"。路旁的墓地不见一座教堂,四周静寂无声,只偶尔听到"悲伤的鸽子叫声"。周围"树上密布的巨大蜘蛛网挂着许多小毛虫,在阳光的照耀下,树叶像燃烧的火焰从蛛网中穿过"(CS 230)。这一段景物描绘蕴含多重功能:首先,如《老路》中菲尼克斯·杰克逊奶奶路上的遭遇一样,丽薇所遇到的荆棘、枯叶、蛛网皆是男权社会的象征,暗示女性"重生"之路困难重重。再者,束缚、死亡、火焰的意象烘托出小说的恐怖之感,喻示女性坎坷悲伤的命运。最后,死气沉沉的外部环境与丽薇压抑的家庭生活形成了某种铺垫或平行对照,为女主的最终逃离埋下伏笔。

回到屋内,丽薇的家庭生活了无生气,她年迈的丈夫所罗门常年卧床不起、奄奄一息,"整日地卧床休息,晚上也一动不动",甚至"很少睁眼看她,也很少进食"。他的"身体日益衰竭",而丽薇却"感受到春天的悸动"(CS 230)。男性无能是韦尔蒂作品的一贯

---

[1] 纳齐兹小道是早期南方交通和经济发展的纽带,尤其是密西西比河周围早期白人拓荒者经商贸易的交通要道,后成为南方种植园连接外界的必要条件。可以说,纳齐兹小道的衰落一定程度上折射出南方家族的中衰,成为所罗门一家自我隔绝的地理表征。崔莉对纳齐兹小道"过去与未来的连接"有深入论述,详见《尤多拉·韦尔蒂文学作品的地方研究》,外语教学与研究出版社,2021年,第132—136页。

母题,所罗门显然也遭遇了男性危机,此处的"晚上也一动不动"具有明显的性暗示,影射房屋男主人岌岌可危的男性性权威。这一切与所罗门苦心经营的霸权性男性气概形成强烈反差,更加剧其男性危机的深刻性:在建造房屋时,他的理想是"像制造笼子一样建筑一座宏伟的纪念碑式的金字塔"(CS 238);房子内部宽阔的空间、华丽的装饰和摆设、四处张贴的照片在在彰显所罗门对秩序和男性权力的掌控,尤其是卧室内那张象征其封闭世界的"王座"铁床。房子外围同样井然有序:门廊设有安乐椅,台阶两边种满了玫瑰花,院内则是两排对称的果树与摆放整齐的农业用具;更匪夷所思的是屋前"一排光秃秃的紫薇树的每一个树枝都被套上了蓝色或绿色的瓶子",因为"套瓶树可将邪恶的鬼魂诱惑到彩色瓶当中,防止它们溜进家里"(CS 239)。

与《亲戚》和《三角洲的婚礼》中充满历史感的大宅不同,所罗门的别业充斥着对男性权力的彰显与迷信。如果房屋空间是对丽薇"牢笼"般的物理监视与监禁,那么门前的套瓶树便是一种精神慑服。总之,丽薇的生存状态属于女性哥特小说里象征性的"活埋"——没有自我身份,"没有钱财,从来没有"(CS 234),尽心履行家庭妇女的职责。她努力"成为礼貌友善的女孩,随时准备伺候别人";做家务时总是一声不吭,熨衣服时不会唱歌,"打扫房间、洗碗刷碟时也从不打落一件东西、发出一点声响,即便胃里剧烈翻腾,她也会走到屋外,因为反胃的声音于她而言听来不胜悲伤,像是在抽泣"(CS 234)。在一丝不苟地打扫院落时,丽薇也注意清除生命力顽强的野草,避免任何不受控制的联想。丽薇持家的沉默与顺从的性格皆指向女性在婚姻中的从属地位。

在《玩偶》中,改变玛丽传统女性认知的是戏剧性的火烧房屋场景,而及至《丽薇》,这股力量则发展为现代消费主义。面对旅行化妆品推销员贝比·玛丽,丽薇显得有些无所适从。她"把窗帘紧紧合上,从缝隙中观察屋外"这位白衣女士,她竟驾驶一辆冒着像是锅炉蒸汽的汽车从"荒芜马路的地方"赶来,"初看很年轻,细看又似乎岁数不小"。一阵富有深意的漫长敲门声过后,丽薇谨慎地将门轻轻打开一点,"那位女士虽然体型较大,还戴着一顶硕大的帽子,却仍然从门缝中挤了进来"(CS 233)。玛丽的口若悬河与丽薇的怯懦而不善言辞形成鲜明的反差,"将羽毛插在花瓶里,既不虔诚也不卫生",她直截了当地说道,同时从行李箱中取出一瓶瓶化妆品,家中"桌子、壁炉台,长沙发和管风琴"上全部摆满。玛丽小姐的脸"迎着阳光,上面敷着厚厚红白相间的粉妆,上嘴唇的皱纹之间还有一点白色粉状物。她的短发用红绳扎着,上头的阔边花式女帽钢线已经生锈"(CS 233)。丽薇很快被紫色的口红深深吸引,"踮着脚尖走到门外前廊的洗手池前面,对着镜子涂上了口红。晃动不停的镜面上她的脸就像一束跳动的火焰"(CS 234)。韦尔蒂在这一段场景描写中突出靓丽的颜色(白色、紫色、红色、金色、黄色等)以暗示丽薇被规训的女性欲望表达,恰如莉莉不被允许的"漂亮的帽子"。这一保守的性规范在丽薇"踮着脚"走到置于屋外、摇晃的镜子前的细节中得到进一步佐证。

  无论如何,消费主义商品注定成为撬开南方保守而封闭世界的颠覆性力量。在推销员离开后,丽薇"感受到左边的心脏跳得厉害……似乎是嘴唇上跳动的颜色点燃了她的心跳和整个脸庞"(CS 235),给她的身体和生活注入了欲望和希望。如此,在遇到年富力强的卡什·麦科德后,尤其是看到他"走路时用脚踢弄花朵的样子,好像他可以冲破世上一切困难、摧毁任何障碍"(CS 236),丽薇为之倾倒。丽薇的名字(Livvie)兼具"生命"(life)和"离开"(leave)的含义(对女主而言两者融为一体),麦考德的出现也确实成为女主迎来新生的契机。他开始尝试捣毁紫薇树上所有的瓶子,玻璃破碎的声音"像是震怒的吼叫"(CS 237),是所罗门奄奄一息的无能的绝望之象征。在其离世后,丽薇与麦科德"在房间逡巡数圈,最终踏进那敞开的门的光辉之中",屋外"红雀飞翔,高低纵横,阳光照进被套住的紫薇树上的玻璃,其中的一棵尚未成熟的桃树在春天刺眼的光线里熠熠发光"(CS 239)。北美红雀是热情、勇气与生命的象征,呼应了春天的希望。未成熟的桃树是韦尔蒂偏爱的植物意象,喻示完美自足的女性气质。这些意象的并置传达出丽薇对女性自由及身份认可的强烈渴望。"敞开的门"是福音书中常见的"救赎"意象,此处既是丽薇逃离现实禁锢的处境,在象征层面又是南方社会走出保守闭塞、女性获得平等自由的隐喻。而变革动力,韦尔蒂相信,便是无孔不入的南方现代性。旅行化妆品推销员玛丽小姐的出现恰是丽薇的命运及小说情节的转捩点,这一细节设置的深刻意义显而易见。

对于现代哥特这一文类,霍格尔认为,所暗含的"倒退与进步的特征……一直且不可避免地与现代人极端矛盾的社会无意识心理有关——时时着眼未来却又不忘过去,这种心理如今亦然"[①]。韦尔蒂的女性哥特以极端的戏剧化呈现,批判南方社会"倒退"的自闭与自我偏见,这种孤岛式的偏执在"逃逸者"诗人与重农派文人那里化身为一种例外主义信仰与怀旧式的文学写作。而《丽薇》中韦尔蒂对"进步"与开放的显见的推崇似乎又激进得近乎机械和教条。小说结尾处,丽薇和麦科德打开压抑的大宅之门,走向新生——何尝不是《玩偶》或《玩偶之家》结局的另一种变异?总之,跳出婚姻与男权化身的房屋大宅,在进入世界的旅行冒险中探索女性身份——丽薇的选择将成为韦尔蒂现代女性旅行叙事的核心命题,也是作家竭力构建的"流动"美学的重要组成。

《绿帘》小说集中的《一则新闻》同样讲述"房中天使"的不幸婚姻。女主罗碧·费舍尔一向安于女性在家庭中的次要角色,温柔体贴、持家有方,即便丈夫克莱德偶尔施予家庭暴力。对男性权威的完全服从令她碰巧从报纸新闻读出丈夫出轨的秘密时,并未想到诉诸暴力的反抗,而竟幻想以死亡结束不可言说的耻辱。可当她想到"穿着崭新的晚礼服","脸上打扮得美丽动人,然后做个死

[①] Jerrold Hogle, "Introduction: Modernity and the Proliferation of the Gothic," *The Cambridge Companion to The Modern Gothic*, p.7.

人"时,又似乎于心不忍——丈夫为了安葬她"肯定为她购置新的裙子。也会在屋后的雪松下挖出一个又大又深的坟墓",必定"哭得发疯,哀恸难抑,精神错乱,因为他再也无法抚摸她的身体"(CS 14-15)。作为备受怜爱的"红宝石"("Ruby"),罗碧是男权社会最彻底的牺牲品,她身上体现出的"斯德哥尔摩综合征"证诸了福柯所言的"监狱机制"(carceralism)对女性的囚禁与规训,权力变成生活中自然存在的规范。

毫无意外,为了避免丈夫伤心欲绝,罗碧没有自杀,也未逃离家室,而是以林中漫步消除心中块垒,"屋外一片漆黑,万物不分。暴风雨就像过桥后的马车一样,已渐行渐远"(CS 16)。暴风雨是罗碧内心强烈斗争的外化,从侧面揭示出女主日常生活中所经受的压抑甚至性别暴力。之所以选择在森林中漫步是因为,自然向来是女性主义青睐的对象——远离人类社会,它是未经城市工业文明/男权社会污染或剥削的纯洁之地,恰如凯特·肖邦《觉醒》的女主艾德娜·庞特里耶最后决定离开格蓝岛、赤身拥抱的海洋。此外,沉默神秘的森林也是女性从属地位和失声生存处境的绝佳象征。小说中的"森林是韦尔蒂叙事的重要元素,它和空间而非时间设置在一起"构建出韦尔蒂关于"密闭和逃离"的女性主题①。虽然罗碧暂时选择与现实妥协,但她不时不自觉的外出漫步已彰显其逃离的渴望,而这或许正是丈夫克莱德对其指责与家暴的缘由,"不要跟我顶嘴。你是不是又搭便车出去了?"(CS 16)。詹妮弗·弗莱森纳在《女性与现代性》中发现,19世纪末、20世纪初"新女性"文学里的女性往往躁动不安,她们在叙事中不断地进行自我探寻和自我想象。这类愤懑的女性毫不恋旧,总是企图割断家庭关系、逃遁拘禁的小世界。对这些女性而言,旅行本身与终点同样重要,因为旅途便是自我探险和自我认知的紧要过程,"现代女主

---

① Ruth D. Weston, "Eudora Welty and the Short Story," *A Companion to the American Short Story*, p.9.

人公的自我探索之旅缺乏路线图是与传统道路决裂的有力象征"①。唯此,克莱德极力反对罗碧任何外出的旅行,试图将其禁锢于家庭空间之中。

美国解构主义批评家巴巴拉·约翰逊在剖析奥斯卡获奖影片《钢琴课》(1993)中的"性觉醒"和"性反转"时指出,喑哑女主艾达看似时刻操控敏感的白人丈夫斯图尔特和脆弱多情的毛利土著贝恩斯,彰显"性权力"与女性自主,可从电影塑造的社会结构上审视,艾达仍是被交换的商品,她也许"会愤怒,但只要男人表现出隐忍克制,敏感脆弱,女性的情绪很快烟消云散,重陷情网,安于社会期许的角色"②。古罗马神话中的皮格马利翁故事也可作为印证:皮格马利翁因厌恶女人的"无耻生活"和"生性中许多缺陷"而创造一具"雪白"的雕塑,多情的雕塑家爱而不得、备受煎熬。在爱神维纳斯的眷顾下,他亲吻雕像少女的嘴唇,发现"手触到的地方,象牙化软,硬度消失……感到脉搏在跳动",获得生机的少女"觉得有人吻她,脸儿通红,羞怯地抬起眼皮向光亮处张望,一眼看见了天光和自己的情郎"③。在故事浅显的道德寓意之外,对女性刻板形象的描摹同样揭露出男权秘而不宣的奥秘:当男人为爱痛不欲生时,女人便会为情所动而自卸矜持"坚硬"的外表,露出敏感脆弱的真实内心。在利用爱情的受害者角色方面,情诗之父彼得拉克堪称佼佼者,他"为爱所困,灼伤,奴役,刺痛","一手挥舞大棒,一手掩面而泣,宣扬自己煎熬痛苦,这才是男权最精致的谎言"④。总之,在文学和文化经典当中,男权的受害者形象是最有效的扬威立权的典范。

---

① Jennifer L. Fleissner, "Women and Modernity," *A Concise Companion to American Fiction 1900—1950*, Peter Stoneley and Cindy Weinstein, eds., Blackwell, 2007, p.53.

② Barbara Johnson, "Muteness Envy," *The Feminist Difference: Literature, Psychoanalysis, Race, and Gender*, Harvard UP, 1998, p.147.

③ 奥维德:《变形记》,杨周翰译,人民文学出版社,2008年,第207—208页。

④ Barbara Johnson, "Muteness Envy," p.153.

第二章 去魅南方:"流动性"政治

在《一则新闻》中,罗碧也难逃男权的受害者计谋,不得不屈从于传统婚姻与压抑的家庭生活。而远离男权的外出探险则可成为打破压抑的封闭空间的出路——既可以是现实世界的空间穿越,也可以是想象中的旅行历险,抵达的将是女性意识的觉醒和女性权力的彰显。

小说《克丽泰》非家庭婚姻叙事,而是关于没落南方贵族的女性哥特小说,与福克纳的南方哥特《献给艾米丽的玫瑰》(1930)有颇多相似处。与家道中落的旧南方贵族艾米丽一样,法尔小镇上的法尔家族也已式微,失去以往的贵族地位,这在克丽泰几近残废的父亲身上得到象征性具现。他"瘫痪在床、双目失明,脸颊深陷,眼睛只能半睁着",讲话时"啜嚅不清,吃饭只能进流食"(*CS* 84),可以说"与死尸无异"(*CS* 89)。父亲了无生气的身体和生活在压抑的房屋空间中得到进一步体现,"屋内一片漆黑,空空荡荡","所有窗户都紧闭着,每一条百叶窗也被放了下来,虽然火车鸣笛的声音仍旧可闻"(*CS* 82)。

克丽泰的两个哥哥同样显露深刻的男性危机。杰拉德很少前往他形似鸟笼的办公室,整日在窗户紧闭、四周漆黑的房间里睡觉。压抑的生活最终促使他开枪射杀了未婚妻罗兹玛丽,因为他"这样的男人不能和女人共处在房子里"(*CS* 88)。另一位哥哥亨利用枪自杀,子弹穿过前额留下一个洞。语言咒骂与身体暴力,尤其是针对女性的毫无根由的暴力,是男性气质危机的典型病症。

在如此封闭、充满压抑感的家庭空间之中,四肢健全的姐姐屋大维娅也"从不因任何原因下楼,也决不允许克丽泰打开任何窗户",因为"阳光雨露便是腐坏"(*CS* 83);不仅如此,她时时命令克丽泰"记住确认每一扇窗和每一道门都关好、锁好,不留一点缝隙",她"惧怕来自外面世界的窥探"(*CS* 83–84)。

屋大维娅的自我禁锢在小说对古希腊神话的细节影射中得到暗示。克丽泰在故事伊始与姐姐的相遇颇有意味:在家里的幽幽黑暗之中,她"拿着火柴走到楼梯旁的柱子边,那儿有一尊赫尔墨斯手握燃气装置的青铜塑像,点着上面的煤气灯后看到屋大维娅正站在楼梯上,像房间里无法移动的古老遗物"(CS 82)。以"古老遗物"比附屋大维娅,因之如艾米丽一般惧怕外部世界的变革而沉湎于辉煌的历史过往。她的空间位置立于煤气灯之上也暗示其故步自封的决心。众所周知,赫尔墨斯是古希腊神话中边界与穿越边界的旅行者之神,也是信使之神,常与流动、丰饶、灵巧相联系。如此,将屋大维娅与赫尔墨斯并置,甚至将之凌驾于后者之上,愈发突出前者的自闭与僵化。

据美国学者罗琳达·柯洪考证,《克丽泰》于1941年在《南方评论》杂志首发,但收录进《绿帘》小说集时曾数易其稿,虽然改动皆不算大。其中一处变动涉及对屋大维娅行动的刻画,"'杰拉德已经醒了,父亲也醒了',屋大维娅说道,还是那个满是仇恨似的声音——特别响亮,因为她总是扯着嗓门喊叫。之后她转身上了一片漆黑的楼梯"[1]。在《绿帘》的版本中,屋大维娅转身离开的描写被彻底删除,以弱化她的运动形象,从而强化其自我禁锢的性格特征。与整个家族凝滞而压抑的生存状态相比,克丽泰怪诞的行径展露出别样的意蕴。"克丽泰"一名同样取自古希腊神话,她是大洋神女,也是太阳神赫利俄斯的情人。后因告发其对波斯公主琉科托厄的引诱而被太阳神变成一株向日葵,永远面朝着太阳。这一层爱情里的"禁锢"关系被韦尔蒂挪用至小说关于禁闭与逃离的哥特主题,因为神话中克丽泰围绕太阳神的运动"不是情意拳拳的注视,而是对释放和自由的恳求"[2]。

在韦尔蒂的笔下,克丽泰与丽薇颇多相似——她身无分文,始终受制于姐姐屋大维娅的压制。当邻居向她展示新开花的玫瑰丛时,克丽泰只是简单地回敬"很漂亮",后又施与警告,"我姐姐屋大

---

[1] 转引自 Lorinda B. Cohoon, "'Unmoveable Relics': The Farr Family and Revisions of Position, Direction, and Movement in Eudora Welty's 'Clytie,'" *Eudora Welty Review*, vol.1, 2009, p.47.

[2] Lorinda B. Cohoon, "'Unmoveable Relics,'" p.50.

维娅命令你把玫瑰丛移走!我姐姐屋大维娅命令你把玫瑰丛移走,不要靠近我们家的篱笆!你不照做我就杀了你!立刻弄走"(*CS* 86)。在《献给玛娇丽的花朵》等小说中,韦尔蒂以繁茂的花卉草木隐喻成熟完满的女性气质,因而精神贫瘠的屋大维娅对盛开的玫瑰花避之如鸩毒。克丽泰对姐姐的言听计从甚而仿效,对他人常常给予始料不及的暴力威胁,论者们一致认为皆因之"自我主体意识的缺乏"①。如此,她的怪诞、偶尔的漫游及最终溺死水桶的悲剧完全深化了小说压抑与逃离的哥特主题。

在小说的开首,午后斜阳下突降暴雨,大家纷纷逃走避雨,唯有克丽泰"驻足街头,眼睛好像近视一般盯着前方,浑身宛如被淋湿的小鸟"(*CS* 81)。天气对飞翔小鸟的惩罚是克丽泰对自由渴望受挫的隐喻,因为紧随其后的便是对其越界性出行的描绘——"她常常在午后的这个时刻走出那座古老陈旧的大宅,急速从小镇中穿过。为了能四处游走,她编造了的借口五花八门"(*CS* 81)。在法尔小镇:

> 如果有人跟她交谈,她撒腿就跑。如果她在街上碰到人,她常常箭一般地躲到草丛后面,用树枝把脸遮住,直到路人走远。
>
> ……
>
> 最后,她心中交织着各种温柔的情感,有恐惧、疲惫与爱——炽热的爱,她会从院门游荡着出去,然后穿过整个小镇,慢悠悠的步伐变得越来越快,两条颀长的双腿跑出惊人的速度。(*CS* 87)

对克丽泰"游荡"与疾行的描绘虽显怪异,其实意在突出其运

---

① Don James McLaughlin, "Finding (M)other's Face: A Psychoanalytic Approach to Eudora Welty's 'Clytie,'" *Eudora Welty Review*, vol.1, 2009, p.54.

动性与家族成员的凝滞生活的反差。虽然身处僵化封闭的家庭空间,女主却始终对外部世界和越界性出行充满好奇。在《丽薇》《三角洲的婚礼》等小说里,韦尔蒂擅以门和窗喻示边界与越界,呈现禁锢与逃离的哥特主题。在《克丽泰》中,门窗是屋大维娅、杰拉德等人自我保护、隔绝社会的屏障,对女主却是触碰世界、获取自由的媒介。因此,克丽泰会留意观看窗外经过的火车,也会偷偷将窗户开出不被察觉的缝隙。

在《契诃夫小说中的现实》一文中,韦尔蒂曾论及窗户与现实的辩证关系。"现实可被理解为一簇不同亮度的光束,就像夜晚村庄的窗户里透出的各种灯光,它们很近但并不一样——有些明亮,有些黯淡,还有些忽隐忽现","我们通过活生生的人理解现实"①。如果韦尔蒂常以柔和的光束(如星光)"视觉性地呈现人们获得知识的不同程度"②,那么窗户便是获取知识的关键媒介。如此观之,克丽泰对窗户的依恋便是求知求变的见证,是"对外部世界变化的'认可的行动'"。窗户是双向渠道,既是"个体认识外部现实的工具,也是终极现实进入的媒介……'向内窥视'(peep in),带来希望或是威胁"③。外部世界的"内窥"正是屋大维娅所排斥的,因之"惧怕来自外面世界的窥探(pry)"(CS 83-84)——也即"终极现实"的入侵,故而要将一切窗户与门密闭封锁。在韦尔蒂的诸多作品中,"终极现实"是变化与变革的同义语,在《克丽泰》中指向的便是南方现代性。小说开头着意描绘的煤气灯、电器便是暗示小镇所经历的现代化,因为在 20 世纪 30 年代,"南方家庭中用电

---

① Eudora Welty, "Reality in Chekhov's Stories," *The Eye of the Story: Selected Essays and Reviews*, p. 63.

② Gail Linda Mortimer, *Daughter of the Swan: Love and Knowledge in Eudora Welty's Fiction,* U of Georgia P, 1994, p. 108.

③ Dorothy Griffin, "The House as Container: Architecture and Myth in Eudora Welty's *Delta Wedding*," *Mississippi Quarterly*, vol. 39, no. 4, 1986, p. 526.

和自来水的普及是许多人日常生活中最显著的现代性标志"①。此外,叙事背景里穿越的火车也是韦尔蒂笔下南方现代性的常见标识②。在"偷偷打开的窗户缝隙里",克丽泰看到"阳光下,一辆货运火车……正从桥上经过","一队黑人在捕鱼的路上,汤姆·贝特的男仆也在其中,突然转头透过窗户看着她"(CS 87)。阳光与运动的火车构成的变化的世界与法尔家族暗黑停滞的生活形成强烈反差。行走的黑人在克丽泰的内心引发了获得自由的渴望。在与男仆互相凝视的过程中,克丽泰感受到了冲破监禁生活的诱惑——"贝特"(Bate)便是"引诱"(bait)的谐音。

黑人与女性的结盟也绝非偶然,因为受南方现代性影响最深的是南方的白人男性。他们"深陷现代性种种变革之中,不管是丧失人性的市场经济,还是地方记忆与历史逐渐被低等人群所'控制'——白人女性与黑人借着变革变得愈发强大起来"③。小说中,法尔家族的失势通过理发的细节得到充分暗示。收到法尔家族"古老发黄的纸条",理发师波波先生以为"信是写于千百年前,从未寄出过",后被要求准时到达、等待安排;服务完成之后,也未获任何酬劳,因为他是"唯一一位被允许进入法尔家宅的人,这很特别"(CS 89)。法尔家族的桀骜不驯与屈尊俯就反倒愈加凸显其落魄的经济与精神困境。南方农业现代化及黑人劳工"大迁徙"对法尔这样的旧南方贵族造成了巨大冲击。于他们而言,社会变革便意味着堕落、腐朽与动乱,过去不应被遗忘,传统必须继续。可以说,法尔家族极端的反应戏剧化地呈现旧南方贵族阶层悲剧

---

① David Davis, "Southern Modernists and Modernity," *The Cambridge Companion to the Literature of the American South*, Sharon Monteith, ed., Cambridge UP, 2013, p.98.

② 《六月演奏会》中有几乎完全相同的细节描写:"他一动不动,四周寂静无声。除了蟋蟀的唧唧叫声。除了火车经过的声音,经过大黑桥时两节车厢发出很响的声音"(CS 324)。

③ Susan Donaldson, "Introduction: The Southern Agrarians and Their Cultural Wars," *I'll Take My Stand: The South and the Agrarian Tradition*, p.xiv.

性的偏执与迷信:或是如克丽泰父亲枯如死尸、郁郁而终,或是如亨利自我了结,或者像杰拉德与屋大维娅终日自闭,恰如孤独至死的艾米丽小姐。

虽然身受家族的禁锢,克丽泰仍旧能够开启秘密的漫游,她的溺死也与艾米丽的弃世不尽相同。面对杰拉德收集雨水给父亲剃须的命令,克丽泰从后门出来,走到装满雨水的水桶旁,发现:

> 它散发出一种黑暗、浓郁、沁人心脾的芳香,像是冰块花朵夜晚露水的混合。
>
> 克丽泰身子扭动了一下,盯着泛着波纹的水面。她觉得水里好像有张脸。
>
> 毫无疑问。这是她苦苦寻觅的脸庞,她离开了很久的脸。似乎为了示意,一个手的食指抬起摸了摸黑暗的脸颊。
>
> 克丽泰俯身贴近,就像她为了抚摸理发师的脸贴身向前。
>
> 这是一张摇晃不止、难以捉摸的脸。眉头紧锁,好像痛苦不堪。眼睛张得很大,目光坚定,甚至有些迫切,丑陋的鼻子像是因为痛苦而有些褪色,年老的嘴巴紧闭不语。散乱肮脏的黑发从头的两边垂下。这张脸令克丽泰恐惧难安,尤其是脸上的等待与痛苦的表情让她感到震惊。
>
> 她继续往前探身,将头伸进水桶,一直到底,穿过亮晶晶的水面直至温暖、平淡无奇的水底……腿上穿着破旧的女士黑长筒袜,倒立的双腿很像一把钳子。(CS 90)

小说结尾处这段对死亡的描摹含糊暧昧又令人悚然,在学界引发诸多争论。麦克劳林认为,水中之脸乃克丽泰缺失的母亲象征,她自沉水底是对母亲身体的象征性回归。露丝·韦斯顿认为这张脸属于女主(错失的)情人,她的自杀源于"性受挫"[①]。这两种阐释虽视角各异,但都揭示出克丽泰被男权所禁锢生活的悲剧性。在韦尔蒂及20世纪许多女权主义作家的作品中,"水"是极重要的性别意象。对于凯特·肖邦《觉醒》(1899)中大海丰富的象征意义,杨瑛美早已指出,"游泳激发了她(艾德娜)的潜能……独自去探寻未知之境……将全部的衣服卸下,更象征她摆脱世俗枷锁、寻求解放的决心"[②]。艾德娜在水中畅游,获得了强烈的女性意识,开始探索自我的女性经验,掌控自己的身体和灵魂。韦尔蒂《漫游者》中的经典裸游一幕也同样凸显水的非凡意义。而在伍尔夫笔下,水是女性获得新知、自由甚至想象力的重要媒介[③]。

准此,克丽泰的水桶奇遇可视作男权社会压制下的性别觉醒。毫无疑问,这张深藏水底的脸的主人是充满愤怒、意图反抗的女性。"散乱肮脏"的头发完全有悖南方社会的淑女形象,是典型的"女性疯癫表现"[④]。背后原因则是女性从来而直至老年都"闭口不语",只能在"等待"中"痛苦"。在男权的话语体系中,女性向来难逃疯癫、易变、不理性或是异常沉默的刻板印象。因而自《简·爱》以降,疯癫的女性成为"反抗家庭与社会秩序强有力的形象;而歇斯底里者不愿使用维护父权秩序的语言,用其他的方式言说"[⑤]

[①] 转引自 Don James McLaughlin, "Finding (M)other's Face: A Psychoanalytic Approach to Eudora Welty's 'Clytie,'" p.61.

[②] 凯特·肖邦:《觉醒》,杨瑛美译,辽宁教育出版社,1997年。引文摘自《译序》。

[③] 在《女性的职业》演讲中,伍尔夫将女性作家的想象力比作湖底漫游,而男权的规训则被喻作坚硬的石头,会在不经意间"引爆"女性的创作灵感。详见 Virginia Woolf, "Professions for Women," *The Death of the Moth and Other Essays*, Harcourt, 1970, pp.235-42.

[④] Elaine Showalter, "Representing Ophelia: Women, Madness, and the Responsibilities of Feminist Criticism," *Shakespeare and the Question of Theory*, Patricia Parker and Geoffrey Hartman, eds., Routledge, 1985, p.80.

[⑤] Elaine Showalter, "Representing Ophelia: Women, Madness, and the Responsibilities of Feminist Criticism," p.91.

甚至不言说,这也是一种反抗。无论如何,三次重复出现的"痛苦"令克丽泰对这张"离开很久的"、被毁容的脸发生了深刻认同,感到恐惧与震惊。在这张脸的"启示"或是召唤之下,她最终自沉桶底。

在列维纳斯对他者面容的论述中,面容自身的脆弱性是其无声召唤的合法性来源——脆弱个体在疾病、衰老、阶级、种族或性别压迫之下呈现无助与绝望的注视。这种注视"既是乞求,也是命令;是召唤,也是质疑",告诫他人"'你要尽一切所能来让我活!'"①。列维纳斯曾用"临显"(épiphanie)解释面容显现的瞬间时刻,它"完全出乎'我'的预料,对'我'构成了冲击,让'我'深感震惊"②。这种主体性交互的结果令克丽泰最终如艾德娜一般,以死亡追寻自由,控诉现实的不公与不义。死亡并非"未能融入象征秩序的结果"③,而是克丽泰的自主性选择,借用马尔库塞在《爱欲与文明》中的观察,展露出"对痛苦和压抑永不止息的反抗"④。

伊莱恩·肖瓦尔特在梳理《哈姆雷特》中奥菲莉亚的舞台表征史时发现,溺水身亡对女性而言是熨帖的情节设置,因为女人如水,在身体上有羊水、乳汁还有流不尽的眼泪,在精神上则是灵动、多变、温柔,这些皆与男性的僵硬、理性、阳刚形成鲜明对比。与古希腊神话里的结局不同,克丽泰并未追随或深陷对太阳神的爱情之中,而是以女性独有的溺水殒亡表达对压抑性男权制度的反抗。从丽薇的逃离到罗碧的妥协再到克丽泰的死亡,三位女性从喜到悲的不同结局共同演绎出韦尔蒂"压抑—逃离"的女性哥特主题。《蓝钉镇中》和《紫帽》两则哥特小说可被视作对逃离家庭空间之后女性恐怖经历的续写。韦尔蒂仍然注重叙事技巧,以丰富的意象、

---

① 刘文瑾:《"面容"的抵抗:后奥斯维辛的哲学遗产》,《读书》2021年第12期,第165页。

② 同上,第168页。

③ Don James McLaughlin, "Finding (M)other's Face: A Psychoanalytic Approach to Eudora Welty's 'Clytie,'" *Eudora Welty Review*, p.54.

④ Herbert Marcuse, *Eros and Civilization: A Philosophical Inquiry into Freud*, Beacon Press, 1969, p.29.

多面的神话引喻及含蓄的象征主义传达其对南方社会中女性身体与身份的冥思。

据作家本人自述,《蓝钉镇中》是关于"有鬼出没的河边小镇",她想描绘出小镇里"迷失绝望以及魔咒般的神秘感",故事情节可能失于"晦涩难懂"①。小说的神秘与晦涩主要见于对女主珍妮·洛克哈特荒诞经历的冷漠呈现——因被四处游荡的渔夫强暴而不可救药地陷入爱情,苦苦寻爱的过程中却再受强暴。男权的暴力、女邻居的冷漠以及年青一代的无知,皆促使读者思考女性成长之路的艰难与凶险。

小说依旧以男性权力的颓废作为叙事导火线。在第一部分中,威严审慎的外公洛克哈特大期将至,走路颤颤巍巍,"瘦弱得像只小鸟"或是"枯萎掉落的树叶"(CS 241),但始终穿着他男性权威象征的锦缎礼袍。外公对地位和秩序的强调也体现在房屋地理和空间结构中:房子位于"阳光稀少的山顶",院子里瞭望台可俯视小镇。但"他俩从不踏足蓝钉小镇。外公年老体衰,小女孩则羞怯腼腆,他们很善良——据镇上的老妇女说——这个世道有危险,所以就一直闭门不出了"(CS 240)。"'就像穷人最后学会了飞翔',他边说边走,拖着步子,声音中充满轻微的不屑,'蓝钉镇的人民,不管什么人、什么条件,都变得十分阴险'"(CS 240)。如此,洛克哈特老人如艾米丽的父亲一样,将珍妮的妈妈长期软禁家中直至去世。

他对珍妮的监视也丝毫不减其力,"他的身体靠在孙女的臂膀上,像一只恐怖的爪子",严格控制她的行动。和丽薇一样,珍妮走动的畛域限于屋内,因为"走到门口时外公会叫她回去,用他低沉的声音"(CS 242),富于权威而无法抗拒。就连自己房间里的床也被用罩篷"保护"起来。珍妮外公还悉心在屋内设计许多玻璃棱

---

① Jean Todd Freeman, "An Interview with Eudora Welty," *Conversations with Eudora Welty*, Peggy W. Prenshaw, ed., UP of Mississippi, 1984, p.190.

镜作为装饰。它们既能增强屋内光线,又"随时召唤出他的权威","随时随地约束她",因为"棱镜具有易碎性和易发声性"①。值得一提的是,这些反射和监视珍妮行动的镜子总让人不禁忆起《丽薇》中束缚大树的玻璃瓶,被奄奄一息的所罗门迷信为驱除恶势力的护身符。总之,珍妮自幼禁闭的生活使其"对外公恭敬顺从,对他人甚至陌生人也都温顺听话。她没有私心,不会为自己做任何事,也不会去摆弄镜子。可以说,她的内心至洁无瑕"(CS 242 - 243)。

　　小说中,贯穿始末的暴风雨是威胁洛克哈特老人、改变珍妮命运的外力。当看到"远处的闪电使整个天空沐浴在耀眼的白光之中",珍妮感受到了"身体里的悸动:有一天她将来去自由"。"说来也怪,母亲离世已经多年,但那让她躁动不安的狂野欲望仍然未息,仍然微不足道。那是去纳齐兹的渴望。据说纳齐兹小镇周末很美,人山人海,大家四处游玩。"②(CS 242)确实,如期而至的暴风雨加速了外公的死亡,也令珍妮走出家门、遭遇始料未及的厄运。

　　在小说第一部分结尾,珍妮在母亲坟墓边(她唯一可以涉足的地方)陷入沉思。她"手里紧握一个东西,是一片草叶……她坐在阳光下,两个拇指撑开草叶,开始吹了起来"(CS 246 - 247)。这一幕场景颇有深意:草叶是自由的象征,喻示珍妮将追随母亲的步伐,继续冲破男权的禁锢,追寻身体与精神上的自由。如此,在紧接着的第二部分开头,"珍妮身着浆过的白裙下山走进了蓝钉小镇"(CS 247)。此处象征女主天真无邪的白裙将与结尾处的施暴形成强烈的对比,突出这一次"旅行"对其造成的巨大转变。在刻画珍妮想象的"爱情"/奸污时,韦尔蒂一方面以男主比利·弗洛伊

---

① 崔莉:《尤多拉·韦尔蒂文学作品的地方研究》,第 166 页。
② 纳齐兹小道地处荒野、人烟稀少,是冒险与非法活动的理想处所。在韦尔蒂的笔下,此道成为反抗男权社会秩序、女性越界、自我隔绝等多重意义交织的象征。

德"稀薄飘动的头发"(CS 250)、身骑红马、饥饿食肉的描绘强化主题性的情欲联想,其而"绽开的云朵和紫色花朵的幽深之处显然都是女阴的象征"①;另一方面,将暴风雨与珍妮的第一次性经验形成平行对照,泛滥洪水对洛克哈特房屋造成的损毁成为珍妮身体与心理伤痛的隐喻,"蓝钉镇的房屋移动了位置,就像女人裙子的下摆被掀了起来。洛克哈特房屋的前面已经移动,屋内角落里的家具被水冲得前摇后晃,停在了地板中央"(CS 252)。

及至第三部分,珍妮将房屋清理修缮后,身体"爱的震痛"也已得到平复。她决定离开蓝钉,寻找梦中的初恋情郎。路上"野草很高……枝叶浓密得连夕阳下的阳光都很难透进来",她"走进野外炙热的阴凉下,将双手放在垂下的藤蔓中。她害怕清凉隐蔽处的毒蛇"(CS 256-257)。自然再一次预示珍妮未来之路充满艰难险阻。韦尔蒂对迷宫似的草木的详尽描画也已暗示幼稚的女主注定难逃男权残害的悲剧命运——在被一群渔夫再次蹂躏之后,"'她睡着了吗?她中了魔咒?还是已经死了?'一位眼睛发亮的矮个老年妇女问道,她站在门口往里看了看,又蹑手蹑脚地回到门外若有所思的男人旁边"(CS 258)。置身男性权力的边界/门口,老年妇女并未与珍妮站到一起,见证和认可她的痛苦,构建有力的女性联结。参考福柯对权力机制的研究,她的冷漠与无知是被权力同化的结果——不仅认同权力的自然合法性,且主动宣扬权力的意识形态,积极加入对身边同类的规训与惩罚。小说结尾处,"一群少年轮流用飞刀砸向树上一处阴暗深洞"(CS 258),其弗洛伊德式的象征暗示南方无处不在、根深蒂固的男权将在代际传递,性别平等与女性自由似乎遥不可及。

对于小说不同寻常的性暴力描写,露易丝·威斯玲等学者认

---

① Stephen M. Fuller, *Eudora Welty and Surrealism*, p.102.

为,它是"珍妮性经历的成长,这是与体面的外公生活中所欠缺的"①,也使"珍妮未来变得更成熟……从而追寻完满的生命"②。毫无疑问,珍妮遭遇的摧残会促使她成长,但更应看到在《丽薇》《一则新闻》《克丽泰》等小说关于压抑—逃离的哥特叙事谱系中,幼稚天真是男权体制期待而热衷的结果,是权力蓄意为之而非意外的"欠缺"。对此,伍尔夫深有体会,在男性面前,她警示女性作家,"要体谅体贴,要温柔可爱,要逢迎谄媚,善用女人特有的花言巧语。决不能让人觉得你有独立的想法"③。从历史上看,独立的心智是种族主义、性别歧视、阶级秩序甚至宗教最大的敌人。这也是为何杜威将教育置于复兴的自由主义或自由社会主义的第一目标。

在《韦尔蒂作品中的引喻》一文中,哈丽雅特·波拉克对小说标题展开了分析。她认为小说故事讲述的是高地安稳的生活突然被洪水打断,而小说的标题则意为"困在高地,而非获得拯救"④。这一阐释与韦尔蒂一贯的"女性禁锢"主题颇为契合。在这部"有不少缺点"甚至"写得有些忘乎所以"⑤的小说里,韦尔蒂常用的叙事策略、意象设置与主题程式皆清晰可见。不同之处在于,作家反男权的立场显得异常激进而近乎悲观,似乎相信性别权力已深入

---

① Louise Westling, *Sacred Groves and Ravaged Gardens: The Fiction of Eudora Welty, Carson McCullers, and Flannery O'Connor*, U of Georgia P, 1985, p.99.

② Barbara Carson, *Eudora Welty: Two Pictures at Once in Her Frame*, Whitson, 1992, p.40.

③ Virginia Woolf, "Professions for Women," *The Death of the Moth and Other Essays*, p.237.

④ Harriet Pollack, "On Welty's Use of Allusions: Expectations and Their Revision in 'The Wide Net,' *The Robber Bridegroom*, and 'At the Landing,'" *Eudora Welty (Bloom's BioCritiques)*, Harold Bloom, ed., Chelsea House Publishers, 2004, p.135.

⑤ Jean Todd Freeman, "An Interview with Eudora Welty," *Conversations with Eudora Welty*, p.190.

南方生活的每一寸腹地、每一个角落,甚至延伸到可见的未来。不过,《金苹果》小说集对漫游式"流动"美学的建构彰显出作家对女性权力与女性自由的新的现代主义想象,在更宏大的层面则触及南方家园与共同体神话下的性别与身份政治问题。

在《紫帽》中,韦尔蒂将女性哥特叙事与西方鬼故事传统熔于一炉,反思男权文化的运转机制与女性的性别困境。小说以赌场男保安的上帝视角讲述一位三十年不变模样的女鬼的故事。光顾"乐乐园"赌场的女性大都是"没有姿色、令人生厌的老女人","没人知道这些老女人为什么抛弃家庭、疯狂赌博……她们丈夫怎么想……谁来持家……"(CS 223)。"她"的不同之处在于头戴一顶诡异的紫帽和夜晚现身的情人,故而"我认为她是个女鬼"。这顶紫帽"宽阔古老、破烂不堪",戴在头上虽显"丑陋怪异"(CS 233),但她不论寒暑从不更换,容貌也未见衰老。保安位处二楼狭窄人行通道,能够"俯视一楼赌博大厅……所有人都知道我的职能,他们的一言一行都逃不过我的眼睛……三十年我每天都在观察她,我相信她是个女鬼。我目睹她两次被害"(CS 224)。"我每天晚上都会留意紫帽下这位丑陋的老女人,三十年日日如此",这位保安复又强调,"我确信她被杀害了两回,还会有第三回",一次是枪杀,另一次是用帽针刺穿心脏,因为她的情人发现了"秘密"(CS 225)。

保安的叙述循环重复,且总是以紫帽为起点,并有意将之与"女鬼"的怪诞诡谲相连。"现在我该讲讲那顶帽子了。它外形奇特,宽大且深,既非时尚也无变化……帽檐镶有古旧繁盛的花朵——玫瑰或者罂粟?男人很难分辨。"她的情人每晚定时到达赌场观览她摘下帽子,"显得十分饥渴",因为"魔鬼情人都有又长又密的黑发,她也不例外"(CS 225)。可吊诡的是,他"着迷的却是她的帽子——破旧不堪、荒诞不经的帽子,上面花朵葳蕤令人憎恶"。总之,对于"这顶神奇的旧帽子",保安"有说不完的离奇细节!"(CS 226),在"甜蜜的爱情中,那个帽子,那顶紫帽,摸上去就让你兴奋不已……你会看到,是她迷人的风情,让你欲罢不能。但你始终不确定……"(CS 227),保安的离奇叙述在圣路易教堂如梦如幻的钟声中戛然而止。

对于小说紫帽的意涵,学界疑义纷纷,但基本认同其弗洛伊德式的性象征,是"女性在公共场合对性欲的变态展示(她应在家尽职持家、相夫教子)",尽管"叙述者的讲述有失逻辑"①。如此,小说隐晦地传达出"女性日常生活稀松平常而不被察觉的暴力"②。劳拉·帕特森则认为紫帽是"传统中产阶级白人女性身份之外的越界性欲望的象征",同时坦承"不知如何诠释佩戴紫帽的女士"③。丽蓓卡·哈里森借用"圣女贞德"的文化神话提出,紫帽既象征"饱受性别暴力的南方女性的潜在侵越",也代表"虚伪堕落的社会合法性",它迫使"女性成为巩固男权结构的工具"④。这些观察各具见地,深刻地揭示出帽子作为南方女性日常生活之物所承载的非凡媒介意义。不过,小说围绕帽子的男性视角与非逻辑性叙述同样值得思忖。

西方鬼故事体裁擅以超自然的神魔鬼怪披示女性困境、批判男权社会,尤其是"对男权体制下女性无力与被禁锢的恐惧"⑤,因为女性的卑微地位宛如他者化的"鬼魂"——挣扎于"可见与隐匿之间,权力与无力之间","男性与动物之间,天使与魔鬼之间"⑥。

---

① Noel Polk, *Faulkner and Welty and the Southern Literary Tradition*, p.182.
② Ibid., p.185.
③ Laura Sloan Patterson, "'Lady Couldn't Expect to Travel without a Hat': Cultural Capital, Gender, and Sexuality in Welty's Short Fiction," *Eudora Welty Review*, p.23.
④ Rebecca L. Harrison, "The Maid of Orléans at the Palace of Pleasure: Welty's 'The Purple Hat' and the Emblematic Nature of Violence," *Eudora Welty Review*, vol.10, 2018, p.16.
⑤ Diana Wallace, "Uncanny Stories: The Ghost Story as Female Gothic," *Gothic Studies*, vol.6, no.1, 2004, p.57.
⑥ Vanessa Dickerson, *Victorian Ghosts in the Noontide: Women Writers and the Supernatural*, U of Missouri P, 1996, pp.5-9.

韦尔蒂在小说里也措意凸显男权对女性的他者化或魔鬼化：男保安居高临下的空间位置类似"圆形监狱"系统中的监视中心，因此"他们的一言一行都逃不过我的眼睛"；小说对保安侵略性男性气质与戏剧性雷声的运用进一步强化其男权形象。而保安的性别主义，无论是婚姻中的性别偏见还是对女性的年龄歧视——"衰老对女性而言是逐渐被剥夺性权力的屈辱过程"[1]，皆是男权社会对女性的规训与规约的影射。此外，紫帽女士的两次死亡可能是女性日常生活遭遇的男权暴力的象征，但更应该是女性性别困境的深刻隐喻——以极端死亡比附女性在传统婚姻中被剥夺的身体、身份与生活，恰如伊丽莎白·盖斯凯哥特小说《白发女》(1861)女主婚后的恐怖境遇。

更为关键的是，既然紫帽象征着女性性器官／"变态的欲望"，那么保安痴迷紫帽的循环叙述并非毫无逻辑，而是男权对女性欲望既渴望又恐惧的"暗恐"心理的具化。弗洛伊德在阐述"暗恐"（uncanny）时断言，"最恐怖的地方是被压制的东西复现"，起死回生的鬼魂正是暗恐的最佳具象[2]。对女性欲望的暗恐心理也体现在紫帽女士周围的男性情人身上，他们与保安一样皆痴迷于帽子而非秀发，"十分饥渴"又"兴奋不已"，因为他们笃定帽子中藏有"秘密"，"我觉得他肯定在帽子里发现了什么东西"(*CS* 225)，"'你想，应该是年轻的情人发现了什么东西或是知道了什么'，保安说道"(*CS* 226)。

在《缄默嫉妒》一文中，美国解构主义批评家巴巴拉·约翰逊发现，沉默的女性是男性文人竞相追逐的物化与审美对象。这是因为，约翰逊强调，男权文化总是有意无意地混淆、抹除沉默的差

---

[1] Susan Sontag, "The Double Standard of Aging," *The Other Within Us: Feminist Explorations of Women and Aging*, Marilyn Pearsall, ed., Routledge, 1997, p.20.

[2] Sigmund Freud, "The Uncanny," *Art and Literature*, trans. James Strachey, Albert Dickson, ed., Penguin, 1990, pp.363-364.

异性含义,将性虐想象成性快感,男权暴力被巧妙地掩饰成"缄默嫉妒"①。在小说保安、情人、酒吧招待构建的男性世界里,"沉默"的紫帽女士也不可避免地成为欲望对象,男权肆意而无穷的欲望想象最终汇聚到隐秘/无声的帽子的无限能指之上。

最后,阴森沉默的紫帽也指向了女性作家的黑暗写作史,因为"女性如鬼魂一般投身文学写作",萨拉·麦兰提出,"我们的传统是晦暗的传统,我们的过去被冲散、失于迷雾,我们的身份——作为作家和男人笔下的叙述对象——任人建构和予夺"②。在由男权控制的"赌博"游戏中,她们是离经叛道、不受欢迎的异类;面对保安所象征的无处不在的监视审查,她们只能诉诸帽子底下的"迷人的风情"(*CS* 227),这让人再次想起1931年伍尔夫给予女性的"忠告","要温柔可爱,要逢迎谄媚,要善用女人特有的花言巧语"③,如是从内部反击和瓦解男权的性别主义。

如果说韦尔蒂的女性哥特小说更多地聚焦对传统婚姻与家庭中性别政治的批判,那么《金苹果》小说集等作品则将批评重心转移到社区和南方共同体中的身体与身份政治问题。在揭示不同形态的权力机制的同时,韦尔蒂竭力探索物理性及想象性越界漫游对女性的深远意义。她的现代女性旅行叙事追求女性的越界与解放,在进入世界的"探险"中,探索女性经验与自我认知。这一求知求变的女性流浪主义不仅旨在反抗保守的南方社会和文化传统对女性的建构和规训,更意图打破南方文化的"家园"与"地方精神"神话,以此解构"独特"、"统一"的南方身份和共同体神话。

---

① Barbara Johnson, "Muteness Envy," *The Feminist Difference: Literature, Psychoanalysis, Race, and Gender*, pp.129 - 154.

② 转引自 Diana Wallace, "The Ghost Story and Feminism," *The Routledge Handbook to the Ghost Story*, Scott Brewster and Luke Thurston, eds., Routledge, 2018, p.427.

③ Virginia Woolf, "Professions for Women," *The Death of the Moth and Other Essays*, p.237.

第二节　共同体的欲望与越界

《金苹果》小说集以虚构的莫甘纳小镇（Morgana）为背景，讲述七则相互关联的短篇故事。如此创作安排令韦尔蒂"能够深入揭示每个人物在生命不同阶段的状况"，莫甘纳小镇正是她"传达小说讯息的最佳处所"①。莫甘纳的特殊意义首先可从其富有深意的名字中管窥——意大利语中莫甘纳乃"海市蜃楼"之意，韦尔蒂的文字也意图展示南方社会"日常生活中的错觉"，即"所有人要么困在他们的梦幻世界里，要么恐惧离开，无法踏入外面的世界"②。对外部世界的不适与惶恐是韦尔蒂南方女性哥特的常见主题。不过，不同于《丽薇》《一则新闻》《克丽泰》等女性哥特小说中的压抑与恐怖，《金苹果》小说集在日常生活的飞短流长中捕捉无处不在的规训与惩罚，并以女性主义的漫游和流浪对抗南方家园神话与共同体政治。韦尔蒂笔下的女性旅行与流浪叙事蕴含深刻的现代主义美学和文化政治，是20世纪上半叶看似众声喧哗的南方文艺复兴中极重要的主题变奏。

"金苹果"的标题取自古希腊神话"金苹果之争"。据传阿喀琉斯的父母结婚时未邀请"不和女神"厄里斯，因其所到之处都散播争执的种子。愤怒之下厄里斯决定嘲弄宴席上的众神，她溜进大厅，在地上抛出一个金苹果，上面写着"献给最美的女神"。不难预见，苹果在赫拉、雅典娜及阿芙洛狄忒三人间引发了激烈争吵。在韦尔蒂的小说集里，每一篇也都有"不和"的因子，它可以是《金色阵雨》里躁动不安、行踪不明的金·麦克莱恩，《月亮湖》里堕落的

---

① qtd. in John Griffin Jones, "Eudora Welty," *Conversations with Eudora Welty*, Peggy W. Prenshaw, ed., UP of Mississippi, 1984, pp.332-333.

② Ibid., p.332.

伊斯特,也体现为《六月演奏会》中的艾克哈特女士及《漫游者》里的弗吉·雷妮。通过讲述南方社区里的"怪人"的故事,韦尔蒂的文字操演了南方传统社会的道德与性别规约,一是对不容于己的异类人的审视与排斥,社区尤其是女性生活圈"紧密团结在一起,对于外来者则予以疏远惩罚"①,如此演绎男权社会对女性的深度同化;另一方面,"怪人"形象又成作家揭露男性权威建构机制的工具,集中体现为对金·麦克莱恩的描摹上。

对《金色阵雨》男主金·麦克莱恩形象的意义,学界意见不一。有学者看重金身上体现出的放荡不羁的品质,目之"独立、自由,处处显露对传统和束缚的反抗",身上的活力与"崇高的精神"展现出"金色光晕"②,暗示出韦尔蒂对漫游精神的极力推崇。可细察之下便会发现,金并非如此独立与张扬,倒显得有些懦弱而可笑。为了延续放纵淫乐的生活,金一直四处闲荡、鲜少顾家,甚而故意在社区边境的大黑河岸边丢下草帽,自导自演轻生的好戏,以此斩断爱妻斯诺迪·麦克莱恩对他的依恋与牵绊。在欲望重燃时,金并未径直回家探视,而是留下便条让斯诺迪在树林深处与之相会。金的胆怯在小说第二部分万圣节场景中更加显露无疑。在万圣节的夜色之中,金蹑手蹑脚地来到自家门前,"先是环顾四周确定没有他人。他走进院子,来到凉亭,在一棵棵雪松间疾走",后重新回到"屋前,一副不屑一顾的样子","从百叶窗的缝隙里往屋里瞧"(CS 270)。被两个儿子发现后,身高马大的金"赶紧逃离现场,像是被魔鬼追赶,又像是被魔鬼附身了一般。他跑过栏杆和栅栏、院子和水沟,消失在大黑河的茫茫夜色中"(CS 272)。

金的躲躲闪闪甚至鬼鬼祟祟与斯诺迪的坚定果敢形成了鲜明对比——在他离开后,斯诺迪赶到门外,"她只是站在夜晚的凉爽

---

① Jan Nordby Gretlund, "An Interview with Eudora Welty," *Conversations with Eudora Welty*, Peggy W. Prenshaw, ed., UP of Mississippi, 1984, p.222.

② Robert H. Brinkmeyer, *Remapping Southern Literature Contemporary Southern Writers and the West*, U of Georgia P, 2010, p.21.

之中,没穿外套,眼睛看着远处的乡野,手指摆弄着裙子上的线头,松散的线头在风中飘动,一个个自命不凡。我出去找她。她没有落泪"(CS 273)。金并非因家庭责任感到窒息而不得不抽身而退,他享受无所羁绊的感官生活,更享受人们因此对他的议论纷纷和异样目光。显然,金十分熟稔并充分利用了小镇人民对他的好奇与传说,正如邻居、第一人称叙述者凯特·雷妮所言,他和罹患白化病的爱妻斯诺迪·麦克莱恩的联姻十分可疑,"一定是为了自我炫耀——男人根本不会跟她结婚,所以他的浪漫不过是在别人面前的表演"(CS 263)。

雷妮的角色恰如《莉莉·多和三位女士》里的三位道德家长,她是小镇的道德观察员,捍卫的不仅是女性的权利,也是整个小镇的传统秩序。诚如佩克汉姆所言,韦尔蒂笔下的"女性世界对男性文化与男性权威,在依赖、被同化的同时,努力进行着反抗"。她们"既是社区共同体的坚定维护者",但同时也成为"自我禁锢的罪魁祸首"[①],这与南方传统的农耕社会形态密切相关。在这样的经济生产模式下,社会生活是彼此熟识、联系紧密的有机共同体,较易形成一种"邻里—亲戚关系体制"。女性在教堂、传教会、邮局等场所聚集,"小圈子讨论会"时常上演,"在体制与社会压力两方面,维持着南方社会的传统道德与意识形态"[②]。这一意识形态传播模式在女性主义文学作品中并不少见。伍尔芙的"房中天使"是近便的佳例,但两者仍有重要的差异:这一"邻里—亲戚关系体制"是社交网络,所暗含的规训与惩罚的机制近乎福柯所言之"监视网络"(carceral network)。

这种"监视网络"散布于社会生活的各个角落,在慈善机构、道

[①] Joel B. Peckham, "Eudora Welty's *The Golden Apples*: Abjection and the Maternal South," *Texas Studies in Literature and Language*, vol. 43, no. 2, 2001, pp. 194 – 195.

[②] Joel B. Peckham, "Eudora Welty's *The Golden Apples*: Abjection and the Maternal South," *Texas Studies in Literature and Language*, p. 195.

德促进会、共济会及一些公共场所随处可见其踪影。如果"圆形监狱"的精髓在于在人群身上营造出时刻被监视的错觉,那么"监视网络"则将规训的权力变得极为合理和自然。借用福柯的话说,"监视机制使惩罚的权力变得'自然',也使规训的技术权力变得'合法'",从而孕育出一种新"戒律",它将"法律与自然,规定与习俗,融合为一种社会规约"①。监视网络中的"审判员"包含牧师、教师、医生及韦尔蒂笔下南方社会的卫道士。总之,监视网络展现出强大的"规训权力",它的"嵌入、分布、监控与监视构筑的体系",实现对"身体的控制与持续监视",尤其是针对那些表现出"危险"倾向的异类人群。

在莫甘纳小镇,雷妮是当之无愧的道德审判员。她处心积虑,在生活中时刻"留心观察金的往来行踪",因为他"与莫甘纳小镇其他人不太一样,生活得无拘无束",在"山野乡间闲荡"(CS 336)。雷妮第一人称叙述中"我们"与"他"的对立及叙述本身,一方面意在对金实施压力与"管控",同时竭力使其规训的权力与技术变得自然、合法。在雷妮看来,斯诺迪完全是金波西米亚式的生活方式与婚姻选择的牺牲品。她反复用"可怜虫"来描绘斯诺迪,在深化其受害者形象的同时凸显金的迫害者角色以及自我作为道德权威的合法性:"我不知道可怜的斯诺迪是怎么过来的"(CS 264),"真是可怜的斯诺迪"(CS 266),"她可怜的孩子们"(CS 272)。

吊诡的是,雷妮的监视网络对金并无作用,她的叙述反倒成全了金的个人魅力表演,自己也与社区的其他女性一样,成为金英雄表演的猎物。面对斯诺迪与金在小镇旁边的树林深处私会,"以松软的鹅毛作床,求爱做爱"(CS 264),雷妮义愤填膺的声音中总是掺杂一丝犹疑,不自觉地流露一分幻想,最终也与金私通,生下女儿弗吉·雷妮。"遇到金这样的男人,你总是浮想联翩。他是风一

---

① Michel Foucault, *Discipline & Punish: The Birth of the Prison*, trans. Alan Sheridan, Vintage, 1995, p. 304.

样的男人……金四处游走,但会逗留足够长的时间[让女人们]给他生孩子"(CS 274)。对金的私下爱慕和幻想,"我绝不会向我丈夫透露半句。读者朋友也别往心里去"(CS 274)。

对于《金色阵雨》中从标题到人物情节对古希腊神话的影射,学者多有会意。尤其值得注意的是金身上的宙斯神形象——多子,超强性权力,来去自如——强化了其精心构建的传统南方社会的男性权威形象。"宙斯的权威本质代表了男性地位的尊贵和权威",通过宙斯的引喻金成为"披着神衣、被众人仰慕的男性权威形象……支配着女性的世界"①。总之,关于金的传说及其神话与神化形象"体现出南方社会对体面的男女行为规范根深蒂固的偏见"②。这些顽固的性别偏见经由以雷妮为代表的监视网络,得到进一步传播,反过来复又作用于监视网络中的女性群体,强化她们对男权及自身从属身份的认同。明乎此,她们对"社区共同体的坚定维护"恰恰成为"自我禁锢的罪魁祸首"。

通过金的自我操演揭露女性群体监视网络的性别规训与偏见强化,并以此反思南方共同体内部的问题,这是韦尔蒂在《金色阵雨》乃至整个《金苹果》小说集里的重要创作目标。将《金色阵雨》置于首篇颇具匠心,作家得以将写作对象——传统社会中的性别意识形态及共同体问题——与解决进路做好铺垫、一一呈现。在紧接着的第二篇小说《兔子先生》中,韦尔蒂进一步揭示了金脆弱胆怯的性格,解构其自身的性别操演与自我神化。史蒂芬·富勒也认为金毫无深度,完全是个"空心人",与艾克哈特、伊斯特、弗吉·雷妮等人身上的生动饱满形成强烈反差,而描绘两者的不同语言——超现实的反讽笔触与超现实的描摹同样构成意味深长的对比③。

《兔子先生》通过讲述女主马蒂·威尔·索哲纳与金的两次幻

---

① 赵辉辉:《尤多拉·韦尔蒂身体诗学研究》,第38页。
② 转引自 Marta Caminero-Santangelo, *The Madwoman Can't Speak or Why Insanity Is Not Subversive*, Cornell UP, 1998, p.56.
③ Stephen Fuller, *Eudora Welty and Surrealism*, pp.178-179.

想中的邂逅,在展现后者的脆弱与不堪的同时,歌颂前者的大胆与越界性想象。在第一个幻想中,马蒂与金(实际上是他的两个儿子)在树林中相遇,嬉戏打闹,男孩将马蒂按在地上,而她则"用牙齿靠近一只长着桃毛的尖耳朵边,但并未咬下去",三人"都沉浸在游戏当中,此刻在这里平等地分享着快乐"(CS 332)。三人的嬉戏充满了情欲色彩,这显然是对《金色阵雨》中金时常与女性私会于此的影射。另一方面,地处社区边境、远离传统性别秩序辐射的大黑河边境也是马蒂越界性想象的理想之地。而葱郁茂密的树林作为受管控的身体欲望的隐喻既出现在《金色阵雨》对金与斯诺迪情爱的描写中,更可追溯到英美浪漫主义作家如霍桑等人的笔意。

马蒂的第二次幻想如出一辙,同样以露骨大胆的性隐射展演对南方传统社会性别规范的不满与反抗。在凯蒂·雷妮眼里颇有男性魅力的金成了马蒂追逐的对象。金"一个人发狂地乱走,有时完全被细小的野果遮住,好似变身飞入野果中"(CS 335)。在马蒂的想象中,高大威猛、难觅踪影的金失去了传说中的男性魅力,无计可施,为了见她只能像只兔子乱窜,"嘴里说着甜言蜜语,同时忽地跳跃到另一棵树,欢快的笑脸像风中摇曳的灯笼"(CS 336)。在两人共奏爱的和弦时,马蒂面对金"漫不经心、快乐高傲甚至疯狂的经历",努力提醒自己"不管发生什么事情,她必须记得不能让金失望而归,否则他再也不会回来"。而金则"将她猛地抱住",暴力的举动让马蒂"纹丝不动",直到"让她退落,他才离开"(CS 338)。此处直白的性描绘是对古希腊神话宙斯乔装天鹅侵犯勒达故事的隐喻。不过,韦尔蒂以反高潮的形式戳破了金身上的男权神话/神化形象。两人的交媾充满暴力,毫无乐趣,且马蒂惊讶地发现疲惫不堪的金"跟她的男人没什么两样,他的身体像是一堆被碾磨机轧过的秆草,扔到了泥坑里等着晾干……他响亮的呼噜声好似春天里的青蛙都跑到了他的肚子里"(CS 340)。但金很快便醒过来,像闪电一样迅速起身,"他看起来非常恐惧——因为沉沉睡去?因为马蒂?他不知道她对他毫无办法,不会从他身上抢走任何东西——因为他是金·麦克莱恩?"(CS 340)。

在马蒂充满情色的幻想中,金的脆弱彰显得淋漓尽致。如果将《兔子先生》视作对《金色阵雨》的续写——马蒂作为凯蒂另一个未实现的自我,以弥补前者叙事中有所暗示但缺失的情节,那么小说则完全颠覆了此前金的男性自我操演,彻底破除了小镇社会对金的神话建构。这种颠覆在更深的层面是对南方社会性别规范的反击,与小说对马蒂越界性女性想象的赞扬构成了一体两面。唯此,《兔子先生》在《金苹果》小说集的中间位置亦有特殊含义,标志着韦尔蒂从批判南方社会的性别秩序转向对"异类"女性的异质经验与想象的书写和歌颂。最后,不应忽视马蒂幻想时搅拌黄油这一动作的象征意义——搅拌的动作既呼应小说想象与现实交融、多个事件混合并置的叙事手段,同时隐隐传达丰富的情欲联想,因为这一动作和莉莉·多揉搓花朵的行为一样,是典型的弗洛伊德式的手淫象征。

《月亮湖》以美国 20 世纪 20 年代学生暑期夏令营运动为背景,通过叙述异类少女伊斯特的故事,揭示南方社会性别与种族秩序在青少年中的渗透。与马蒂及弗吉一样,伊斯特展现出鲜明的越界性女性主体性,清晰地折射出韦尔蒂的现代女性主义思想。伊斯特的怪异首先体现于她的孤儿身份与姓名。在南方小镇之中,同辈少年的名字皆取自族谱,彰显家族悠久的历史传统,唯伊斯特特立独行:

> "你叫什么名字?"妮娜问。
> "可以叫我'以斯帖',我更喜欢'伊斯特'。"
> "我给自己起的名字。"
> "怎么可能?谁同意的?"
> "我自己同意的。"
> ……
> 吉妮·勒夫说:"我的名字是以我外祖母的名字取

的……你不能随便取名。伊斯特不是一个人名……妮娜,从没听过有人叫伊斯特。反正我们这里没有。"(CS 357)

"你不能随便取名""我们这里没有"传达出的自我中心主义已是对伊斯特的警示,为后文后者的暴力遭遇埋下了令人不安的伏笔。而伊斯特自身关于姓名的游戏,借用巴巴拉·约翰逊的说辞,是一种"自我差异",亦已初步展现其大胆的、富于想象力的性格特征。两种矛盾的性别观将随着叙事的推进不断放大和戏剧化。

基尼对"伊斯特"名字的强烈不满在更深的层面是源于后者名字的男性联想。在古希伯来圣书中,"以斯帖"(Esther)是一位犹太女王,因而成为女性权威的象征,而"伊斯特"(Easter)有复活节之义,与基督密切相关(她在小说结尾确也从溺水中"复活")。妮娜(Nina)之名是安娜(Anna)的昵称,吉妮(Jinny)则是简(Jane,有"女人"之义)的昵称。与这两位相比,伊斯特名字的反常意义变得更加清楚。不仅如此,伊斯特在小说中完全是少年的言行举止:她随身携带匕首,爱玩"投刀立住"(mumblety-peg)的游戏。该游戏将匕首掷向地面,以刀刃插入而立住,"输家必须用牙齿咬着刀刃将刀具从地面拔出"①,因而是极为男性化的游戏(且不说匕首作为男性阳具的象征)。面对童子军罗赫·莫里森和女教师穆迪小姐的权威,伊斯特也毫不畏惧。在游泳课上,她曾走到维持秩序的罗赫的位置,"站在高高的跳板上,纹丝不动,光着脚",完全忽视"大家对她的喊叫"(CS 363),最后一跃而起潜入水中。韦尔蒂通过第三人称的叙事距离与有限视角着意呈现伊斯特令人畏惧又不禁向往的他者性。与伊斯特的相处使妮娜发现,"孤儿!她心里突然激动起来。另一种生活方式。隐秘的生活方式。她心里想,人生真的很短暂,一直以来我都跟其他人一样。只有尝试最极端的

---

① 赵辉辉:《尤多拉·韦尔蒂身体诗学研究》,第54页。

秘密,这一生才有趣,才有价值。完全拥抱它们——变成……男孩。过着孤儿的生活"(CS 361)。妮娜的自我剖白必须付之以短句句法,因为这些"极端"的思想是反常而不体面的。她只能在自我审查中尽可能想象女性的越界——而这正是作家在文学创作中极力推崇的女性理想。此处,韦尔蒂糅合间接引语与自由间接引语,使妮娜的幻想更具普遍感染力,成为叙述者对读者的伦理召唤。

面对穆迪小姐的警告,"湖水那边很深,深不见底,还有一些有毒无毒的水蛇"(CS 361),伊斯特、妮娜与吉妮决定穿越藤枝蔓延的禁区,探索未知的水域,尝试"最极端的秘密":

> 妮娜双脚站在满是米诺鱼而不断下沉的淤泥里,努力地用身体推着船。她的小腿很快深陷到了泥里,淤泥缠着她的脚趾头,像是令人厌烦的亲吻,而且她感觉全身紧绷,身体开始冒汗。各种水草盘根错节,四处浮动,裹住了她的两只脚。船也卡在了水底,但妮娜决心要把船推开。(CS 355)

性存在与性别政治是贯穿《金苹果》小说集始终的议题,在韦尔蒂的笔下常通过象征手法进行隐喻。韦尔蒂对象征的偏爱与美国早期作家爱伦·坡、霍桑、亨利·詹姆斯颇为相似,即人物细节同时具有重要的叙事与主题象征意义。施密特曾在研究詹姆斯《孤寂的长椅》《丛林猛兽》《欢乐的一角》三篇小说中自我牺牲的女性形象时提出,詹姆斯在后期作品中对象征手法的匠心运用与青年契诃夫"极为相似",即"叙事中的具体现实散发出特别的象征含义"[1],恰如《孤寂的长椅》里的长椅,《牵小狗的女人》里的同名小狗以及韦尔蒂的《玩偶》等作品。在象征的维度,小说《月亮湖》的

---

[1] A. V. C. Schmidt, "The Symbolic Sacrifice of Woman in Three Late Stories of Henry James," *Essays in Criticism*, vol.72, no.2, 2022, p.195.

篇名本身便颇有深意，充满了女性联想。在古希腊神话中，月亮女神阿耳忒弥斯是狩猎、自然、荒野、贞洁之神，而自然和荒野在女性主义作家笔下常是女性建构主体性的场域，与女性有着神秘的联结，因为两者都是男权社会与文明的剥削对象。史黛西·阿莱默指出，自然是不受管控的领域，"远离家室且未受规训，因而是女性反抗的典范"，女性于自然荒野中"变得自由、独立、自主"①。湖水则是韦尔蒂及其前辈作家如凯特·肖邦、伍尔芙钟爱的文学设置，是女性另一自然的身体隐喻。韦尔蒂对两位作家的仿效及其独特的水动想象在《金苹果》小说集的末篇《漫游者》故事中得到最淋漓尽致的展演。

可见，《月亮湖》的标题已寓示作家探求女性主体性、批判男权文化的创作思想。在妮娜探索未知水域与"最极端的秘密"时，下陷的淤泥和水草成为阻碍、束缚女性身体的诸多力量。推船前行则象征着妮娜与其他女孩追求自由探索的决心。实际上，在现代女性作家的笔端，"现代"几乎等同于"自由移动，逃离拘禁之地"，尤其是"导致女性化的家庭或传统文化"②。著名女性主义批评家菲尔斯基甚至断言，现代性表达本身就是一种"反家"的表达，"歌颂移动性、运动、流浪和越界。它热切地强调进入世界的移动"，因为女性视家如"监狱、牢笼、桎梏"，故而推崇"移动、越界，那些流浪的主体"③。妮娜的越界性幻想在一段充满情色意义的夜色描摹中得到进一步释放：

帐篷外面夜色倏然降临，漆黑沉沉，像是陷入了沉

---

① Stacy Alaimo, *Undomesticated Ground: Recasting Nature as Feminist Space*, Cornell UP, 2000, p.16.

② Wendy Parkins, *Mobility and Modernity in Women's Novels, 1850s—1930s*, Palgrave Macmillan, 2009, p.7.

③ Rita Felski, *Doing Time: Feminist Theory and Postmodern Culture*, New York UP, 2000, p.86.

思,接着俯身从帐篷张开的褶缝中钻进来——像个男人探身进来——在里面立起了身。他有颀长的双臂或是翅膀,站在帐篷中央立杆的地方。妮娜悄悄地避开黑夜重新躺下。但黑色熟悉伊斯特。对她了如指掌……伊斯特的手臂垂着,掌心朝外。来这儿,你这黑夜,伊斯特也许这么说,对这个巨人,这么黑的东西,用语轻柔。

妮娜也不由自主地张开手。她一动不动地躺了许久,黑夜注视着妮娜,他黝黑的脸颊目不转睛地看着妮娜的手,它是妮娜身上唯一没有入眠的器官。她手的姿势和伊斯特的很像,

"换我……换我吧……"

妮娜在她的掌心、敏感的肌肤、沉重的手指与一片静谧中感到同情和某种竞争意识融为了一体,是一种纯粹的狂喜,纯粹的渴望。……睡梦之中,她的一只手在野兽的利齿面前完全不听使唤。被起床号角叫醒后,她发现手一直压在身体下面。完全失去了知觉。她对着手连咬带打直到像被一群蜜蜂蜇了的刺痛感袭上心头。(CS 361–362)

这一段细节描写的情色意义首见于韦尔蒂对古希腊"勒达与天鹅"神话的引喻。"张开的褶缝""俯身""颀长的翅膀"及立身的动作在在暗示宙斯化身天鹅对勒达的诱奸。在呈现这一主题时,后世画家从米开朗琪罗、乔治·佩茨到法国洛可可画家弗朗索瓦·布歇皆在画作中减少了、剥除了暴力联想而注入浓烈的艳情色彩。韦尔蒂笔下的黑夜同样充满诱惑,"立杆""黑的东西"等弗洛伊德式的阳物象征意象进一步强化了密闭亲密空间的情欲联想。妮娜的身体姿势——"一动不动地躺着""不由自主地张开手""敏感的肌肤""沉重的手指"——及"换我"的呼求清楚地折射出对女性欢愉(jouissance)的探索与渴望。实际上,野兽的利齿撕咬与

蜜蜂蜇刺的痛感亦具有潜在的性寓意，因为疼痛尤其是切肤之痛（如抽打和刺扎）"与情欲感觉极为相似，极易混为一体"①。

借拟人化的黑夜探索女性大胆的性越界可能有两方面的考量：首先，夜幕下的幻想是不得已的规避策略，反映出女性受束缚、被监控的处境，只能于隐蔽处、梦境中进行自我书写与想象，因为光明与理性是男性的特权。另一方面，黑夜的拟人化描摹，尤其是"巨人"和"这么黑""黝黑"的外貌，具有含蓄的种族意味，因为黑人在文学作品中的刻板印象便是如动物般无法控制的欲望和激情。韦尔蒂的密西西比同乡理查德·赖特在《土生子》(1940)里深入描绘了白人对黑人的恐惧，因为他们具有"反常的惊人力量""不受大脑控制的性欲"，类似"丛林中的猛兽"②。韦尔蒂对黑人形象的影射有意利用这一文学修辞，如此凸显女性对自我身体与性存在的大胆探索。在莫甘纳社区，这显然不被容允——"起床号角"是杜绝此类迷梦幻想的明确无疑的信号。来自男权社区的时时监视与及时惩戒在小说充斥着暴力的解救场景中得到进一步宣示。

当伊斯特从跳水板坠湖后差点溺水身亡，在湖边"看着她们"(CS 343)的童子军罗赫急忙赶来施救。他"迅速地将她抛到桌上。他俯视着伊斯特，把手放在了她身上"，接着"将伊斯特从他的胯下拎起又放下"(CS 365)。反复几次而无用之后，童子军"将手伸进伊斯特的嘴里，把里面的东西都掏出来，真是难以置信。她毫无反应。他抬起脚，脚趾拧在了一起，一声呻吟声中将他的身体重重地压在伊斯特身上，上下来回向她的身体里用力，将他的掌根反复插进她的肋骨里。""孩子们围在了一起。抢救比他们原先想象的要可怕得多"(CS 366)。

令孩子们心生恐惧的是这场戏剧性的施救散发出的暴力，尤

---

① Margaret Ann Hanly, ed., *Essential Papers on Masochism*, New York UP, 1995, p.156.
② Richard Wright, *Native Son*, HarperCollins, 2005, p.279.

其是针对女性身体的合法暴力。女性适时反应的缺乏只会引发更加暴力的行动,最后"伊斯特的身体躺在桌上,任听摆布",童子军"像骑着一匹脱缰野马紧紧抱住她,弓着身体,膝盖和拳头插入到她的身体,但因为用力太猛整个人都歪倒了,她还躺着不动"(CS 366)。这一句的长句法突出了童子军野蛮的身体暴力和伊斯特被动的受害者形象。整个场景描写对性行为的隐喻不言自明,韦尔蒂的遣词也颇有蕴意,不论是脚趾"拧在一起"(screw),"压在上","上下用力"(drive),"插进"(into)。而以骑马作为性象征也极易让人想起劳伦斯的小说《木马赢家》。如果性暴力是男性驯服女性的惯用手段,那么罗赫施救过程中的夸张行为亦是一种男性权力的操演,意在强化他作为生命拯救者的权威,"'让开。让开,告诉你们最好给我让开。别来烦我'",罗赫告诫孩子们,"'是我下水救了她,别忘了'"(CS 369)。耶格认为,伊斯特与罗赫构成了一组性别对照,前者只能在"向下进入地狱的痛苦经历中获得成长,因为女性经验深受男权限制",而后者是在"向上轻松进入男性权力的世界中日益强大"①。

对于罗赫粗暴的男性权力操演,莫甘纳的女性并非没有异议。当"只听到罗赫·莫里森发出的哼唧声"时,基妮母亲莉齐·斯塔克说道,"对那个孤儿是不是过分了?……他到底对她在做什么?赶紧停下"(CS 366)。她不顾穆迪老师的解释"罗赫是救生员",莉齐直言"他应该——他应该——我真看不下去了。……他应该立即走人"。作为"营地之母"的莉齐不禁让人记起《莉莉·多和三位女士》中幡然醒悟的三位道德卫士,她的伦理呼唤确也使大家认识到罗赫施救行为的暴力,他变成了令人厌恶的"蚊子,号角是他的尖嘴",并被勒令"从她身上下来"(CS 367)。虽然伊斯特此前

---

① Patricia Yaeger, "The Case of the Dangling Signifier: Phallic Imagery in Eudora Welty's 'Moon Lake,'" *Twentieth Century Literature*, vol. 28, no. 4, 1982, p. 440.

的言行举止"令她们感到不快"(CS 369),但莫甘纳的女性社区在莉齐的带领下仍然极力保护她、感化她,而女主在苏醒后也终于重回莫甘纳社区的怀抱——"'抱我。'伊斯特的声音平缓。她又说了一句,'抱我'",并"将双手伸向她们,有点愚蠢"。"既然伊斯特重新回归,她们将她抱回帐篷"(CS 372)。

此处"回归"(had)一词语义不明,并非"搀扶"之意,"回归"也仅是意译。据牛津大词典,"have"有"拥有,命令,占有,允许,控制"等多重含义。小说的描写既有"重新拥有伊斯特"之意,也有"控制/占有伊斯特"的弦外之音,因为后者经此事件最终向莫甘纳社区屈服。这与后面格鲁恩沃德女士所领唱的儿歌的含义相符,"把一切烦恼都装进旧旅行包,笑吧,笑吧,笑吧!","装进旧旅行包呀!笑吧,像个女孩子,不是男孩子,应该这么笑呀!"(CS 372)。伊斯特在等待救赎的过程中,也重回莫甘纳社区所期待的性别规范。这一妥协的结局对充满希冀的妮娜产生了巨大冲击,"当她们走到伊斯特身边,将她抱起,妮娜的心里思绪万千",她觉得"伊斯特的遭遇仍然难以理解,她看到了敌意和残忍,感到她身体里的某些东西死去了"(CS 372)。女性社区对伊斯特的合围与教化与《漫游者》中前往吊唁凯蒂·雷妮而对弗吉的身体规训十分相似。妮娜作为旁观者见证了南方女性社区以爱之名进行的性别规训,心中被伊斯特激发出的幻想和冲动也被随之浇灭。

野营行将落下帷幕时,大家已忘却"伊斯特自由地站在高空,在蓝天下翻滚的样子。有人回头,发现湖面已被夜色笼罩,四周树林茂密,宛如高墙","湖面光线渐暗,波光粼粼,像是圆口井里的水。伊斯特已被安排入睡,她们静静地坐在帐篷外的地上"(CS 372-373)。韦尔蒂从对月亮湖的状写突然转到伊斯特,使被树林高墙环绕的湖水与被众人守卫的伊斯特形成某种神秘的对照,强化两者之间的象征性联结。在西方绘画中,圆口井和圆形陶器是女性经验和女性气质的经典象征,韦尔蒂对四周树林高墙(rimmed around)中的湖水与"圆口井"(rimmed well)的描写呼应也故意突出两者的密切联系。总之,少女们在月亮湖对女性气质的探索和想象不能逾矩,"月亮湖"的未来也只能存在于高墙森森的暗陬。

"《月亮湖》的主题是主流性别体系中女性的过去被消除,而未来受到威胁",韦尔蒂在访谈中坦承,"一群少女未有清晰的性别意识反抗男权,却已不得不有意识地适应既定的男权文化"①。从少年的角度揭示南方淑女传统与男权文化的规训与惩罚,这是韦尔蒂所青睐的另类成长故事,在亲情和友情中细腻地呈现文化的规训法则,这是她在《金苹果》小说集中一以贯之的创作理念。《月亮湖》的叙事表面似乎过于混乱和琐碎,但这种"众声喧哗"的喧嚣恰是对少年心智和言行的生动再现。最后,必须注意韦尔蒂在叙事中对自由间接引语的反复运用,至少有两方面功能——既要求读者留心青少年(如妮娜)内心萌芽的反抗意识,同时传达作家对共同体中性别暴力、规训与女性自我规训的批判。

《金苹果》小说集的末篇《漫游者》或许是韦尔蒂短篇小说中最重要的叙事,这不仅是因为作家曾强调对女主弗吉的偏爱,更因为小说展现出的女性想象、象征主义、叙事设置等达到了较高的艺术深度,是韦尔蒂小说美学与政治的典型。由此既能追溯前辈女性作家如凯特·肖邦、伍尔芙对其重要影响,亦可窥见其独特的现代女性"流浪主义"。《漫游者》的情节与《乐观者之女》颇为相似,讲述女主弗吉·雷妮回乡照看已卧床不起、奄奄一息的母亲凯蒂·雷妮的经历,尤其对南方小镇中亲情、友情、婚姻等日常生活的反思。和伊斯特一样,弗吉散漫叛逆,个性异常,"浑身上下一股野劲"(*CS* 291)。她是凯蒂和金的私生子,也和金一样"四处游荡,居无定所,不知所终"(*CS* 336)。她不顾淑女禁忌,与一名水手有染,做学生也不遵守纪律,道德缺失,"手里常常夹着偷来的盛开的

---

① Patricia Yaeger, "The Case of the Dangling Signifier: Phallic Imagery in Eudora Welty's 'Moon Lake,'" p. 431.

木兰花",有时"从后门进来,边走边用牙齿咬掉熟透的无花果的果皮;有时候她就完全不来听课",上学路上骑自行车时则"跨坐在上"(CS 289-290),像个男孩子。对于令人生畏的音乐老师艾克哈特小姐,所有学生都毕恭毕敬,唯有弗吉"眼中不时流露出嘲笑的神态"(CS 288)。赵辉辉注意到了弗吉发型的特殊意义,豆蔻年华的弗吉"头发自然卷曲,漆黑浓密,却从不打理","隐喻了她逃避秩序规则、跟随直觉的感性生活方式和价值取向……桀骜不驯和野性的一面"①。

弗吉自小不从习俗的生活方式和从心所欲的性格特征注定使她走上不同寻常的道路:纵然极有音乐天赋,她毅然选择放弃,投身钟爱的电影艺术(这点颇有作家自传的意味);在母亲过世后,竟砸锅卖铁,完全抛弃家庭妇女的传统角色,批判南方传统中的性别偏见,并大胆地歌颂对女性气质的探索与拥抱。葬礼成了韦尔蒂呈现南方文化传统的自负保守的绝佳契机。

首先,颇具讽刺意味的是,《金色阵雨》中年轻时品评他人、如今卧床不起的凯蒂与女儿弗吉成了小镇人民时时关心、纷纷议论的焦点。虽有风疾但凯蒂不愿向人求助,因为"羞耻感令她抬不起头",而挥之不去的闲言碎语"从一个圈子传到另一个,从教堂、杂货店传到邮局,低俗的男人理发店也会胡扯"(CS 429)。这些场所正是社区监视网络运作的常见场域。韦尔蒂紧随其后以数十段直接引语生动地展现南方小镇众口铄金、积非成是的巨大威力。如桑塔格所言,"衰老对女性而言是逐渐被剥夺性权力的屈辱过程"②,凯蒂在衰老与疾病的双重裹挟下完全成为小镇的他者,只是个"老妇女……老残疾"(CS 429)。名字的丧失标志着邻里对承认的拒绝,如此而加深了凯蒂的耻辱感。

---

① 赵辉辉:《尤多拉·韦尔蒂身体诗学研究》,第89—90页。
② Susan Sontag, "The Double Standard of Aging," *The Other Within Us: Feminist Explorations of Women and Aging*, p.20.

对于这些隐形的偏见甚至暴力,自幼引人侧目的弗吉更不可能幸免。前来吊唁的吉妮·勒夫见到弗吉便靠得非常近,然后"跟米西·斯派慈一样盯着弗吉双手上的烧伤和伤疤,似乎那些对女性来说是奇耻大辱",还告诫弗吉"听着,你现在应该成家,弗吉。这事不能再拖了"(CS 444)。于勒夫而言,她"自觉有必要催促她人,包括她毫不关心的弗吉,跟她一样早日完婚。只有这样她才能继续做吉妮·勒夫·斯塔克,她真正的自己"(CS 445)。韦尔蒂的描绘极具画面感,生动地展现了南方淑女传统和规范及南方社区监视网络带来压力。勒夫很清楚,在同质性的莫加纳社区与共同体中,差异只会让女性个体变成他者,会招致社会群体话语甚至身体上的暴力规训。她必须妥协,以"早日完婚"达到传统社会的期待,方能做真正的自己。这一事例也说明,福柯所言的自我规训或自我监视并非只是无意识的,也可能是妥协和博弈的结果。这才是女性及其他边缘群体真实的生存困境。

婚姻尤其是"合乎体统的婚姻"(proper marriage)是南方文化传统对淑女的要求,有时竟上升至"科学"层面。在《三角洲的婚礼》中,面对同样叛逆、不愿结婚的雪莉,默多克医生发出如此警告,"你打算让你的妹妹们在你前面结婚吗?你应该结婚了,停止那些令人厌烦的闲荡和胡思乱想……我不喜欢你的白眼……你最好一年之内就结婚,然后像你妈妈那样,生一屋孩子"(CN 224)。在男性主导的社会,婚姻和生育被视作女性"天生而自然的"职责,封闭传统的南方社会尤甚。在西方第一波女权主义者看来,婚姻和生育是男权控制和规训女性身体与情感的工具,尤其是针对雪莉这样性喜"闲荡和胡思乱想"的女性。劳拉·帕特森认为,医生的告诫折射出 20 世纪 20 年代南方社会对单身女性的焦虑,"闲荡和胡思乱想(mooning)"是指"少女的任何心理或智力上的追求,包括'过多的'写作,嗜书,以及无人看管的出行或远游、未经准许的幻想等"①。这些活动被认为不合时宜,因为它们极有可能导致不成体统的婚姻或是大龄未婚,因此及时成婚,尤其对于长女雪莉而言,成为解决这些问题的良方。

不过,与《黄色墙纸》(The Yellow Wallpaper)中被监禁而癫疯的女主不同,雪莉可以自由写作,自由地骑马进行"无人看管的出行",尤其是深入谢尔芒德种植园边境的树林和大黑河的骑行。雪莉不时的"自我放逐"既是对社会性别规范——婚姻与家庭身份——的反叛,也是女性自我探索、自我成长的必然要求。弗吉则完全摒弃家庭妇女的角色,将母亲遗留的被褥、餐盘、菜谱、家鸡等一切家庭物件统统清理。如此决绝的姿态不仅仅是源自言语的偏激与偏见,更因为小镇居民的无知以及无知地对她施以身体规训。母亲凯蒂去世后,弗吉走进客厅便听到"房间里大家低声细语,像是森林沙沙的声音"(CS 434),接着她们呼喊弗吉:

> "快过来看看你的母亲。"
> 她们说完立即伸手拉住弗吉的双臂,声音嘹亮。
> "别碰我。"
> 她们拽得更加用力,脸上挂着微笑但不言不语,弗吉则用力后退。她的头发披散在眼前。她将头发甩到后面。"别碰我。"
> "孩子,你只是不知道你失去了什么,所以才这样。"
> 这些人跟她从未有过任何身体上的接触,但眼前却拼命拉扯她,脸上伤心欲碎的样子。她伤害了她们,出乎她们的意料。她们的身体盖住了她,痛不欲生,哀求着,拉扯着。……她们扶起她,把她拉到卧室,让她看看她的母亲。……她们的触摸等待着行将坠落的身体,她的形

---

① Laura Sloan Patterson, "Sexing the Domestic: Eudora Welty's *Delta Wedding* and the Sexology Movement," *Southern Quarterly*, no. 2, 2004, p. 44.

单影只的、警惕的身体。

但在客厅里聊天被认为应该以凯蒂小姐为中心才对,因为房门现在开着。(CS 434-436)

这一长段的描绘戏剧化地呈现了弗吉与小镇邻里之间根深蒂固的差异。可以说,身体上的暴力规训是共同体监视网络的必然结果——送葬仪式过后,弗吉的"两只胳膊再次被紧紧抓住,好像一放开她就会逃跑似的"(CS 448)。如福柯所言,"监视机制使惩罚的权力变得'自然',也使规训的技术权力变得'合法'"①。不仅如此,监视网络的主体会自发地"认同其中的权力关系,从而承担双重角色:他会演变成规训自我的原则"②。唯此,"自然"的结果赋予邻里—亲戚一种油然而生的道义感,她们尽管跟弗吉毫无交集甚至对之毫不在乎,却依旧"痛不欲生"、"拼命拉扯",等待弗吉理应崩溃的身体坠落。在韦尔蒂看来,这并非对人类厄运的某种深刻共情,而是极度自我的无知和愚昧,借用苏格拉底在《申辩篇》中的哲言,"毫无省思的生活毫无意义"。不过,韦尔蒂的文学写作并不旨在召唤人们"每日三省吾身",而是揭示保守的南方文化传统中"三省吾身"为何不可能,这将是她解构南方家园与共同体政治的核心诉求。

与邻里森林般沙沙低语不同,弗吉大多缄默不语。女性的沉默,巴巴拉·约翰逊提醒我们,是拒绝交际合作的一种颠覆性力量,因为沉默的意义根本无法被挪用。沉默是"表达抵抗和主体性的形式"③。缄默也是弗吉展现差异、表达抗议的形式,她拒绝社区邻里借用表面悲伤的情况操控她,"团结一致和简单化意在幻想

---

① Michel Foucault, *Discipline & Punish: The Birth of the Prison*, p.304.
② Ibid., p.203.
③ Barbara Johnson, "Muteness Envy," *The Barbara Johnson Reader*, p.209.

控制而非理解"①。母亲凯蒂的离世对她而言是解放而非丧失,是自由而非悲痛的创伤——这与《丽薇》的主题颇有暗合。当安葬凯蒂的灵车出发后,"她们似乎把某些神秘的大门和屏障从她眼前移除了。她望着远处亮光的地方,一排矮小的月形山丘,再过去就是乡村的河流和农田。整个世界闪闪发亮……空气中弥漫着一股味道,九月末的味道"(CS 439)。韦尔蒂即景言情,景物毫不黑暗凋敝,情感也丝毫不悲。相反,母亲的死亡点亮了弗吉的世界,竟产生一种九月丰收的感觉。波克主张,此处"神秘的大门和屏障"象征的是"家庭、家人、社区所制造的隐形牢笼",凯蒂"拖了许久之后才离世"让弗吉"逃离牢笼"②而重获新生。韦尔蒂擅以描绘景致与花卉植物暗示女性的完满与自由,此处也不例外。在一段"满是柳树"、"宽阔的河水"铺垫之后开启了小说极为重要的裸泳场景:

> 她脱掉了身上的衣服,让自己浸入河里……周遭的一切都很温暖,空气,水,还有她的身体。一切都融为了一体……河流、她自己、天空以及阳光照耀到的所有容器。她在河里开始游起来,轻轻地游着,让身体感受着轻柔。河水包围着她的乳房,形成一条曲线,乳房变得异常敏感,就像飞鸟翅膀的顶端,或是昆虫的触角……泥沙、嵌齿轮般精细的沙粒,古海留下来的小贝壳,无数黑丝带般的水草和淤泥碰着她又迅速离开,就像那些好心的建议和好意的约束,现在都渐渐烟消云散了……她偶有颤抖,因为有光滑的鱼或是蛇从她膝间游过……弗吉感到自己已完全做好准备,不惧未来任何的变化。她浮在大黑河里如同沉浸于幸福之中。(CS 440)

---

① Barbara Johnson, "Metaphor, Metonymy, and Voice in *Their Eyes Were Watching God*," *The Barbara Johnson Reader*, Melissa Feuerstein et al., eds., Duke UP, 2014, p.123.

② Noel Polk, *Faulkner and Welty and the Southern Literary Tradition*, p.15.

弗吉重获新生的喜悦借助水中裸泳得到了生动的呈现。女性与水的神秘联系自古有之,作为女性子宫的象征,水是女性的归宿与力量的源泉,同时又因宗教的施洗仪式而具有别样的意义。这在凯特·肖邦的小说《觉醒》(1899)中得到极佳的演绎。许多学者早已觉察小说中大海丰富的象征意义,如杨瑛美指出,"游泳激发了她(艾德娜)的潜能……独自去探寻未知之境……将全部的衣服卸下,更象征她摆脱世俗枷锁、寻求解放的决心"①。通过学习游泳,艾德娜·庞特里耶(Edna Pontellier)获得了强烈的女性意识,开始探索自我的女性经验,掌控自己的身体和灵魂②。肖邦激进的女权主义思想在小说充满争议的结尾达到最高潮——艾德娜决定离开格蓝岛、拥抱海洋:

> 她知道有一个可以逃避他们的办法……
> 墨西哥湾的海水在她眼前伸展开来,阳光下,波光粼粼。海浪的回响多么诱人,它不断低语,忽而喧哗,忽而呢喃,似在邀求她的灵魂遨游于孤独的深渊之中。……她便将身上累赘刺人的衣物脱掉。
> ……
> 晴空之下,赤裸着身躯站着多奇怪,多荒唐!可是,又是多甜美啊!她觉得自己像是个初生的婴儿,正张大着眼睛看这个似曾相识的世界。
> 泛着白泡沫的小浪花卷绕在她白皙的双脚上,像小蛇般缠绕着脚踝。她缓缓走进水中……大海的抚触好

---

① 凯特·肖邦:《觉醒》,杨瑛美译,辽宁教育出版社,1997年。引文摘自《译序》。
② 肖邦对艾德娜的精心形塑——反抗传统性别规范,追求女性的独立和解放——几乎使之成为女性独立与自主的原型,对后世诸多女性作家影响巨深,例如韦尔蒂和艾丽丝·沃克。沃克曾采访过韦尔蒂,对后者的文学创作十分推崇。对于《觉醒》与《紫颜色》的比较,可参考郭楼庆、唐建南:《自我、社会与女性命运:〈觉醒〉与〈紫颜色〉中的女主人公之比较》,载《外国文学研究》,2011年第1期,第42—47页。

柔,它温柔地紧紧拥抱她的身躯。①

感官的愉悦是贯穿小说中艾德娜身体变化的关键词,例如"她像性感的圣母坐在那里","大海的抚触好柔(sensuous)","艾德娜对美本来就有种特别的感受(sensuous)","唤起了[她的]所有正在苏醒之中的感性"②。大海让艾德娜体悟到探索女性经验的愉悦。将这一场景与弗吉的裸游互相观照,更能凸显游泳之于女性的非凡意义:在象征母体子宫的流水当中,艾德娜和弗吉得以大胆自如地探索女性的身体和经验。两段场景展现出诸多惊人的相似:艾德娜的感叹("多甜美啊!")变成了弗吉无言的幸福感("沉浸于幸福之中");前者的重生("像是个初生的婴儿")充分暗示了后者的决定性转变("不惧未来任何的变化")。如果如意大利哲学家乔治·阿甘本所言,裸游是一种"对裸体施洗的仪式"③,那么此处的游泳则还暗含另外三重文化蕴意:首先,施洗象征着由水带来的重生,两位女主象征性摆脱牢笼、获得女性自由;其次,施洗前卸去衣物而裸体喻示抛弃过去的男权、迎接新生,因为衣物可被视作男性主导的社会文化对女性的束缚和性别规范,对弗吉而言便是来自社区邻里的身体规训;最后,裸体施洗隐喻重回原初裸身的无罪纯真状态,这一阐释也极佳地暗合了两位女主教名的含义④。

对"缠绕不去的"蛇的共同描写同样指向了女性经验的重要性,恰如桑德拉·吉尔伯特所言,"大海喻指伊甸园,表现女性欲望的自主性和紧迫性"⑤,而小蛇则指向"伊甸园里显见的诱惑正是

---

① 凯特·肖邦:《觉醒》,杨瑛美译,辽宁教育出版社,1997年,第146—147页。
② 同上,第13、16、17、95、147页。
③ Giorgio Agamben, *Nudities*, trans. David Kishik and Stefan Pedatella, Stanford UP, 2011, p.72.
④ 艾德娜(Edna)的名字影射"伊甸园"(Eden)。弗吉的名字(Virgie)源于Virgin。两个名字均含有纯洁、未受"玷污"之意。
⑤ Sandra M. Gilbert, "The Second Coming of Aphrodite: Kate Chopin's Fantasy of Desire," *The Kenyon Review* vol.5, no.3, 1983, p.61.

知识"①。这对身处封闭保守的美国南方的女性尤为重要,因为获得女性经验和知识、认知自我是实现性别平等与女性解放的前提。对弗吉而言,女性经验和知识的获得始于对女性身体的认知,"感受着轻柔",以此摆脱那些"好心的建议和好意的约束"。"古海"里遗留下的"小贝壳,无数黑丝带般的水草和淤泥"象征南方社会根深蒂固的习俗与规范。这些偏见和规范成了隐形的"坚固的牢笼"(CS 453),"城墙"与"堡垒"(CS 452),弗吉与迪茜和劳拉一样也在回乡之旅中认识到,只有"迸发的、纯粹的生活欲望"(CS 452)才能抵抗,而这只能产生于对变化的积极拥抱与追寻。这种变化既是现实生活中的出走与出行,也指想象与幻想(如文学与电影激发的灵感)中的自我释放。小说最后,弗吉决定出售邻居视若至宝的古旧大宅、汽车、奶牛,抛弃厨房用具,离开小镇,西行到充满希望的地方。

对弗吉而言,莫甘纳小镇的可惧之处不仅在于文化传统的性别偏见与规约、对异类人士的排斥与规训,更在于自我隔绝似的故步自封。莫甘纳对历史的沉迷并非怀古式的崇敬与激励,而是纪念式的自我麻痹,历史变成人们生活中的"虚构的浪漫故事"②。沉迷过去折射出他们对变化的恐惧和逃避,在南方人虚伪和多愁善感的背后是"缺乏现实认知"和"厌恶、怀疑新思想",这是"南方人至今犹在的心理缺陷"③。毫无疑问,南方的农耕文明和历史传统拥有很多长处,例如"日出而作、日落而息"的生活节奏、"地方精神"、"有机的乡村共同体"等。"农耕文明传统与仪式是循环、冥想的时间",而"资本主义市场与工厂是前进的线性时间"④。据大

---

① Stanley Cavell, "Emerson, Coleridge, Kant," *Emerson's Transcendental Etudes*, Stanford UP, 2003, p.82.
② 尼采:《历史的用途与滥用》,第22页。
③ W. J. Cash, *The Mind of the South*, pp.428-429.
④ Leigh Anne Duck, *The Nation's Region: Southern Modernism, Segregation, and U.S. Nationalism*, p.8.

卫·哈维、安东尼·吉登斯及齐格蒙特·鲍曼等人的现代性研究,现代性的"时空压缩"标志着"抽象、线性、可衡量之时间对自然、日夜、人类身体循环时间的胜利"[1],其结果就是人的主体性被剥离,断裂、破碎的创伤性体验使人沦为冷漠的机器,恰如卓别林的经典电影《摩登时代》里,现代机器与时钟的双重压迫最终使卓别林心智错乱,沦落为拧螺丝的机器。

莫甘纳小镇推崇的并非农耕文化的循环与冥想,而是封闭的、重复的生活,"深陷于僵死循环的生活当中:崇拜一年四季,仪式,纪念碑和墓地"[2]。他们坚守"集体对过去的共同记忆,相信过去永远好于当下",这些记忆使他们对"一些古老的真理笃信不疑";南方人不愿面对变革的社会现实,拒绝承认"历史过往、恋地情结已将当下死死地扼制"[3]。韦尔蒂崇尚变化与变革,认为南方现代性在政治经济与思想文化层面引发的巨变是南方人必须应对的现实,更是南方发展和进步的契机。小说中,前来吊唁的邻里沉浸在对过去的回忆当中,对事实的准确与否毫不措意。对于路上的伐木工人,他们视而不见,因为这些人"开着卡车,车里装得满满当当,否则就开得风驰电掣,还带着刀片和铁链,砍伐大树运到锯木厂加工。他们不爱吃龙珠葡萄,也不会停车聊聊时令和农作物。藤蔓都已枯黄。她流泪是因为他们都记错了,但他们根本不在乎"(CS 435)。与福克纳《八月之光》《在我弥留之际》等小说描绘的一样,伐木业推动了南方的现代化进程,但同时也激发了层层矛盾。福克纳的叙事以描写"伐木业的暴力行径隐喻人的恶劣的物化"[4]。他相信"失去树林生态的南方无法发展",也看不到"可持

---

[1] Jean-Miche Johnston, *Networks of Modernity: Germany in the Age of the Telegraph, 1830—1880*, p.12.
[2] Noel Polk, *Faulkner and Welty and the Southern Literary Tradition*, p.19.
[3] Ibid., pp.20 - 21.
[4] Jay Watson, *William Faulkner and the Faces of Modernity*, Oxford UP, 2020, p.316.

续发展的未来"①。

在韦尔蒂的笔下,卡车风驰电掣追求利润与效益的"线性时间"与小镇生活关注时令与农作物的"循环时间"直接相对。刀片、铁链及砍伐所影射的暴力指向的是割裂与分离,这与葡萄藤蔓所象征的人际联结构成另一层对照。面对南方现代化带来的生态、心理、安全甚至社会秩序等问题,莫甘纳小镇的人民以沉湎于过去的记忆回避和否认当下的变革,这是韦尔蒂的批判所在,也是她与福克纳及南方文艺复兴作家的迥异之处。南方现代化与现代性是反思历史和现状、推动南方社会进步的重要契机,尤其对于女性与非裔族群。南方现代性(如电影现代性)使韦尔蒂在文学创作中形成进步的性别与种族观,质疑南方文化中的性别建构及"家园"与"地方精神"神话,这些文学省察最终指向"统一"的南方身份和共同体政治。

第三节　现代女性漫游与流浪主义

在《建构叙事空间理论》研究中,佐伦将文学叙事中的空间分为三类:地志空间、时空体空间与文本空间。地志空间是叙事"地图",既指"事物的地理位置",也指"颜色、质地、种类等属性"②产生的认知空间。时空体空间与巴赫金提出的时空体概念迥异,强调运动与变化构建的时空体——历时性时空关注"空间承载或由空间本身构建的运动"③,作者、人物、事件关系、情节冲突是运动背后的决定性因素,具有极重要的美学与政治意义。共时性时空体则指静止的生命状态,人们"依附于某个空间环境的生存状态",

---

① Zackary Vernon, "Faulkner's Charismatic Megaflora: Critical Plant Studies and the US South," *Journal of Modern Literature*, vol.45, no.3, 2022, p.97.

② Gabriel Zoran, "Towards a Theory of Space in Narrative," p.317.

③ Ibid., p.319.

生活拘囿于一时一地的地方空间之中,心满意足,自给自足,甚而与世隔绝。福克纳《献给艾米丽的玫瑰》中的没落贵族小姐艾米丽生活的杰弗生镇、韦尔蒂《金苹果》小说集里的莫甘纳社区、《三角洲的婚礼》中的谢尔芒德种植园皆是此类静态时空的典型。此类时空体中的生命状态是停滞不前的,生活缺乏"事件",只有循环性的对白、活动、季节交替,"无论历史时间还是日常生活的时间,它们那些具体可见的特征,都浓缩、凝聚、停滞"①于房屋建筑与生活的每一个角落。

与静止状态相对的是运动与变化,"勇于从某一静止空间中逃离而越入其他空间环境的能力"②,恰如荷马史诗中跋山涉水、迎来自我救赎的奥德修,伍尔芙笔下的达洛维夫人,肖邦《觉醒》中的艾德娜,韦尔蒂南方世界里行走不息的年轻女性。依照佐伦的"共时性时空体"视角,韦尔蒂作品中静止与运动间的张力呈现别样的蕴意,这至少涉及三个方面,即运动的意义(如《亲戚》《依尼斯弗伦的新娘》)、静止的深意(如《丽薇》《克丽泰》)以及运动与静止的并置对照(如《三角洲的婚礼》《漫游者》)。在韦尔蒂的笔端,运动并不仅是物理世界的旅行与出行,还涵盖想象的远游与漫游;它既是推动情节发展的线索,更喻示女性的成长与转变,尤其是性别意识的觉醒与反叛。

对于韦尔蒂的流动美学与政治,《漫游者》在多方面可堪典范。首先,置身《金苹果》小说集创造的莫甘纳时空当中,《漫游者》凸显了运动的弗吉与静态的小镇邻里的反差。对于小镇的现代化,社区邻里沉湎过往,视而不见。弗吉则选择离开祖屋,反抗南方淑女传统的性别期待,最终离开充满偏见与监视网络的小镇开启新生活,彰显出"勇于从某一静止空间中逃离而越入其他空间环境的能力"③。

---

① 巴赫金:《小说中的时间形式与时空体的形式》,载《巴赫金全集》第三卷,第448页。

② Gabriel Zoran, "Towards a Theory of Space in Narrative," p.319.

③ Ibid.

其次，弗吉对运动—变化的拥抱也体现于小说第一部分结尾处的经典裸泳场景，因为水的无形与流动特质是极富女性联想的运动与变化。法国女权主义哲学家露西·伊利格瑞曾在著名的《流体力学》一文中指出，对女性身体的想象永属流动与运动，如此才能抵抗男权中心的文化甚至科学范式。男性逻格斯的基础是固态与阳刚——"僵硬静止的形式，牢靠的事实，以及可知的实体存在"①，他们"渴望掌控、包围和占有，恐惧一切流动与运动，自我主体的构建只存活于牢靠的根基/地面或镜像之上"②，而流动的女性拒绝"被界定，被计算，被规范，被定形"③。伊利格瑞对女性与水的联结的洞察深刻地揭示出弗吉裸泳及离家旅行的女性主义意义。

女性的自我旅行——尤其是离家之旅——是韦尔蒂早期作品中反复出现的程式。例如，现代女性哥特小说《丽薇》的同名女主婚后与丈夫所罗门迁至"纳齐兹小道尽头村庄的家里"，废弃的小道成了隔绝丽薇与外部世界联系的屏障，她"被留在家里，不能出去"(CS 228)。在所罗门去世后，丽薇"在房间逡巡数圈，最终踏进那敞开的门的光辉之中"，开启她的离家之旅(CS 239)。《克丽泰》中，家道中落的法尔家族同样过着与世隔绝的生活，大宅内"一片漆黑，空空荡荡"，"所有窗户都紧闭着，每一条百叶窗也被放了下来"(CS 82)。屋大维娅"从不因任何原因下楼，也决不允许克丽泰打开任何窗户"，并且命令妹妹克丽泰"记住确认每一扇窗和每一道门都关好、锁好，不留一点缝隙"，她"惧怕来自外面世界的窥探"(CS 83-84)。相形之下，克丽泰则"常常在午后的这个时刻走出那座古老陈旧的大宅，急速从小镇中穿过。为了能四处游走，

---

① Astrida Neimanis, *Bodies of Water: Posthuman Feminist Phenomenology*, Bloomsbury, 2017, p.79.

② Margaret Whitford, "Introduction to 'The Critique of Patriarchy,'" *The Irigaray Reader*, Margaret Whitford, ed., Basil Blackwell, 1991, p.28.

③ Luce Irigaray, "Volume without contours," *The Irigaray Reader*, p.56.

她编造了的借口五花八门"(CS 83-84)。"她会从院门游荡着出去,然后穿过整个小镇,慢悠悠的步伐变得越来越快,两条颀长的双腿跑出惊人的速度。"(CS 87)在《三角洲的婚礼》中,叛逆、不愿成婚的雪莉被默多克医生警告停止"那些令人厌烦的闲荡和胡思乱想"(CN 224),因之时常自由地骑马、开启"无人看管的旅行"。雪莉的"闲荡"与弗吉的"漫游"拒绝"被界定,被计算,被规范,被定形",因而必然成为男权社会厌恶的对象。

詹妮弗·弗莱森纳在《女性与现代性》中发现,19世纪末、20世纪初"新女性"文学里的女性往往显得局促不安、心烦意闷,一心逃离狭小压抑的家庭空间或小镇世界,"嫌恶成为慈母的未来,心中顿感绝望无力",渴望变化与移动及"自然界的活力",而男人则变成"传统、文化和家庭的保守的看护人"[①]。女性陷于传统与现代之间的挣扎和追寻是《玩偶之家》结尾处娜拉"抛弃"家庭的深长意味。在西方现代性叙事中,"现代"一词本身几乎等同于自由移动,尤其是反抗传统束缚的冒险与变化。在女性作家笔下,"充满危险的出行"意图打破人们对"女性气质和家庭生活的自觉联想",探索"其他形式的自由尤其是不受管控的性别存在和体验"[②]。韦尔蒂所描绘的女性的越界与自由移动并不局限于现实的物理时空,想象的流浪不受现实羁绊,更易成为年轻女性探索身体与身份的近便途径。

在小说《风》中,夏夜雷暴迫使乔希一家迁至地下躲避,在象征男性权威的父亲的冷静指挥下,全家"缓慢而颤巍巍地拾级而下,退到地下室",楼梯"像锁链一样弯曲,摆钟的钟摆微微颤抖"(CS 210)。反常天气打破了原本安稳的家庭生活,父亲引以为傲的"结

[①] Jennifer L. Fleissner, "Women and Modernity," *A Concise Companion to American Fiction 1900—1950*, Peter Stoneley and Cindy Weinstein, eds., Blackwell, 2007, pp.42-43.

[②] Wendy Parkins, *Mobility and Modernity in Women's Novels, 1850s—1930s*, p.159.

实牢固的房屋"(CS 211)并不令人放心,全家退避之旅是"进入危险的地狱之行,往常的时间被中止"①。巴赫金曾将房屋、沙龙、城堡等封闭式环境视作典型的时空体,但此处密闭的地下室空间同样是时空凝滞的时空体。在这一静态的环境之中,乔希幻想中的自我放逐呈现激进的女性主义意义——"远空跳动的闪电点亮了宽阔的前窗,窗上长留的光亮点燃了乔希心中埋藏许久的东西,她颤抖的身体在母亲的手中翻身"(CS 212)。在闪电的映照下,颤抖的钟摆和楼梯似乎与乔希的身体发生共振,共同预示即将到来的性别"觉醒"。

小说对身体及性象征的丰富影射在在指向乔希的成长与裂变。叙事开首,乔希梦见小镇的"少女们正乘坐干草马车出游",目的地是"地处小镇边界的纳齐兹林道,是个古旧阴暗的地方"(CS 209)。乔希在"想象中望见倾斜的马车迎面而来","他们兴奋的喊叫让她心驰神往",但"两只手伸到了她的身下并将她拎出了被窝"(CS 209)。小镇边界、古旧阴暗之地皆象征远离男性权威辐射的飞地,而两只无名的手则是权力和控制的隐喻,此处暗指乔希时刻所受的监管。乔希对成熟少女科莉拉的爱慕"我看到了科莉拉⋯⋯穿着高跟鞋"自然被父亲严厉喝止——"胡说八道!""讲过多少次,不能提那个科莉拉!"(CS 211)。

科莉拉的危险性在于"随着年纪的增长,身体开始发育,有了显著的变化",成熟的性征使她成为周围人"不能接触的玩伴"(CS 213)。科莉拉成熟而危险的女性气质也体现于乔希十分为之着迷的头发,"金黄色的秀发,丝滑修长,她常先低头然后用力将长发甩到眼前,就像挂着一条瀑布。而且她的头发也像瀑布一样时刻吸引着乔希,也只在乔希的眼前垂散"(CS 214)。早有识者发现韦

---

① Ruth Weston, "Eudora Welty and the Short Story: Theory and Practice," *A Companion to the American Short Story*, Alfred Bendixen and James Nagel, eds., Blackwell, 2010, p.283.

尔蒂作品中女性头发所被赋予的重要隐喻意义①,不论《宽网》中黑兹尔类似的"金发"(CS 175),莉莉·多自由飘动的"奶黄色秀发"(CS 5-6),还是伊斯特独树一帜的"永不褪色的金发"(CS 346),因为莫甘纳其他孤儿的发泽显然黯淡得多。金发尤其是浓密修长的金色秀发是情欲与女性气质的重要象征,科莉拉瀑布般的长发更隐喻一种朝气蓬勃的、完满的青春女性气质。她"在阳光下有力地披散秀发"(CS 214)的举动则进一步展现其女性魅力,也更加激发了乔希心中的欲望想象。值得注意的是,飞下的瀑布与披散头发的动作中传达出的"飘逸"感暗含着科莉拉与乔希对独立和自由的深切渴望,这种渴望在电影《分手的决心》(2022)的片尾幻变成自沉于大海的决绝——宋瑞莱面朝大海时飘动的秀发与她自奶奶去世后披戴假发皆已预示她的悲剧性结局。

在回忆曾经参加过的肖托夸演奏会时,乔希和科莉拉两人被远道而来的女短号手深深吸引。乔希"沉醉于短号美妙的乐声,如果短号里突然变出牵牛花来,她也不会在意。兴奋席卷全身",她看着号手"嘴唇用力"、"甜美动人",自己"越听越入迷,也越充满期待,乐声似乎诉说着远方——那里是她的未来"(CS 220)。在乔希的不远处,"科莉拉脸上显得异常激动,她也在聚精会神地听着,仍旧是一个人"(CS 220)。在经典精神分析理论中,盛开的牵牛花与号鼓等乐器具有重要的性暗示意味,传达出女性对性经验的探寻和想象。此外,对嘴唇及兴奋的身体的描绘同样充满着丰富的性象征意义,这也是科莉拉脸红激动的缘由。米克尔·博尔奇-雅各布森提出,欲望并非先于客观对象而存在,而是始于认同——"认同产生了欲望的主体"及其"欲望"②。对短号手的亲近和认同令乔希感受到"弹奏的激情",去渴望"远超小镇生活范围的更加丰

---

① 参见如 Michael Kreyling, "History and Imagination: Writing 'The Winds,'" *Mississippi Quarterly*, vol. 50, no. 4, 1997, p. 594.

② Mikkel Borch-Jacobsen, *The Freudian Subject*, trans. Catherine Porter, Stanford UP, 1988, p. 47.

富的生命体验"①。考虑到音乐创作与文学写作的相似性,弹奏的激情或许象征的是广泛意义上的艺术创作的热情,因为"与科莉拉的等待相比,短号手的生命更具创造性也更加丰富"②。

将短号手的艺术性创造与科莉拉的徒劳等待并置观照而肯定乔希未来的选择,这一视角极有见地。在小说里,乔希与科莉拉并非只是观察和爱慕的关系,而恰构成运动—静止对立的两极,两人形成诸多有趣的对照:乔希渴望自由和幻想,科莉拉却只是被动地等待王子到来。乔希追求流动,不管是自由驰骋的夜梦和想象,抑或骑着她的公主牌自行车出行,"穿过浓密的树叶,从露湿小径摇摇晃晃的木板上一路直下"(CS 212-213)。科莉拉大多时间只能待在家中,她在二层小楼惆怅地向下看与乔希形成了鲜明的对比。如此,短号手的音乐演奏所激发的自由的艺术空间令乔希和科莉拉皆震惊不语,她们似乎同时顿悟到物理移动和流动想象带来的广阔的可能性。小说最后,乔希将自己想象成许多飞行的昆虫鸟兽,既有绿花金龟、萤火虫、蝴蝶,也有蜜蜂和中国龙。它们象征着乔希自我裂变的遐想,"在那里,在外面,野生世界可爱而又疏离……一切都很美妙。她想要追随它们,通过变形,让它们全部进入她的身体"(CS 221)。

在乔希探寻女性经验、求知求变的叙事中,韦尔蒂向读者生动地展示了远离家室的女性"移动"能够摆脱"秩序、安全、传统和日常生活——整齐有序的房屋、呵护有加的父亲",为女性带来"改变,冒险,想象与激情"③。对于想象的功用,韦尔蒂曾在《作家启程》(1984)中自陈,她的"生活过去一直是安稳无忧的。但安稳无忧的生活也可能充满了冒险。因为所有的冒险都源自内心","心

---

① Suzanne Marrs, *One Writer's Imagination: The Fiction of Eudora Welty*, Louisiana State UP, 2002, p.70.

② Gail Linda Mortimer, *Love and Knowledge in Eudora Welty's Fiction*, U of Georgia P, 1994, p.144.

③ Suzanne Marrs, *The Fiction of Eudora Welty*, p.72.

灵的旅行带领我们在时间中来回穿梭"①。乔希因此得以突破密闭静止的时空体空间(象征保守的南方社会),探索女性的独立与成长。在一定意义上,乔希倾心已久的科莉拉是其恐惧的另一个自我,封闭于家室与传统之中,音乐艺术所激发的、充满力量的想象使乔希勇于突破禁忌,拥抱全然不同的生命。

在女性叙事图谱中,伊利格瑞所理想的女性"流动与运动"主要体现为离家或反家的漫游与自我放逐,这些物理或想象的旅行常发生于种植园或社区边境的树林、河流或小镇荒郊,远离男权社会的辐射,是女性想象和探索越界性经验的阈界空间。不过,正如罗茜·布拉伊多蒂所言,"对既定规约的颠覆而非现实中的移动状态,才是女性流浪的本质"②。在《依尼斯弗伦的新娘》(*The Bride of the Innisfallen and Other Stories*)小说集里,现代女性旅行叙事成为韦尔蒂时常书写的叙事形式与文学主题。

20世纪50年代初,韦尔蒂受古根海姆基金资助前往欧洲旅行和创作长达一年之久,她在英国拜访了著名作家伊丽莎白·鲍文,《依尼斯弗伦的新娘》的情节多源于此次出行。火车、轮船、汽车等现代交通工具颠覆以往的出行体验,进一步激发了韦尔蒂对旅行的女性想象。不过,不少评论家对韦尔蒂最后一部短篇小说集评价不高,目之晦涩而冗长,缺乏笔下南方社区的精致与精彩,"情节较之以往较为松散,难以揣摩小说中究竟'发生了'何事",这种文风"或许是有意向鲍文致敬"③。即便如此,这一小说集仍然展现出韦尔蒂自《绿帘》以来的一些常见议题,尤其是"爱与分离"的纠葛、个体意识与社区共同体的冲突及蕴藏其中的、隐微的性别政治。现代科技使旅行变得方便快捷,也激发了作家对女性出行

---

① Eudora Welty, *One Writer's Beginning*, pp.102-04.
② Rosi Braidotti, *Nomadic Subjects: Embodiment and Sexual Difference in Contemporary Feminist Theory*, Columbia UP, 1994, p.5.
③ Michael Kreyling, *Understanding Eudora Welty*, U of South Carolina P, 1999, p.165.

的新思考。

小说集中同名小说《依尼斯弗伦的新娘》与《那不勒斯的远行》皆以旅行作为小说的叙事核心,两部小说也呈现鲜明的韦尔蒂式的文笔印记:对日常生活细节的写实性雕刻,长篇对话平淡无奇甚至琐碎无趣,象征主义贯穿情节始末,娴熟运用伏笔、暗示、影射、对照勾连不同场景,对女性困境与自由的深刻关切。《依尼斯弗伦的新娘》将故事背景从美国南方移至英国伦敦,为逃离新婚丈夫,一位年轻的美国女人开启了独立旅行,穿越"无边的大海,那深沉而奸诈的大海"(*CS* 508)①。出行之前,四月的伦敦凄冷萧瑟,"春日的花朵似乎不愿开放",她努力让自己"回归平静",审视着"她巨大的困境"(*CS* 495)。

韦尔蒂对女主的困境始终避而不谈,而是借助外部象征暗示旅行为她带来的深刻转变。首先,旅途天气的变幻暗示女主困境的艰难——出发前帕丁顿的午后"一片昏暗"(*CS* 495);行至威尔士,"窗外漆黑一团,太阳已经落下,一整日被锁在雨雾之中","远处修女鸽被骤起的狂风吹散,无声地尖叫着,像是在噩梦中一般"(*CS* 503);后来旅途里天气依旧晦暗,"雨点拍打着车窗,像是跟随飞行的鸟儿"(*CS* 510);到达目的地科克之后,"广袤的天空渐白"(*CS* 515),漫游在城中,从山丘到"天鹅般鲜艳的大桥",在人群中来回穿梭,美国女孩注意到"树上的花朵似乎赶着明媚阳光,突然都盛开了;好像还有花开的声音,宛如铃声","每一棵柳树的金红色茸毛正四处飘散,好像维纳斯复活一般……杜鹃花沐浴着阳光、花团锦簇"(*CS* 517)。在一段景物描写之后,韦尔蒂另起一段,以第三人称自由间接引语托出美国女孩抑或她自己对女性生命的哲思:"在未来,阳光……只是像偶然邂逅的片刻记忆,还是必须相信它就是那样?"(*CS* 517)"它就是那样"意指相信阳光不会

---

① Eudora Welty, "The Bride of the Innisfallen," *The Collected Stories of Eudora Welty*, Harcourt Brace, 1980, pp. 495-518.

转瞬即逝,而始终会再次出现。易言之,于美国女孩而言,阴晴不定/漂泊不定或许才是生活的本色,女性应借助日常生活实践中的偶然性和不定性,对抗男权社区中的性别偏见和规范。如此,她在旅行结束最终认识到,"英格兰就是个错误"(CS 517)。

在《依尼斯弗伦的新娘》中,旅行不仅是推动叙事情节的载体,同样成为美国女孩探索内心深处、构建独立自我的思想过程。这一双线叙事设置与康拉德《黑暗的心》及爱伦·坡的《一桶蒙特亚白葡萄酒》异曲同工——马洛进入非洲腹地的旅行象征对人心黑暗与堕落的渐悟,而蒙特雷索带领福尔图纳托进入地下墓室、找寻葡萄酒的旅行则象征着对人类阴森恐怖的"黑暗之心"及隐喻层面的地狱"魔鬼之恶"的探勘。在这一充斥着象征修辞的旅行叙事中,天气是理所当然的叙事元素,但也自然地被赋予了深刻的象征意义。如此的旅行叙事设置与帕斯捷尔纳克的长篇小说《日瓦戈医生》(1957)不分轩轾,后者对火车及暴雪的艺术性运用成为俄国动荡革命的最佳隐喻。此外,《了不起的盖茨比》中对天气如雨雪的巧妙构思同样具有多重叙事和修辞意义,如表达盖茨比对黛西宛转绸缪的情思,预示两人关系转变,渲染葬礼悲剧氛围,讽刺上流社会与"美国梦"的虚伪腐败甚而呈现出一种宿命论的色彩。

当然,不应忽视天气在普鲁斯特小说的语言、叙事及宏大的性别社会的意义。"天气的变化",普鲁斯特在《追忆似水年华》中如此评论,"足以改变世界和我们自己",因为天气与观察主体的情感和认知息息相关。实际上,有批评家认为天气也是充满符号、需要阐释的文本,"风速、云团、雾气"形成的"天气的不确定性"是"文本丰富性的恰当比喻"[1]。对韦尔蒂笔下的美国女孩而言,阴沉的天气是其个人"巨大的困境"的隐喻,在旅行中"阅读"天气,进入内心的意识世界,旅途终点得出关于处境的"答案",如此天气与旅行在

---

[1] Eduardo Cadava, "Literature and Weather," *Encyclopedia of Climate and Weather*, Stephen H. Schneider, ed., Oxford UP, 1996, p.471.

小说中呈现深刻的认知意义。

天气之外,对笼中困鸟及窗外惨叫飞鸟的状写进一步戏剧性地呈现和解释了女主内心深处无法诉说的"巨大的困境"。在两位男子关于鹦鹉的心不在焉的闲聊中,自称酷爱饲养鹦鹉的康尼马拉男子却对鹦鹉毫不关心,"从不关注它","我也许在听它说话",对其饮食也一无所知,认为它的"饮食习惯非常诡异,令人诧异","因为英格兰条件所限,根本没法找到它爱吃的特殊食物",最终"一天早晨发现它的身体已经僵硬"(CS 504)。鹦鹉的饮食并不特殊或古怪,更不可能整个英格兰都无从寻觅。僵死的鹦鹉显然长时间断食,更加说明男子的冷漠和无情。对鹦鹉的不经意的描写似乎意在暗示美国女孩困境的原因——婚姻不幸,丈夫鲜少关心,指责她"想要的东西太多了"(CS 518)。将潜在的男性危机投射为对女性的惩罚与规训,女性最终离家出走、获得自我独立,这是韦尔蒂小说的经典母题。

以鹦鹉隐喻女性困境,极易令人想起凯特·肖邦在《觉醒》中的相似技法。鹦鹉原本生活在野外,驯化后成为人类的笼中宠物,供人观赏娱乐而毫无自由可言。如此,鹦鹉成为传统社会女性附属角色的生动象征。在肖邦的笔下,艾德娜如被困的鹦鹉努力逃离男权社会建构的角色(妻子、母亲),最终在死亡中寻求自由解放。韦尔蒂小说里的美国女孩虽同样在逃离,却在小说结尾获得独立和新生,因为旅行不仅是手段,更是目的本身,使女性获得启悟与自由。

以动物的遭遇隐喻女性或男性自身状况是文学家惯用的叙事技法。在美国早期女权主义作家玛丽·弗里曼的《新英格兰修女》(1891)中,黄色金丝雀与金黄的老狗凯撒皆是表征女主修女般生活的重要象征。当乔进入路易莎的家中时(象征性地侵入她的心理意识领地),沉睡的金丝雀突然"惊起,慌乱地扑腾着翅膀,想要飞出笼子。每次乔·达格特出现它都会这样"①。在偶然发现乔与莉莉的恋情、两人最终分道扬镳后,"小金丝雀现在每晚都能缩成一团,安心地入眠,再也不会突然惊醒疯狂地拍打着翅膀,想要逃出鸟笼"②。在弗里曼的笔下,鸟笼和房屋并非缧绁,而是路易莎维持独身禁欲生活的边界,金丝雀因而成为女主个人的生动象征——寡言少语,安于家中独处的生活,不愿被男性的存在所影响。对老黄狗的宠爱和照顾并非对乔的替代,而同样象征她努力屏蔽男性对其生活的扰乱与破坏。

早期女权主义作家对动物象征的偏爱同样见于苏珊·格拉斯佩尔的《琐事》(1916)。格拉斯佩尔对笼中金丝雀的艺术加工与弗里曼一脉相承——惨死的金丝雀象征着男权社会女性失语、受压迫的悲惨命运。到了伍尔芙的笔下,在收获第一笔稿费后并不急于"购买面包黄油,付房租,买鞋买袜或是去肉铺",而旋即"出门买了只猫回来——美丽的波斯猫",且因为猫,"不久便与左邻右舍恶语相向"③。猫与女性之间神秘天然的亲缘关系——不可捉摸、不受管控、极富个性——在海明威小说《雨中的猫》中得到了同样的演绎。到了《太阳照常升起》,鳟鱼和斗牛则成为男主杰克男性气质危机的含蓄隐喻④。

如前所述,韦尔蒂对象征修辞十分衷情,对女性主义常用的象征主义显然也极为熟稔。在《依尼斯弗伦的新娘》里,除了惹人关注的鹦鹉,在狂风中振翅向前的修女鸽亦是美国女孩的象征。如果恶劣的天气象征的是不可抗拒的男权体制,那么女性被剥夺话

---

① Mary E. Wilkins Freeman, "A New England Nun," *A New England Nun, and Other Stories*, Harper & Brothers Freeman, 1891, p.3.

② Mary E. Wilkins Freeman, "A New England Nun," *A New England Nun, and Other Stories*, p.16.

③ Virginia Woolf, "Professions for Women," *The Death of the Moth and Other Essays*, p.236.

④ Cary Wolfe, *Animal Rites: American Culture, the Discourse of Species, and Posthumanist Theory*, Chicago UP, 2003, pp.122–168.

语权后,只能"无声地尖叫",而梦幻般昏暗的火车站台及长途旅行也恰如飞鸽的"噩梦"。这一阐释也符合小说中旅行的多重蕴意——既是女主由外及内、探索内心深处矛盾冲突的隐喻,同时是对婚姻及传统性别规范的反抗。最后,不应忽视小说结尾植物的象征意义。一树一树的花开尤其是"杜鹃花沐浴着阳光、花团锦簇"(CS 517)是女性觉醒与成熟的典型象征,她们在反家的旅行中收获自由、幸福和成长。

到了《那不勒斯的远行》,轮船和旅行本身同样成为芳龄十八的女主嘉贝丽探索女性经验和认知的隐喻。当游轮波莫纳(Pomona)"震动起来,开始沿水而下",嘉贝丽兴奋难抑,"尖叫着,挥舞着双手向自由女神像告别,袜子上破了个洞,白净的皮肤像梨一样露了出来"(CS 567)①。乘船出行对年轻的嘉贝丽显然极富吸引力,因之能挣脱(像破洞的袜子)日常生活中的秩序和耳提面命,重获自由。她不必再见"令她一旦做错事就浑身发抖的父亲",忘却"当她放弃学习传统打字法时父亲如何大发雷霆"(CS 597)。可以说,静止不动的女神像象征着她备受束缚的生活,而移动的旅行则将预示冒险、改变与希望,这自然让嘉贝丽喜不自禁。小说结尾处,轮船靠岸,面对即将分手的埃尔多,"嘉贝丽自己也未挥手,而是突然被情绪攫住,开始怀念陈旧而熟悉的波莫纳世界,她失声尖叫,短暂而逝"(CS 597)。小说开头与结尾的两次挥手彼此呼应,彰显出旅行对嘉贝丽的重要意义,而这首先便可从"尖叫"管窥。

在小说开端亦即旅行开始,读者便得知瑟尔拖夫人的女儿嘉贝丽"喜欢大喊大叫"(CS 566)。当轮船起航,她上蹿下跳,"尖叫着,挥舞着双手",因为她对"旅途中的一切都欣喜不已"(CS 566);在与埃尔多游戏时,"她尖叫着,追着他跑"(CS 570),或是

---

① Eudora Welty, "Going to Naples," *The Collected Stories of Eudora Welty*, Harcourt Brace, 1980, pp.567–600.

"大声喊叫,好像她的身体都能感觉到疼痛。但如果她昨天没有对埃尔多厉声叫喊,她今天也无须咬他一口"(CS 573);看到船尾跳跃的海豚,嘉贝丽"尖叫着,响亮的笑声渐息渐止"(CS 579)。无论是出于对沿途景色的惊喜还是与感情暧昧的埃尔多嬉戏,嘉贝丽的尖叫是其身体与精神双重自由的见证。正是在尖叫中,尤其是旁观者的疑惑中——"如果听到嘉贝丽的尖叫,难以理解究竟为何"(CS 569),嘉贝丽的女性意识开始觉醒,自我变得成熟。

更重要的是,尖叫背后掩藏的炽热情感是嘉贝丽表达自我、反抗淑女规训的方式。如巴巴拉·约翰逊所言,男权的"缄默嫉妒"①是对沉默女性的物化,有意无意地混淆沉默、厌恶发声旨在维护自我幻想和男性气概,以便将性虐想象成性快感,暴力转变为愉悦。嘉贝丽不仅为旅行的新奇而尖叫,自身亦常"情不自禁地失声呐喊,既有苦痛也有欢喜,其中迸发的年轻与活力是安静平稳、砰砰前行的轮船生活所无法比拟的"(CS 570 - 71)。嘉贝丽无言的尖叫所折射的激情与众不同而引人侧目,是其逾越社会规范的鲜明表现。在小说最后与埃尔多行将告别时,"本能告诉她她不能像以前那样喊叫。她到站了"(CS 595)。嘉贝丽在即将踏入男权社会时的自我噤声从侧面反映出无言尖叫所承载的深刻的女性意义。埃尔多的离去与前来等候的奶奶象征两个世界的更迭,她不由得"失声尖叫,短暂而逝",开始"怀念陈旧而熟悉的波莫纳世界"(CS 597)。在韦尔蒂的南方文学世界,邻里—亲戚关系体制中的年长女性如妈妈或奶奶是男权体制的同谋,是男权同化与规训女性最自觉、最坚定的执行者。轮船途中嘉贝丽尚能对妈妈的警告姑且不闻,"如果你不注意,将来就会跟金嘉拉一样——做个老处女!"(CS 590),"对自己还不理解的事情就闭嘴!"(CS 597),但面

---

① Barbara Johnson, "Muteness Envy," *The Feminist Difference: Literature, Psychoanalysis, Race, and Gender*, Harvard UP, 1998, pp.129 - 154.

对奶奶和那不勒斯所预示的未来——婚姻、"等级秩序和服从"①,她似乎也已了然于胸,渐渐地回归沉默。

值得一提的是,意语金嘉拉(Zingara)暗含吉卜赛女郎之意。在欧洲浪漫主义作家的眼里,吉卜赛人被刻画为"远离现代文明、身处社会边缘的群体,她们血统纯正,自我认同感强,生活方式是人类堕落之前的那种天堂里的崇高豁达"②。吉卜赛人尤其是吉卜赛女郎的美丽动人、能歌善舞、居无定所使她们成为现代文明的异域"他者","欧洲民族主义的兴起将吉卜赛人排除在文明社会之外,她们不属于建构民族或鲜明民族身份的一部分",且"'无家可归'的特征是天生的缺陷,几乎无法挽救"③。在《那不勒斯的远行》中,金嘉拉同样是与众不同的异类——神出鬼没,惹得"母亲们猜疑到底藏身哪里";相貌卓群、充满诱惑,"微笑迷人"(CS 578),初登甲板便有年轻的戴眼镜的牧师贴身相随。金嘉拉散发出的女性气质在她的舞蹈中得到进一步体现。她"踢掉两只鞋子。然后光脚优雅地在甲板上翩翩起舞",活力四射,快速的舞步让人难以"追赶"(CS 578)。

嘉贝丽在舞会上的热情奔放极易让人想起能歌善舞的金嘉拉。两人确有诸多共同之处:反叛不羁的性格,充满活力的身体,游离于文明社会秩序之外的自我流浪倾向。在一定意义上,金嘉拉是嘉贝丽内心深处被男权压抑的自我,终在游轮晚宴舞会上得到彻底释放。她在跳舞时,"所有人——靠在墙边的母亲们,围在一张张桌子四周的纸牌玩家,阴影里的老年人——都盯着她看"

---

① Suzanne Marrs, *One Writer's Imagination: The Fiction of Eudora Welty*, p.163.

② Stefanie Bach, "Musical Gypsies and Anti-classical Aesthetics: The Romantic Reception of Goethe's Mignon Character in Brentano's *Die mehreren Wehmüller und ungarische Nationalgesichter*," *Music and Literature in German Romanticism*, Siobhán and Donovan and Robin Elliott, eds., Camden House, 2004, p.106.

③ Katie Trumpener, "The Time of the Gypsies: A 'People without History' in the Narratives of the West," *Critical Inquiry*, vol.18, no.4, 1992, p.864.

(*CS* 586)。面对这些性别规训的凝视，嘉贝丽毫不在意：

> 塞尔托夫人的女儿膀大腰圆，宛如巨型洋葱，毫无亮点却自信满满，今晚穿着蓝色的裙子被人晾在一边，少人关心，却在这不合时宜的场地自顾自地、肆无忌惮地舞动起来，像天使一般轻盈。
>
> 她的转身疾速迅猛，裙摆的花边随之飘动——舞曲也不得不加快节奏。在众人眼里，她的头脑应该比身体转得更快。这对尚未嫁人的女孩来说十分危险。她身上别了一枚胸针，熠熠发光，让她今晚一直在旋转，根本停不下来，散发出许多能量——而不是许可，就像记忆中那样——她陶醉在自己的世界。
>
> ……金嘉拉出现后拉走了正在跳华尔兹舞的乔·蒙特奥利韦托，嘉贝丽于是伸开双臂，继续自己跳舞。她变得越来越轻盈，踮着脚趾……在舞台中间一圈圈地旋转……她稳稳地立在那儿，没有倾斜：面带微笑，毫发未损，像比萨斜塔。(*CS* 586)

嘉贝丽不同寻常的身体、舞姿与能量完全颠覆了传统社会对女性舞者的凝视与刻板印象。韦尔蒂在第一段的描绘中连续运用"否定"词汇与意象反射出她所面临的审判和反对她的男权传统，而嘉贝丽则以独特的舞步传达对传统偏见的反抗。在20世纪80年代涌现的"舞蹈研究"中，不少学者注意到女性舞蹈的女性主义意蕴。《舞蹈为何？批评理论文献集》(1983)的编者之一科普兰曾指出，"现代与后现代舞蹈应该是唯一一个每个步骤都能演绎女性主义思想的艺术形式"①。19世纪末期出现的芭蕾舞从舞姿到紧身舞衣皆是对女性自然身体的扭曲和束缚,反映出"维多利亚社会文化对女性身体与心灵的双重规训",期待女性是"羸弱、被动,容易胡思乱想,稍有指责便会晕倒"②。因而在现代舞蹈中,女性衣着宽松,不暴露也不性感,以抵制欲望凝视与窥视。她们的舞步自由、有力,随着身体独舞,与芭蕾舞抽象的图案判然殊异。

科普兰的洞察能够烛照出嘉贝丽舞蹈的特殊意义。飘动的花裙、硕大而蓬勃有力的身体以及自我陶醉的独舞在在彰显现代舞蹈之于嘉贝丽的特殊女性意义——是其反抗性别规范、探索女性身体经验、追寻女性自由的极佳体现,这也正符合小说旅行的主题意义。嘉贝丽的轻盈和美丽也并不源于身体的裸露,而是舞动所展现的力量与自我控制。德里达指出,舞蹈的运动使其所指涉的意义具有不确定、模糊、自我延异等特点,意指多维复杂而难以指认,恰如语言文字一样。《文本的身体:舞蹈的理论与理论的舞蹈》(1995)从舞蹈的维度重读现代主义文学,将"流动、不确定、意义纷杂的写作"与舞蹈的操演性意义并置相连,展现"不稳定的性别和性身份,女性不必坚守固定的女性角色"③。基于物质身体的舞蹈在操演中如文学叙事一般,邀请读者参与对其流动意义的追寻和阐释。对于嘉贝丽舞蹈操演的离经叛道,同船观众/读者应当心领神会,叙述者模棱两可的观察"这对尚未嫁人的女孩来说十分危险"既可能是身体动作的危险,更指向道德上的不合时宜。如果如克里斯蒂娃所言,"女性富有远见、善于想象,她们言说的痛苦恰如

---

① Roger Copeland, "Why Women Dominate Modern Dance," *The New York Times* 18 Apr. 1982. ⟨https://www.nytimes.com/1982/04/18/arts/why-women-dominate-modern-dance.html⟩.

② Ibid.

③ Ellen W. Goellner and Jacqueline Shea Murphy, eds., *Bodies of the Text: Dance as Theory, Literature as Dance*, Rutgers UP, 1995, pp. xi - xii.

痛苦的舞者"①,那么女性异常的舞蹈操演/女性书写则折射出内心深处的折磨和苦痛。

在《那不勒斯的远行》中,舞蹈律动和身体尖叫皆是嘉贝丽女性经验成长的戏剧性暗喻。不仅如此,轮船本身同样是她身体和意识发生变化的隐喻。无论是小说开头游轮波莫纳"震动起来,开始沿水而下"(CS 567),嘉贝丽欢呼雀跃,抑或轮船随着舞会舞蹈有节奏的运动,"波莫纳忽上忽下,像是胸口在叹息"(CS 587),似乎同时寓示远行之于少女嘉贝丽的成长意义,途中的"性游戏甚至性经验使她由少女变成独立成熟的女性"②。在与埃尔多的分手一幕中,韦尔蒂隐约触及嘉贝丽未尝实现的性经验,"当埃尔多蹒跚着走开时,嘉贝丽伸手用指尖点了点他身边的大提琴——准确地说其实是保护大提琴的皱巴巴的护罩,绵软却一副傲慢的样子。感觉就像动物软绵绵的额头"(CS 599)。波尔克认为,大提琴是弗洛伊德精神分析中男性阳具的常见象征,此处的描绘与情节发展指向了嘉贝丽"将永远失去触摸的机会"③,对女性经验的大胆探索也随之戛然而止。

对嘉贝丽而言,海上的轮船之旅是不受现实时空约束的乌托邦,她可尽情地探索女性经验与性别规范的界限。在罗马神话中,波莫纳与四季变换之神维尔图努斯相恋,维尔图努斯发生的自我转变喻示着嘉贝丽等韦尔蒂式女性的自我成长甚至自我裂变。遗憾的是,女性的自由天地似乎局囿于想象抑或偶尔越界的旅行,这是因为在西方政治文化中,打猎、探险等旅行向来被男权垄断,是男性彰显男性气质和特权的场域。不论是奥德修的海外历险④、

---

① Julia Kristeva, "Oscillation Between Power and Denial," *New French Feminisms: An Anthology*, eds. Elaine Marks and Isabelle de Courtivron, trans. Marilyn A. August, U of Massachusetts P, 1980, p.166.
② Noel Polk, *Faulkner and Welty and the Southern Literary Tradition*, p.158.
③ Ibid., p.160.
④ 珀涅罗珀坚守在家,拒绝无数求婚家,矢志不渝地等待丈夫奥德修的归来——恰恰反衬出历险旅行专属于男性,是男性气概的体现。

格列佛的冒险旅行、鲁滨逊的孤岛探险、鲁德亚德·吉卜林的荒野险遇抑或汤姆索亚的历险记，这些男性文学叙事重复想象着男性气概与帝国权力，是不断对"男性价值观的书写与重构"①。作为另一种典型的冒险，打猎在其历史早期尽管也有女性的身影，但在19世纪以后的英国尤其是在殖民地，猎虎已基本上被视作男人的运动。"打猎仪式和它被认为所具有的塑造性格方面的品质被描绘成'男子汉的'，是对帝国统治和种族殖民的男性化训练"②。时任英国驻印度总督（1898—1905）乔治·蔻松（George Curzon）就偏爱猎虎，曾多次和妻子、印度王子、军官等外出猎虎，并拍下了许多著名的猎虎照。到殖民地参观的政要名人也常爱外出猎虎，威尔士亲王艾伯特·爱德华（后来的爱德华七世）和西奥多·罗斯福都曾记载过关于猎虎的经历。男性追求的是英勇的生活，"充满危险、暴力与历险，日常生活是女性的生活，关于生育和日常照料"③，诸如打扫卫生、照顾子女、洗衣做饭等日常家庭"琐事"。

在韦尔蒂的笔下，女性的旅行同样是自我冒险，她们在离家的自我流浪中身体开始觉醒、意识得到解放，逐渐摆脱文化传统的束缚。不过，这种自我冒险在嘉贝丽乌托邦式的旅行中显得颇受束缚。波尔克注意到，小说中"祖父的挂钟甚至地图，在她眼前都已失去面目，化为整个风景的一部分"（CS 576）暗示嘉贝丽和埃尔多暂时摆脱了时间的限制，进入"两人自己的神奇的爱情风景中"④。这一段的"神奇"想象亦是嘉贝丽整个旅行的缩影，即越界的旅行似乎完全独立于现实冲突，只存活于幻想或乌托邦之中。这是韦尔蒂对女性日常的重复性生活的刻意再现，因为女性常被

---

① Joseph A. Kestner, *Masculinities in British Adventure Fiction, 1880—1915*, Routledge, 2016, p.37.

② John MacKenzie, *The Empire of Nature: Hunting, Conservation and British Imperialism*, Manchester UP, 1988, p.22.

③ Mike Featherstone, "The Heroic Life and Everyday Life," *Theory, Culture and Society*, vol.9, 1992, p.165.

④ Noel Polk, *Faulkner and Welty and the Southern Literary Tradition*, p.158.

与日常和平庸相联系,相对于男性的"时间箭头",她们的"循环时间"使生活失去事件与意义,堕入幻想和空想,身体完全为日常生活所奴役。虽然如此想象抑或乌托邦式的旅行在一定程度上消解了女性越界与反抗的效力,但于韦尔蒂而言,这却是最符合女性现实困境的出路。作家对女性"反家"旅行的钟爱也是意图打破日常家庭生活对女性的禁锢。

菲尔斯基在《女性主义理论与后现代文化》一书中指出,自贝蒂·弗利丹以来,现代女性主义"反复借助离家出走的修辞",粉碎家被赋予的幸福港神话,家的"安稳、单调抑或死气沉沉"[1]不再为现代女性所需,她们为进步和变化充满热情,义无反顾地选择冒险旅行与自我流浪。在克里斯蒂娃看来,流浪似乎是女性生命的必然,因为生活在男权政治文化中,女性始终是边缘、异化的存在——"女性陷于自己身体和性别身份的牢笼之中,因此总是感觉被生活中形成同谋的陈词滥调和语言概述性的力量所放逐"[2]。语言与身体之于女性的建构与禁锢,艾德里安娜·里奇在《女性的诞生》一书中也有相似观察,即人类文明的发展逐渐使女性完全臣服于男性的"保护"之下,男性因其智慧、勇气、动手能力负责创造和改造,而女性则越来越束缚于自己的身体和外貌[3]。既然如此,"不变成国家、语言、性别或身份的陌生人,又怎能避免陷入常识的泥潭呢?",克里斯蒂娃断言,"没有语言的流浪,写作无以为继"[4]。无论是语言抑或意识层面的自我流浪,皆是女性思想解放和独立自主的重要基础,故而克里斯蒂娃笔下的许多人物"都是社区生活

---

[1] Rita Felski, *Feminist Theory and Postmodern Culture*, p.86.

[2] Julia Kristeva, "A New Type of Intellectual: The Dissident," *The Kristeva Reader*, Toril Moi, ed., Columbia UP, 1986, p.296.

[3] Adrienne Cecile Rich, *Of Woman Born: Motherhood as Experience and Institution*, Norton, 1976.

[4] Julia Kristeva, "A New Type of Intellectual: The Dissident," *The Kristeva Reader*, p.298.

边缘化的存在。流浪者、异乡人、陌生人、特立独行者"①等,恰如弗吉、伊斯特等难容于南方社区里的离经叛道者。如此,流浪成为女性的"异议"与反抗,女性得以"斩断一切关系,包括赋予其生命意义之信仰"②的在场与不在场的男权。如果"最激进的异议"是借助"浩瀚的语言传达旺盛的生命",进而呈现"不能言明之事、无法表征之物,一种空白"③,那么在韦尔蒂大量、貌似琐碎的日常生活叙事中,女性流浪同样显露出女性的话语、活力及书写自我生命的渴望,并同时呈现(南方)社会文化里的种种等级秩序。

在《漫游的主体》一书中,罗茜·布拉伊多蒂倡导一种去中心化、去地域化的"漫游主义",在政治与认知维度批判全球化世界主流价值观(如欧洲中心主义、男权)对主体、身份、知识的霸权建构。布拉伊多蒂一方面继承德勒兹和加塔里的"漫游学"(nomadology)④,强调对西方男权哲学体系里的教条、二元对立、权力秩序的质疑和反击,同时融入露西·伊利格瑞的性别差异观,建构独特的流动、漫游主体理论,重识身份和归属问题。虽然布拉伊多蒂采后现代、后结构主义的立场思索主体与身份,但她坦诚的女性主义思想及对权力与逻格斯的批判路径对理解韦尔蒂的女性流浪主义有颇多启示。布拉伊多蒂认为,漫游主义不应被简单理

---

① Anna Smith, *Julia Kristeva: Readings of Exile and Estrangement*, Palgrave Macmillan, 1996, p.17.

② Julia Kristeva, "A New Type of Intellectual: The Dissident," *The Kristeva Reader*, p.298.

③ Ibid., p.300.

④ "nomadic"一词包含游牧与漫游双重意义。"漫游"蕴含的独立、积极主动的主体性联想较强,"流浪"则似乎显得被动、失去目标而无所适从。不过,结合韦尔蒂、克里斯蒂娃等人的文学思想,及现代文学中女性离家叙事,"流浪"是女性主动的对抗性选择,并无主体性撕裂、失去方向之意,而是刻意凸显对男权传统下"家"的所谓"安全""呵护""温暖"的反叛。因此,"流浪"本身蕴含了女性主体的选择,是女性自主与独立意识的深刻反映。此外,"流浪"暗含的"漫无目的"也与男性逻格斯的功利主义形成反差。因此,本书将韦尔蒂和克里斯蒂娃的女性"exile"书写与布拉伊多蒂的"nomad"理论联系起来,阐释贯穿其中共通的女性主义思想。

解为物理空间中的旅行和漫游,而是"抵制社会思想和行为规范的批判意识",漫游的状态是"提升意识和对传统规约的颠覆"①。漫游的主体表现出"强烈的逾越和越界的欲望"②,她们/他们始终处于积极的、流动的状态,"穿梭,转变,没有预定的目的地,也无家园或是家乡"③。总之,漫游主义近似福柯所言的"反记忆",试图"抵制被主导权力同化的自我表征",是对"霸权、固定、统一、排他性的主体思想的政治反抗"④。

在韦尔蒂反家的女性旅行与女性流浪叙事中,离家的女性流浪主义既是探寻女性经验与主体性的现代性叙事,更旨在反抗家庭与婚姻背后保守南方的淑女传统与文化习俗。这一女性流浪与漫游叙事同时打破了流传已久的南方"地方精神"与"家园"神话,邀请读者思考自南方文艺复兴以来对南方共同体与南方身份的文学与文化建构——背后的目的便是延续以白人男权为中心的"例外主义"封闭等级社会。最后,值得注意的是韦尔蒂主题多样、风格多变的叙事。和福克纳、艾伦·泰特等南方文艺复兴作家不同,韦尔蒂从不钟情"南方家庭史诗"这一男性题材,而擅长以女性日常生活的飞短流长书写(所有英勇、危险、暴力、革命性的故事皆属于男性)和想象(南方)女性的独立与成长。这种特别的以女性日常生活体验为中心的差异性书写是作家故意为之,是其抵制被男权文学话语和传统同化的文学政治。

---

① Rosi Braidotti, *Nomadic Subjects: Embodiment and Sexual Difference in Contemporary Feminist Theory*, Columbia UP, 1994, p.26.
② Ibid., p.66.
③ Ibid., p.60.
④ Ibid., pp.58–60.

第三章 重构"南方": 世界主义与反共同体书写

《漫游者》小说的结局以一幅超现实主义的画面收尾, 弗吉、年衰苍老的乞丐婆婆还有黑人小偷都站在户外茂密的大树下, 聆听"那神秘的乐响, 是大地震动的声音"(*CS* 461)。这一震天动地的声音并不仅仅指向那些风驰电掣、运输树木的卡车, 而进一步暗示出弗吉——不同于无视南方现代性的左邻右舍——对现代性引发的南方变革的积极立场。现代性一直是韦尔蒂早期作品中的显性母题——从可见的电力公路、消费商品、摄影电影, 到不易见的深刻变化如人际关系的异化、抑郁的个体精神、男性危机、杀戮暴力等, 现代性为韦尔蒂怪诞的南方写作增添了重要底色。不过, 现代性不仅是韦尔蒂时常书写的背景或客观对象, 还是作家文学与文化政治的重要载体。易言之, 现代性是韦尔蒂开放包容、求新求变的现代主义写作的关键动因, 其笔下的"流动"写作尤其是离经叛道的女性旅行与流浪叙事是典型的表征。许多学者认为, 冲动、渴望、不安分正是现代精神的本质。尽管学界对韦尔蒂的现代女性主义思想及叙事策略、性别政治皆有相当研究, 但其文学现代性的发生源流并未得到充分论证。本章从考察"现代性"的发生内涵出发, 将韦尔蒂的现代主义写作置于美国 20 世纪初的现代主义文化之中, 通过对美国南方传播的现代电影、报纸杂志及作家本人书评影评的抉剔爬梳, 重思韦尔蒂的现代主义叙事与女性主义政治。通过研究发现, 韦尔蒂的现代主义写作与南方(男性)文学传统"背道"而驰, 展演出强烈的反叛精神与鲜明的世界主义色彩。

对于"现代性"一语的定义历来聚讼纷然、变动不一, 既有经济、科学、技术等领域的现代化,亦含思想文化方面的现代精神与现代经验。不少学者将法国诗人波德莱尔的名言奉为圭臬,"转瞬即逝,流动不息,偶然不定"是为现代性,生活变得"关注当下,富有变化"①。由波德莱尔引发出的"现代"含义便是变化、流动甚而躁动不安。与之相关的另一种经典定义是进步、理性、民主及自主性等现代精神。虽然人文社科与科技不同领域对现代性的定义常有歧义甚至龃龉,但基本皆认同现代性与传统的巨大分野——传统社会"以无处不在的神圣权威为基础",现代则是堕落世俗的社会,根基是"个体化的、自我感知的主体性"②。所谓现代个体的自主性也即自我意识、自我决心、自我实现,在"传统不断凋零的现代,[自我意识]是个体在反思中获得成长的重要功能"③。不过,自我意识的觉醒仅是现代性的一个面相,"摒弃过去、勇于变革、追求未来价值"是另一关键面相,现代精神是"挑战传统、旧俗和现状……反叛社会等级制度和现行的思想模式"④。

对于现代性内蕴的反抗精神,马克思主义哲学家马歇尔·伯曼在其力作《一切坚固的东西都烟消云散了:现代性体验》(1982)中有详尽的阐述。从歌德的《浮士德》、波德莱尔在巴黎的现代主义写作,再到彼得堡与纽约各异的现代主义模式,伯曼追踪了现代主义与现代性的起源与演变,其中不少经典观点为菲尔斯基所继承。例如,在论及现代性中的主体性、自我裂变及对传统的威胁时,伯曼指出,"所谓现代性,就是发现我们自己身处一种环境之中,这种环境预示着冒险、权力、快乐和成长,自我和世界的剧变,但与此同时它又威胁要摧毁我们拥有的一切,摧毁我们所知的一

---

① Charles Baudelaire, *Baudelaire: Selected Writings on Arts and Artists*, trans. P.E. Charvet, Cambridge UP, 1972, pp.403, 391.

② 芮塔·菲尔斯基:《现代性的性别》,第16页。

③ Jürgen Habermas, *The Philosophical Discourse of Modernity: Twelve Lectures*, trans. Frederick Lawrence, Polity Press, 1998, p.238.

④ 芮塔·菲尔斯基:《现代性的性别》,第17页。

切,摧毁我们的身份"①。这一段犀利的观察已充分暗示现代性对传统社会秩序("拥有的一切")、主流思维方式("所知的一切")及现状("我们的身份")的冲击,凸显出进步、历险、成长的重要意义。实际上,自我的裂变与成长将不可避免地冲破现实与过去种种秩序和权威的藩篱,对于19、20世纪的女性尤然。在眼花缭乱的现代情境中,伯曼强调,"焦虑和骚动,心理的眩晕和昏乱,各种经验可能性的扩展及道德界限与个人约束的破坏,自我放大和自我混乱……诞生出了现代的感受能力"②。

虽然伯曼审视的是巴黎和纽约城市里的资本主义现代性,但许多论述对韦尔蒂的南方世界却十分适切。在韦尔蒂的笔下,女性自我意识的萌芽与反抗传统权威几乎成了一种成长模式:这些叛逆的女主角常不容于社区共同体,具有离经叛道的思想和行为方式,因而时时受到监视和规训;她们在独处或反家的自我流浪中培育主体性,求新求变,探索女性的自我想象。这一女性形象与伯曼对浮士德的剖析惊人地相似——浮士德是现代英雄人物的典型,他的自我冒险、转变与毁灭便是对狭隘封闭世界的有力反抗。而这也是波德莱尔笔下现代都市"漫游者"(flâneur)的形象,他与浮士德皆象征着"对权威专制的俄狄浦斯式反抗"③。伯曼对波德莱尔与浮士德的解剖自然照亮了韦尔蒂笔下的许多女主角,如克莱蒂、弗吉、雪莉、嘉贝丽等。她们/他们"追求经验、快乐、知识和感觉能力等诸方面的增长——而这种增长会摧毁我们以往的自然和社会图景,摧毁我们与那些失去了的世界的感情联系",抑或说,"追求现代生活和经验的无限可能性,而这种无限可能性是会消除一切价值的"④,尤其是传统中神圣不可亵渎的事物。

---

① 马歇尔·伯曼:《一切坚固的东西都烟消云散了:现代性体验》,徐大建、张辑译,商务印书馆,2013年,第15页。译文有改动。
② 马歇尔·伯曼:《一切坚固的东西都烟消云散了:现代性体验》,第19页。
③ 芮塔·菲尔斯基:《现代性的性别》,第2页。译文有改动。
④ 马歇尔·伯曼:《一切坚固的东西都烟消云散了:现代性体验》,第44页。

第一节 电影现代性与南方现代主义

如果韦尔蒂作品中展现出的文学现代性已毋庸置疑,那么对作家现代思想的源泉做些追踪和探索将更好地揭示其现代主义写作及映射现实的文学政治。韦尔蒂自小便嗜读文学艺术尤其是欧洲文学,1927年进入威斯康星大学麦迪逊分校读书,专修英语,辅修艺术史。因为来自落后保守的南方,她在学校时常受到排挤歧视,于是索性躲到校图书馆埋头苦读。叶芝、伍尔夫、福克纳是韦尔蒂反复提及也曾多次评论的作家。对于伍尔夫,韦尔蒂不仅专门撰文品评其文集《花岗岩与彩虹》及《伍尔夫书信集》,她笔下女性的漫游和强烈的反叛意识也让人无法不联想到伍尔夫以及19世纪末不断涌现的"新女性"文学。著名韦尔蒂研究专家露丝·韦斯顿甚至推测,韦氏"微妙的"女权主义思想与"19世纪第一波'女权主义'直接相关"[1],这可从其小说内外寻觅可信证据。

20世纪初,美国许多报纸杂志刊登了一系列颂扬新潮女郎的报道,诸如"女性的世纪""现代女郎""新女性""女性:现代性的新阶段"等耸人听闻的标题频频见诸报端,玛莎·帕特森所编《重思美国新女性读本》从政治、媒体、文化等方面对此做了详细探究[2]。概而论之,"新女性"作为社会文化现象最早可追溯至19世纪80年代,政治选举权、女性俱乐部、就业提升、休闲娱乐、晚婚晚育等领域的女性展现出惊人变化,在公共领域的话语权愈发具有分量。女性的自我觉醒与自我解放在文学作品中也多有反映,及至19世

---

[1] Ruth D. Weston, *Gothic Traditions and Narrative Techniques in the Fiction of Eudora Welty*, p.11.

[2] Martha Patterson, ed., *The American New Woman Revisited: A Reader, 1894—1930*, Rutgers UP, 2008.

纪末，共有一百多部关于新女性的小说问世①。这些作品的主题相近，大都批判传统婚姻与性别刻板印象，讴歌女性的独立与觉醒。在亨利·詹姆斯、埃拉·惠勒·威尔科克斯（《激情组诗》，1883）、凯特·肖邦（《觉醒》，1899）、夏洛特·帕金斯·吉尔曼（《新女性》，1910）等人的笔下随处可见监禁—解放、家庭—反家、理性—疯癫、牢固—流动等经典女性主义二元书写。纵然韦尔蒂本人在访谈中一再言明自己并非女权主义者，但她的创作却赫然可见这些经典女性主义情节的影响。下面笔者拟用三个文学片段展现经典女性主义对韦尔蒂写作的深刻影响。

在韦尔蒂早年创作的小说《玩偶》（1936）中，文本丰富的象征主义、并行的叙事设置及批判男权的主题程式几乎已成作家日后文学创作的雏形。小说伊始，刚刚订婚的"她"对婚姻充满憧憬，驾车去未婚夫查尔斯的办公室楼下等他。镶有红布苹果的意大利麦秆辫草帽与教堂义卖集市购买的白裙布娃娃象征着"她"的天真与贞洁。小说末尾，韦尔蒂以暴烈的火烧房屋场景隐喻女主的觉醒——"她"开始被赋予"玛丽"（"独立思考、拥有智慧的女性"）之名，反抗传统性别角色，拒绝再做家中"玩偶"。这一则短篇从标题到情节均可见易卜生《玩偶之家》（1879）的影子，而烈火焚屋又暗暗影射《简·爱》中的大火，是女性愤怒与自我觉醒的最佳譬喻。

吉尔曼的经典小说《黄色墙纸》（1892）是另一佳例。小说女主患有产后抑郁症，丈夫便将她关到一座老旧大厦里，并严禁握笔写字，直至完全康复。墙上斑驳的黄色墙纸成为囚禁女主身体和精神的男权机制。最后，女主幻想自己摧毁所有墙纸，从地上爬行逃离压抑的空间，获得自我解放。吉尔曼的小说继承了欧洲文学中女性处处受束缚而走向疯癫的传统主题程式，这既是女性性别焦虑的写照，同时又指向女性作家的写作困境。女性不得不想方设

---

① Ann Ardis, *New Women, New Novels: Feminism and Early Modernism*, Rutgers UP, 1990, p.3.

法突破形形色色有形无形的樊笼,大胆探索和想象女性的独立与自主性。逃离父权社会对女性的身体规训、性别期待甚至逻各斯自身是韦尔蒂现代南方女性哥特的核心思想,女性必须依赖自身——不论是女性友谊、姐妹情谊抑或越界的漫游——如此方能重获自由与解放。韦尔蒂的女性主义写作明显可闻前辈作家的主题与叙事回响,这在《漫游者》与《觉醒》遥相呼应的裸泳场景中得到进一步的印证①。仍需指出的是,小说结尾艾德娜·庞特里耶(Edna Pontellier)离开格蓝岛、拥抱大海是因为前者是充满秩序的男权文明的象征,而大海常常地处偏远边境,是远离控制、散发自由与激情之地,是不受男权文化污染的原始地带。对自然的歌颂成为对传统女性角色、价值观及自我定义的批判与颠覆。如此,自然变成了一种女性空间,宣扬"自由,自主性或是主体性"②。既然现代主义文学措意凸显男性作为"传统、文化和家庭的保守的看护人",愤怒的女性选择"斩断家庭纽带"③、逃离文化道德的囚禁,那么弗吉与庞特里耶的越界显然属于这一现代女性叙事传统。

除了经典女性主义的影响,现代电影是韦尔蒂"习得的现代性"另一活水源头。作为现代技术的典范之一,电影自诞生之初便引起诸多现代主义作家的关注。伍尔夫、福克纳、亨利·詹姆斯、格特鲁德·斯泰因等作家皆曾出入影院,并深入反思电影与文学创作的奇妙关系。1926年,弗吉尼亚·伍尔芙在《电影》一文中描述了电影给她带来的震撼:

> 我们应该称它是更真实的吗,或者说,是一种与我们在日常生活中看到的不一样的真实?我们不在那里却能

---

① 具体解读详见本书"共同体中的监视与越界"一章。
② Stacy Alaimo, *Undomesticated Ground: Recasting Nature as Feminist Space*, p.16.
③ Jennifer L. Fleissner, "Women and Modernity," *A Concise Companion to American Fiction 1900—1950*, p.43.

完完全全地看到它们;我们没有参与其中却能完完整整地看到那里的生活。当我们盯着电影荧幕的时候,我们似乎远离了实际生活的琐碎。①

伍尔芙初遇电影最早可追溯至1915年观看的无声电影《安娜·卡列尼娜》及1920年的《卡里加里博士》。《电影》一文中便有提及此电影的观影经历——她误将荧幕上的意外黑点视作新的电影手法。对于电影划时代的意义,斯泰因1933年宣称"我们这个时代毫无疑问是电影和生产连续图像的时代。而我们每个人必须用自己的方式展现我们生存的世界里正在发生的事情"②。斯泰因所指"我们的时代"约为1903年至1933年,这三十年见证了早期实验电影的涌现及无声电影的消亡。这段时期包含电影技术在内的自然科学与人文科学的巨大进步极大地改变了人类的认识论,现代性成为充满危机的经历。在现代主义文学中,电影和火车、电话一样成为现代性的特殊标记。劳拉·马科斯的经典论著《第十缪斯:现代主义中的电影思考》便详细考察了《达洛卫夫人》《到灯塔去》《尤利西斯》等现代主义小说与电影在场景刻画、时间表征(如"现在"、流动时间)、叙述技巧(如内心独白、蒙太奇)等诸多方面的相通之处。以剪辑这一电影技巧为例,它删除了不必要的时间和空间,借助意念的联系将不同镜头、不同场景等连接在一起。平行剪辑更通过在两个或多个场景之间迅速的交叉剪切展现人物的思想情绪,"增强戏剧性和渲染情感"③。这一叙事效果与意识流几乎是殊途同归:快速的叙事节奏打破传统单一的线性叙

---

① Virginia Woolf, "The Cinema," *The Captain's Death Bed and Other Essays*, Harcourt, 1956, p.181.

② Gertrude Stein, "Portraits and Repetitions," *Lectures in America*, Beacon Press, 1985, p.177.

③ 路易斯·詹内蒂:《认识电影》(第10版),崔君衍译,中国电影出版社,2007年,第141页。

事模式,不断转换的场景折射出人物的精神失落与危机感。

电影带来的视觉现代性,对静止与运动的不同表征,跳跃、拼贴式的影像叙事呈现完全颠覆了观众的视觉体验甚至对世界的认知模式。对于相对落后封闭的南方人民而言,电影的冲击力自然尤甚。据有关学者统计,及至20世纪30年代好莱坞每年拍摄的电影已达50多部,1910年每周已有"2500万美国人——主要是工薪阶层的都市居民——会花上5美分去电影院看电影",门票"比看歌舞杂耍节目要便宜许多"①。南方地区每年有大量电影展演,1910—1915年,福克纳经常前往牛津镇上的影院观影,受电影的影响很深。"他的现代主义努力突破语言的限制",试图"将文学叙事——尤其是叙述时间——与视觉经验尤其是时间停止和静止表象相结合"②。福克纳对触觉经验的描摹及遣词造句甚或标点符号充分说明其对电影的深入观察,故而一直被视作最具电影感的小说家。

韦尔蒂对电影似乎更加执着,终其一生都是电影院的常客。在《作家起航》演讲录中,韦尔蒂深情回顾了美国电影对她的影响,"我和兄长偏爱巴斯特·基顿、卓别林、本·布鲁等人的电影……经常笑得前俯后仰"③,"荧幕上的无声喜剧电影成为写作虚构性喜剧故事的灵感来源"④。不仅如此,电影的"闪回和记忆呈现,梦的片段镜头"以及"时间上前后穿梭、来回移动"的"流动的形式"均

---

① 埃里克·方纳:《美国历史:理想与现实》(下),第851页。

② Peter Lurie, "Introduction," *Faulkner and Film*, Peter Lurie and Ann Abadie, eds., UP of Mississippi, 2014, p.x.

③ 巴斯特·基顿(Buster Keaton, 1895—1966年)是美国电影导演兼喜剧演员,被誉为"冷面笑星",代表作包括戏仿格里菲斯《党同伐异》(1916)的影片《三个时代》(1923)、《待客之道》(1923)、《将军》(1926)等。基顿的电影注重写实和呈现时代精神,善于运用强烈的电影视觉艺术传达浪漫和喜剧效果。基顿和娜塔莉·塔尔梅奇曾缔结连理数十年。本·布鲁(Ben Blue, 1901—1975年)是加裔美国喜剧演员,代表作有《阿卡迪亚》(1927)、《大学假日》(1936)、《随心所欲》(1936)、《高壮帅》(1937)等。

④ Eudora Welty, *One Writer's Beginnings*, p.36.

对韦尔蒂"写作短篇小说的方式产生了影响",令她"受益匪浅"①。须注意的是,电影产生的影响决不仅限于短篇故事及叙事技巧,亦同样见于长篇小说及主题构建、人物塑造、意象呈现等,有时则是推动情节发展的直接力量。例如,在《三角洲的婚礼》中,"劳拉和茵迪亚常常一边捉蚊子,一边分享新的故事"(*CN* 97),即两人一起观看的电影情节。而罗碧更是直言"很想要一张摩尔式的沙发,就像电影里阿尼亚斯·艾瑞丝睡的那种"②(*CN* 228)。在《金苹果》小说集里的《六月演奏会》故事中,罗赫·莫里森家附近有一座破落不堪的空屋,塌陷的门廊"栏杆已全部倒塌,看着就像毕玖电影院荧幕上的悬崖峭壁"(*CS* 275)。而当莫里森用望远镜窥视弗吉和水手男友时,看到两人"追逐嬉戏,就像电影中警察追赶着卓别林,马上就要摔倒"(*CS* 282)。莫里森的望远镜俨然成了摄像机镜头,使读者得以如观影一般观察小说跳跃的场景。迈克尔·伍德认为,"蒙太奇原理"和"借助注视的方向展现想象空间是极典型的现代主义技巧"③。韦尔蒂在小说中以房屋楼上楼下及客厅之间来回"切换",剪辑、蒙太奇、特写等电影技法及电影剧本式语言唤起读者实际阅读过程中的"观影"感受——对弗吉离经叛道的爱情的窥视成为社区共同体的规训的隐喻,而对于别人的"目光",弗吉的私会便显得更有反叛意义。此外,主人公由注视的视线(对眼睛的特写)产生的断断续续的回忆、想象抑或漫无边际的梦境皆是颇有电影感的叙事技艺。

在《六月演奏会》的另一处钢琴演奏场景中,韦尔蒂的简短叙事却涉及多部好莱坞电影,这些电影在主题上自然与其小说密切

---

① 转引自 Bill Ferris, "A Visit with Eudora Welty," *Conversations with Eudora Welty*, Peggy W. Prenshaw, ed., UP of Mississippi, 1984, p.169.

② 阿尼亚斯·艾瑞丝(Agnes Ayres, 1898—1940年)是美国默片时代的女演员,出演影片包括《十诫》(1923)及与华伦蒂诺合作的《沙漠情酋》(1921)、《酋长之子》(1926)等。后两部电影对韦尔蒂的写作具有深刻的意义,下文将逐一剖析。

③ Michael Wood, "Modernism and Film," *The Cambridge Companion to Modernism*, Michael Levenson, ed., Cambridge UP, 1999, pp.222-223.

相连:

> 弗吉·雷妮已不再上钢琴课,而是去电影院弹琴了……弗吉已进入拥有力量与充沛情感的电影世界,这里比她们原本想象的要广阔宏大得多。现在她正跟随着吉许和塔尔梅奇姐妹俩。看到瓦伦蒂诺住的帐篷打开时,弗吉就用黄色铅笔敲打着镀锡铁皮。
>
> 弗吉每晚都坐在荧幕下方,为毕玖影院上映的电影故事伴奏音乐。她对伴奏的节拍很熟悉,一切显得易如反掌,但希瑟姆先生却常跟不上拍。当大坝一溃千里,或是当娜兹莫娃宁愿用军刀自断双脚也不愿面对和辛吉在一起的未来生活时,弗吉便立即弹奏《岩石岛》。米西·斯派慈说弗吉在影院弹琴唯一的问题是三心二意。有些晚上她就舒舒服服地倚着椅子,欣赏荧幕上惊心动魄的无声表演,看到有情人终成眷属时,她会咔哒一声打开电灯,然后开始演奏,节奏由缓到急——曲目或许是《安妮特拉之舞》。(CS 302–303)

这一段叙述貌似稀松平常,实则文字背后暗流涌动,隐含丰富的信息,可谓典型的韦尔蒂式的叙事。开头一句在说明弗吉想要获得(经济)独立的同时,亦暗示电影对南方人民尤其是少女们的巨大吸引力,是"拥有力量与充沛感情"的极为辽阔的世界,其具体样貌可从下文弗吉的工作中管窥——显然文中影射的电影是理解弗吉"三心二意"工作的重要线索。此外,弗吉熟练的钢琴伴奏并非意在说明其工作能力突出,而是暗示她对这些电影片段如数家珍,这些表演对她显然有着特殊的意义。首先值得关注的是俄裔美国演员娜兹莫娃,她同时身兼导演、制片人、剧作家数职。1922年娜兹莫娃导演并主演的无声电影《莎乐美》被誉为美国最早的艺术电影之一。电影中华丽精美的服饰、夸张的表演、简洁的道具强化了对王尔德原剧中强烈个体欲望的表现,而娜兹莫娃本人的双性恋身份及同性恋事迹当然也提升了电影的知名度。娜兹莫娃另一部重要的作品是同年上映的《玩偶之家》,她既是制片人、剧作者,也是女主娜拉的扮演者。虽然这部电影已经遗失,但足以说明易卜生的名作对于娜兹莫娃以及作家韦尔蒂的重要意义。

值得注意的是,弗吉被爱情感动时所演奏的曲目《安妮特拉之舞》正是"贝尔·金特组曲"中的一首。易卜生的戏剧对独立女性形象的塑造毫无疑问对美国第一波女权运动有深远影响。韦尔蒂《玩偶》对《玩偶之家》的效仿,其反家的女性流浪与娜拉离家出走的呼应,在在彰显韦尔蒂对这些经典女权主义作品的继承,《贝尔·金特》也不例外。此剧以同名主人公在北非的历险经历讽刺存在于挪威国民中的偏狭固执,"回避责任,自以为是,用幻想代替现实"①,歌颂对自我的不断反思与探索。易卜生在剧中提出的问题"我是谁?哪个才是真正的自我"指向的是重新发现的自我意识与主体性。易卜生在给《贝尔·金特》德文本译者覆信时曾直陈,"我的每部作品的主旨都在于促使人类在精神上得到解放和感情上得到净化",该剧的主题可用这样的题词说明,"'活着就是要同心灵里的山妖战斗'"②。偏狭而无视现实甚而一意孤行、自我封闭几乎是韦尔蒂一生笔墨生涯的创作主题。《金苹果》小说集里的莫甘纳小镇在意语中乃"海市蜃楼"之意,韦尔蒂借此希冀呈现南方人"日常生活中的错觉",他们"所有人要么困在他们的梦幻世界里,要么恐惧离开,无法踏入外面的世界;唯有弗吉称得上真正勇敢不凡的人物,她一向如此……我爱弗吉"③。而弗吉的不凡在于其特立独行的性格,勇于同心里与生活中的"妖魔鬼怪"战斗,获得

---

① 萧乾:《易卜生的〈贝尔·金特〉》,《萧乾散文随笔选集》,中央编译出版社,2005年,第254页。
② 萧乾:《易卜生的〈贝尔·金特〉》,《萧乾散文随笔选集》,第253页。
③ 见 John Griffin Jones, "Eudora Welty," *Conversations with Eudora Welty*, p.332.

精神上的解放。如是,易卜生的戏剧成为理解韦尔蒂小说命意的隐微注脚。

另一部值得推敲的电影潜文本是吉许和塔尔梅奇姐妹①主演的电影《党同伐异》(1916)。该片由知名导演大卫·格里菲斯指导,三个半小时的史诗巨片并行讲述四个相隔数百年的独立故事,古代篇"古巴比伦的陷落",犹太篇"基督受难",中世纪篇"圣巴多罗买大屠杀",美国当代篇"1916年劳资冲突"。格里菲斯将"剪辑推到主题性蒙太奇的高潮","着重'意念'的联络,而无视时间与空间的连续性"②,如此先锋的剧本与前卫的拍摄手法使其跻身美国最伟大的默片电影之一。不过,米莉安·汉森认为,《党同伐异》之所以对后世影响巨深、称得上格里菲斯"最'现代'的电影",不仅仅是因为影片"类同文学和艺术现代主义的形式技巧创新","对女性与女性气质的大量表征,并以暴烈的方式记录社会与性别变革"③同样至关重要。格里菲斯本人对维多利亚文学独有衷情,迷恋维多利亚时期传统女性的温婉和气质,其电影从演员筛选到情节构建、主题表现都流露出这一倾向,对传统女性气质和母亲形象的演绎便是明证。传统母亲形象亦是《党同伐异》的核心,不论是当代美国故事的"亲爱的她",基督故事中的玛利亚,抑或吉许所饰演、守护摇篮的母亲,甚至电影海报中牢牢抱住婴儿、战栗地躲避魔爪的母亲,都强有力地凸显了母亲之于人类文明的延续与前进的关

---

① 吉许(Lilian Gish, 1893—1993年)被誉为美国电影女王,在大卫·格里菲斯的多部影片中担任主演,如《看不见的敌人》(1912)、《一个国家的诞生》(1915)、《党同伐异》(1916)、《一路向东》(1920)以及改编自霍桑小说的同名影片《红字》(1926)等;康斯坦斯·塔尔梅奇(Constance Talmadge, 1898—1973年)是美国女演员,主演了大量的无声影片,包括《党同伐异》、《属于她的浪漫之夜》(1924)、《七次机会》(1925)及与卓别林、基顿共同主演的短纪录片《观星》等;娜塔莉·塔尔梅奇(Natalie Talmadge, 1896—1969年),美国默片时代的女演员,代表作包括《党同伐异》及与基顿共同出演的影片《待客之道》、《鬼屋》(1921)等。

② 路易斯·詹内蒂:《认识电影》(第10版),第130页。

③ Miriam Hansen, *Babel and Babylon: Spectatorship in American Silent Film*, Harvard UP, 1991, p.218.

键意义。

但在性别革命的时代,如此"文明延续"的话语被女权视作男权规训的话语与意识形态,是完全过时而必须摧毁的糟粕,好莱坞的电影行业也感受到性别政治的压力。当女性在公共与商业领域越来越成功,女性演员、女性观众人数暴涨,为了吸引更多的观众,电影工业必然要从其时流行或不那么流行的现代小说、女性杂志、宣传手册那里汲取灵感,即便这些印刷品反复宣扬其反男权、反资本主义的价值立场。这不仅是因为资本是秘密渗透、无处不在的力量,更因流行文化想要取得更大成功而不得不"自我矛盾"①。例如在《海伦的冒险》(1916)电影系列中,女主"海伦"并非希腊特洛伊神话里等待解救的刻板女性角色,而是智勇双全、敢于冒险的女英雄。如此新女性影片成为一道新的影院风景线,讴歌"女性的冒险精神……不畏束缚,勇于探索,有勇有谋"。《党同伐异》对女性气质亦有矛盾的呈现,既形塑传统女性气质与母亲角色,亦有赞许像"孤家寡人"(米莉安·库珀饰)的现代新女性。如若失足妇女、堕落少女及传统母亲象征了女性的无力、无助、情感脆弱的刻板印象,那么"孤家寡人"式的女性则隐喻了女性在"社会、性以及经济领域的巨大改变",整个影片对女性气质"鲜明而两极分化的呈现"折射出"格里菲斯这样的男性的创伤性"②焦虑。

最后,弗吉提到的帐篷里的瓦伦蒂诺同样值得注意。这一幕出自爱情冒险电影《沙漠情酋》(1921),讲述身在南非的英国女性黛安娜为了保持独立而拒婚,后在沙漠旅行途中与阿拉伯酋长坠入爱河。旖旎的棕榈树,辽阔的沙丘,充满异域风情的服装乃至

---

① John Fiske, "Jeaning of America," *Understanding Popular Culture*, Routledge, 1994, p.5.

② Miriam Hansen, *Babel and Babylon: Spectatorship in American Silent Film*, p.220.

"野蛮"俊朗的酋长爱情,这一切满足其时美国人对异域的想象①。该片在商业上取得巨大成功,也为瓦伦蒂诺树立了"伟大情人"的银幕性感形象。在韦尔蒂的小说《鲍尔豪斯》(1940)里,被白人视为"古巴比伦,秘鲁的,疯癫的,恶魔"(CS 131)的黑人鲍尔豪斯也曾即兴头顶酒店毛巾,假扮"沙漠情酋"(CS 135)博得众人一笑而以此掩藏自我内心愤怒的情感。"在观影方面对我们没有什么限制",韦尔蒂曾如是回忆,"除了《沙漠情酋》必须是长大之后才能看"②。韦尔蒂对这部电影的特别强调足以印证该片在当时的流行程度,先锋性的人物情节足以令人咋舌,这或许是深层原因。

首先,影片前后突出了对女性强暴的场景,这既有黛安娜逃离时险些遭到当地野蛮匪徒的奸污,也有酋长以近乎诱奸的方式对女主的征服。这一情节安排极有东方主义的味道:白人女性善良纯洁、富有同情心,阿拉伯则是野蛮之地,那里的男性缺乏文明教化,强大的肉欲不受控制,是对白人现代文明具有巨大威胁的他者。如是二元对立的思想其实从黛安娜的南非之旅便已设下,有别于英帝国的落后文明被他者化,成为逃离男权牢笼、回归自我的蛮荒之地。尤其值得深思的是电影结尾,酋长解救黛安娜不被匪徒玷污时身受重伤,被女主发现其手远大于阿拉伯人,由此揭开了酋长的真实身份——父亲是英国人而母亲则来自西班牙。这令黛安娜放下心理负担,在酋长苏醒后向其坦白了爱慕之情,仿佛只有文明的欧洲人才有一颗充满爱意的心。种族混合的禁忌不能打破,因为"黑人的血和性会'败坏'白人女性的性贞洁",如此也颠覆了"文明与野蛮的绝对对立"③。不难看出,电影中的性别主义与种族歧视几乎与美国文学中被他者化的黑人男子形象如出一辙:

---

① 类似的例子还有诺玛·塔尔梅奇主演的《紫禁城》(1918),讲述中国公主与美国白人的跨种族之恋。

② qtd. in Suzanne Marrs, *Eudora Welty: A Biography*, p.5.

③ Toni Morrison, *Playing in the Dark: Whiteness and the Literary Imagination*, Harvard UP, 1992, p.68.

他们既是性欲强烈、毫无道德底线的"原始"人类,也是没有情感与廉耻的物品,更是"不知"自由与尊严为何物的奴隶。赖特《土生子》里不可理喻的、残暴至极的别格,《我的吉姆·克劳教育》中被白人妓女当作不通廉耻的物件的黑人侍者,《哈克贝里·费恩历险记》里的吉姆等皆是典型的例证。

韦尔蒂至少有两则小说触及黑人的性暴力。一则是《六月演奏会》中艾克哈特小姐晚间遇袭,"深夜九点,一个发疯的黑鬼忽然从学校旁边的草丛里跳出来抓住她,将她按倒在地,威胁着要杀了她"(CS 301)。在20世纪30年代的美国南方,这一细节基本等同于黑人对白人的性暴力与种族仇恨,而韦尔蒂的遣词显然蓄意挪用了对黑人的种族偏见。这一写作策略在《月亮湖》中发生了改变。尼娜在夜色中意乱神迷地想象着黑夜"像个男人""俯身从帐篷张开的褶缝中钻进来……妮娜悄悄地避开黑夜重新躺下","她的掌心、敏感的肌肤、沉重的手指于一片静谧中感到同情和某种竞争意识融为了一体,是一种纯粹的狂喜,纯粹的渴望……睡梦之中,她的一只手在野兽的利齿面前完全不听使唤"(CS 361-362)。在这一段富有情色寓意的描绘中,作家以妮娜对"野兽"般的"黑夜男人"的渴望传达其越界性冲动,凸显其对自由的深度渴望。这一幻想在南方白人淑女文化传统中显得尤为放荡不羁,因为黑色是欲望,是不可理喻,是邪恶的狂喜[1]。或者借用赫斯顿的话说,黑人"有着西方文化的表面皮肤,血管里流淌的依然是原始丛林的血液"[2]。对于黑人的他者化,布莱斯维特在《文学中的黑人》(1924)中早已指出,在白人主导的社会秩序里,黑人是沉默的失语者,其在美国文学中的地位和形象一直都是为白人作家有意

---

[1] Toni Morrison, *Playing in the Dark: Whiteness and the Literary Imagination*, p.87.

[2] Zora Neale Hurston, "What White Publishers Won't Print," *African American Literary Theory: A Reader*, Winston Napier, ed., New York UP, 2000, p.56.

无意地操纵和利用——要么是乐天知命的奴隶、木讷迷信的守法公民,要么就是懒惰放纵的恶汉。他们活泼多面的性格被脸谱化、负面化,成为白人"思考恐惧的工具——欧洲流民,失败,萎靡无力,自然荒野,与生俱来的孤独,内部的挑衅,邪恶,罪愆,贪婪"①。

　　巴巴拉·约翰逊等学者早已指出,女性、黑人、同性恋等社会边缘群体拥有十分相似的他者化经历,在寻求独立身份、建构自我话语方面也不尽相同。这种自我建构与发声常常通过隐晦、扭曲、反转的形式呈现,展演出一种自我抵抗性书写。以玛丽·雪莱的《科学怪人》为例,弗兰肯斯坦"生育"的欲望是雪莱表达个人创作欲望的扭曲呈现,小说女性母亲、女性气质的缺失"折射出女性内心的自我分裂和矛盾,而非女性的怪异",因为男性的分裂常借替身(double)实现,而女性只能摇摆于"房中天使和(弗兰肯斯坦手下)夭折的怪物之间"②。雪莱的自我分裂不仅是源于现实中悲惨坎坷的"母亲角色",更是男权阴影下自我书写的悲苦呈现。类似地,南希·弗莱迪在《我的母亲/我自己》(1977)中以抵抗性的自我书写摈弃"母爱"理念,多萝西·迪内斯坦在《美人鱼与弥诺陶》(1976)里凭混乱的排印设计与对科技的暧昧态度隐晦传达对"母亲身份"的迟疑——在这些"描摹怪异自我的背后,都是书写女性自传的难题"③。因为女性作家一方面须抵制自传体裁的藩篱(以圣·奥古斯丁、卢梭为圭臬的自传文学传统),另一方面,又不得不遵循男性幻想和社会规约。如此,三位作家以书写自身的怪异经验建构出一套"怪物自传理论"④,成为少数族裔、同性恋、残障人

---

① Toni Morrison, *Playing in the Dark*, pp.36-37.
② Barbara Johnson, "My Monster/My Self," *A World of Difference*, The Johns Hopkins UP, 1987, p.153.
③ Barbara Johnson, "My Monster/My Self," p.154.
④ "a *theory* of autobiography as monstrosity" ("My Monster/My Self", p.154).

士等边缘群体隐秘生命体验的共同镜像①。

在边缘群体面临的共同失语与他者化过程中,他们/她们成为男权社会排除焦虑,彰显自我身份、权力乃至道德情操的工具。韦尔蒂对此洞若观火,也在文学创作中详加利用。南方社会对女性和黑人他者化过程中流露出的、对他者或他异性的恐惧便是《金苹果》小说集的核心母题。对他异性的疑惧在视觉电影中因戏剧性的处理会极度放大,这在格里菲斯极具种族主义和性别主义色彩的电影《一个国家的诞生》(1915)中尤其如此。影片以托马斯·迪克森的两部小说《同族人》(1905)和《豹斑》(1902)为基础,充斥着对黑人的扭曲诽谤与白人至上的赞扬,令贝尔·胡克斯恼羞成怒,"自《一个国家的诞生》起,种族和性别政治便被铭刻进主流电影叙事中。这是第一部确立白人女性在电影中的位置和作用的作品"②。由此可见,现代电影对现代主义文学的影响绝不仅是叙事技巧方面,人物塑造与主题构建亦然。

于韦尔蒂而言,《沙漠情酋》另一层启发性意义体现于影片中的易装与身份越界。在试图进入酒店赌场被拒后,黛安娜换上了阿拉伯舞者服装成功混入,虽然她的金发和乳白的手背仍然惹人注目。酋长怒目横眉,在大庭广众之下以近乎暴力的方式重新为之穿衣束带,只为让黛安娜回归白人淑女的模样,因为"桀骜不驯的英国女郎对阿拉伯男人有种魔力"③。类似的易装情节也发生在酋长身上,有一幕是女主身穿短裤,华伦蒂诺则身着飘逸长裙,眼睛带有浓妆。当女主用手枪对准他时,酋长却以精致的香烟回敬。电影对身份越界的喜剧性呈现导致不少影片人认为男主过于缺乏男性气质,以致华伦蒂诺坚持要在续集《酋长之子》中植入一

---

① 解友广:《吟唱创伤:论奥斯卡·王尔德〈瑞丁监狱之歌〉中"反动"的自传》,载《外国文学》,2018年第2期,第66—76页。

② bell hooks, "The Oppositional Gaze: Black Female Spectators," *Feminist Film Theory: A Reader*, Sue Thornham, ed., New York UP, 1999, p.305.

③ 见电影字幕说明。

幕强暴戏。不过,他本人俊俏的容貌、修长的身材、性感的外形却强化其女性化的联想,尤其是在黛安娜男孩形象的衬托之下——独立不羁的性格与松散的金红色齐耳短发相互辉映,对酋长的诱惑似乎彰显了特殊的性权力,尤其在影片结尾对濒死的酋长的呵护让人不禁想起简·爱对失明的罗切斯特的照看,因为两人明显都丧失了男性气概。女性敢于冒险,充盈着活力,而男子汉却显得危机重重,成为风雨飘摇的家庭和男权传统的卫道者。

唯此,有论者将黛安娜视为"新女性"的化身,她对家庭、婚姻甚或异性恋的摒弃以及对女性欲望和越界性身份的探索在在呼应19世纪末的现代女权主义小说[1]。沙漠冒险的情节属于现代女性旅行叙事,本身已足以彰显女性"自我想象的合法性……及进入社会公共领域"[2]的权利。这类叙事常常展现"自由的年轻女性,热爱冒险,钟情远行",旅行中不断"呈现异域风情和女性性意识,以吸引更多的女性读者"[3]。韦尔蒂是否读过穆尔(E. M. Hull)的原著小说《沙漠情酋》(1919)已难考证,但小说及其改编电影对女性冒险旅行的呈现、流动性别身份的实验,以及性别一种族他者化的挪用生动地演绎了自由独立的现代新女性形象,与韦尔蒂的南方写作简直异曲同工。在厘清"电影现代性给美国南方带来的冲击时,鲜明的性别与地域问题"[4]是小说家文学探索的核心。可以说,韦尔蒂同弗吉一样,在电影世界里体认强大的"力量与充

---

[1] Ann Ardis, "E. M. Hull, Mass Market Romance and the New Woman Novel in the Early Twentieth Century," *Women's Writing*, vol. 3, no. 3, 1996, pp. 287 – 296; Patricia Raub, "Issues of Passion and Power in E. M. Hull's *The Sheik*," *Women's Studies*, vol. 21, no. 1, 1992, pp. 119 – 28.

[2] Ann Ardis, "E. M. Hull, Mass Market Romance and the New Woman Novel in the Early Twentieth Century," p. 294.

[3] Julia Bettinoti and Mari-Françoise Truel, "Lust and Dust: Desert Fabula in Romances and Media," *Paradoxa: Studies in World Literary Genres*, vol. 3, no. 1, 1997, pp. 185 – 89.

[4] David McWhirter, "Eudora Welty Goes to the Movies: Modernism, Regionalism, Global Media," *Modern Fiction Studies*, p. 81.

沛情感",以自己独特的方式书写、想象甚而重构南方家园与共同体。

纵观文学与哲学研究史,现代性一直是人们口诛笔伐的对象,甚而被视作洪水猛兽、罪恶渊薮——劳动异化导致人的物化与异化,对理性的盲目推崇催生了官僚化的世俗社会,在祛魅的迷途中遗失信仰与灵魂,技术革命带来的大众传媒更使人们堕入空虚的"娱乐至死"的处境。但另一方面,现代性与消费主义、工业主义也可成为积极的力量,"普通个体得以将宏大的社会体系与日常生活中的体验、欲望、矛盾相勾连"①,于寻常处中觅得启示、安顿自我,甚至抵抗困倦和虚无。对南方作家尤其是韦尔蒂而言,现代杂志媒介与电影技术则成为创作文学的灵感源泉,这不仅体现在叙事技巧的革新,更表现为一种具有世界主义视野的南方现代主义。

现代性力量不必总是宏大的叙事,关乎共同体或民族国家的命运沉浮,个体细微的知觉感受也可以很"现代","在个体最私密、最枯燥的生活体验中……睡梦、幻想、观看、服装样式、身体装扮"甚至"发肤毛孔、心跳的节奏"②都能感受现代的"情感结构"。这种具身性的个体感觉是自我意识觉醒的标志,也使得对传统和权威的想象性抵抗成为可能。在女性主义传统中书写女性的欲望和经验,呈现女性求新求变的现代精神面目,同时揭示南方文化传统的内在运行机制及其弊病,这正是韦尔蒂南方现代主义的核心内涵。

---

① Rita Felski, *Doing Time: Feminist Theory and Postmodern Culture*, p. 68.
② Ibid., p. 66.

第二节 重农主义文学与"南方神话"

从南方性、地方精神到南方家园,"独特的"南方文化不仅是南方文学的传统主题,更沉淀为一种文化神话。对"南方文艺复兴"中的"重农派"(Agrarians)作家唐纳德·戴维森而言,南方作家理应书写南方,将南方"描绘成家园,亲密而熟悉的地方"①。虽然家庭和家园并非南方独有,但家庭、家园与地方的有机结合,成为一种精神依归,却是南方的特殊属性,因为它们共同构筑了独特的南方身份。因而,美国南方文学中对"家园和地方的渴望其实是对共同体和南方身份的渴望"②。不过,南方文学批评家波克曾一针见血地指出,南方文学批评"过于崇拜家园和地方"而使之成为"一种神话"③。"南方"绝非仅仅是一个地理和精神家园的标签,而是承载了非凡的象征意义——一种彰显南方价值观和南方身份的文化建构。对南方价值观和南方身份最重要的文学与文化构建,当属20世纪20年代末风起云涌的南方文艺复兴运动,尤以拒斥现代性、拥抱传统农耕文明的"重农派"文人与"逃逸者诗人"(Fugitives)为代表。

南方社会进入20世纪尤其是"一战"之后经济有了长足发展,战时的资本主义工业成为南方现代化转型的契机。与经历现代化的很多社会一样,伴随商业和经济高速发展的同时是愈演愈烈的社会问题。一方面,随着现代社会和市场经济的发展,旧南方的英

---

① 转引自 Catherine Seltzer, *Elizabeth Spencer's Complicated Cartographies: Reimagining Home, the South, and Southern Literary Production*, Palgrave Macmillan, 2009, p.29.

② Charles Reagan Wilson, "Literature and Religion," *Encyclopedia of Religion in the South*, Samuel Hill, et al., eds., Mercer UP, 2005, p.468.

③ Noel Polk, *Faulkner and Welty and the Southern Literary Tradition*, p.141.

雄传统日渐凋零,而"一战"引发的文化危机更令南方人民"与传统脱离之感日益强烈,传统变得既遥远又强大,难以承受却又无法回避"①;另一方面,著名文化批评家 H. L. 门肯的讥诮着实刺激了南方作家们的敏感神经——"尽管南方地大物博,自诩文明进步,可不管在艺术、文化还是思想方面,它都如撒哈拉沙漠一般贫瘠","'内战'似乎扑灭了传递传统的火炬,只留下一群田间劳作的农民"②。面对不断渗透的现代化及工业资本主义,南方文艺复兴应运而生,《两面派》(The Double Dealer)、《评论家》(The Reviewer)、《肯扬评论》、《逃逸者》、《南方评论》等文学杂志如雨后春笋相继创办,同时涌现出一批文坛翘楚如福克纳、凯瑟琳·安·波特、兰瑟姆、罗伯特·佩恩·沃伦等。在这一作家群中,田纳西州纳什维尔的几位诗人志趣相投,组成"逃逸者"诗社③,所宣扬的文学与文化纲领独树一帜,引起美国文坛的瞩目。逃逸者诗人的文学初衷是"站在现代派的立场,反对南方风雅文学和文化,既反对旧俗套,也反对新俗套,但并不排斥吸收传统文化中的精华"④。

"逃逸者"诗人起初专注于诗艺的切磋,但 1928 年前后,直面资本主义冲击、维系南方文化传统愈发成为他们的艺术关切。范德比尔特大学著名历史学家弗兰克·奥斯利与安德鲁·莱特尔等人掀起的抵制北方工业主义、守卫南方传统的重农主义运动对"逃逸者"诗人也产生重大影响,尤以兰瑟姆、唐纳德·戴维森与泰特

---

① Richard King, *A Southern Renaissance: The Cultural Awakening of the American South*, 1930—1955, Oxford UP, 1982, p.16.

② H. L. Mencken, "The Sahara of the Bozart," *The American Scene: A Reader*, Huntington Cairns, ed., Alfred A. Knopf, 1977, pp.157–58.

③ 成员包括范德比尔特大学的英文教授约翰·克罗·兰瑟姆、沃尔特·科里(Walter Clyde Curry),以及西德尼·赫希(Sidney Hirsch)、唐纳德·戴维森、约翰·埃利奥特(William Yandell Elliot)、斯坦利·约翰逊、亚力克·斯蒂文森(Alec B. Stevenson)、梅里尔·摩尔、艾伦·泰特、杰西·威尔斯(Jesse Wills)、艾尔弗雷德·斯塔尔(Alfred Starr)及罗伯特·佩恩·沃伦。

④ 张子清:《20 世纪美国诗歌史》,南开大学出版社,2018 年,第 285 页。

三人为甚。自殖民时期起,南方一直是传统的农业社会,农耕生活既构建了牢固的人际关系和情感纽带,也使人们对土地和南方产生了深挚的热爱,激发了强烈的地域归属感和身份认同。南方沉重的历史与悠久的传统、那些古老的骑士遗风、对家庭的重视等进一步强化了南方人的共同身份和信念。重农主义者预言,这些宝贵的传统和文化都将受到资本主义工业经济的巨大冲击,南方传统农耕文明中的融洽人伦关系与自给自足的生活方式将一去不返,取而代之的是利益剥削、精神空虚、唯利是图。不仅如此,有机的社会结构将被撕裂,阶级分化、庸俗腐败、道德败坏等社会问题将不断涌现。1930年,他们的激烈宣言集结成书,《这是我的立场:南方与农业传统》横空出世,在美国文坛引发轩然大波。重农派人士在前言《原则声明》中开门见山,直陈著书的目标即是"捍卫南方生活方式,反击美国或曰社会主流方式……农耕反对工业"①。之所以反对工业资本主义是因为"宗教将不再兴盛",自然环境将被破坏,失去"神秘和震撼的魅力",南方人引以为傲的"源自旧南方的[美德]"也将消失殆尽②。艺术难再繁荣,因为人的艺术感受力随着自然和自然生活逐渐退化,生活将彻底失去自由。在这一总体性纲领之下,十二位重农主义者又从不同维度条分缕析,以相当的感情和热情陈述他们的理想和对现实的批判。

在此书开篇《历经变革但信仰不渝》一文中,兰瑟姆详细阐述了为何农耕文化有独特的价值,尤其在美国大肆宣扬进步主义的时代。他将南方文化比作历史悠久的英格兰,两地皆热爱自然乡野,生活富于浪漫气息,自给自足。这样的生活富足稳定,人际关系健康和谐。相比之下,现代都市生活则是反自然的,"心灵失去了自由",熙攘的人群与喧闹的机器更让人抑郁消沉、精神异化,

① Twelve Southerners, *I'll Take My Stand: The South and the Agranian Tradition*, Louisann State up, 2006, p. xli.
② Ibid., pp. xlvi, xlviii.

"亲密的情感和深沉的记忆只存在于偏远地方富有生活气息之处,川流不息的繁华生活中记忆无法扎根"①。于兰瑟姆而言,都市现代性让人生厌是因为人们的情感和记忆被撕裂,主体性也就消散了。这与本雅明对"现代性的震惊"的剖析殊途同归——在喧嚣的城市现代性中,转瞬即逝的经验根本无法进入意识或沉淀为记忆,人们失去了与他人、过去的联结,自我变得混乱而断裂,成为孤独的个体。是记忆甚或怀旧让人避免精神上的流浪,让人类共同体不至于背井离乡、分崩离析,即使为眼花缭乱的现代物质主义迷惑,精神上仍有某种归宿,恰似《旧约》历史记忆之于古希伯来人的信仰之用。

随后兰瑟姆将矛头指向了美国风起云涌的进步主义运动。他将美国进步主义者喻为"西进运动"中英勇的开拓者,但似乎忘了开拓疆土的目的到底为何。不止如此,"进步的理念指向人不断膨胀的最终完全驾驭自然的权力;这一理念既让我们自高自傲,同时使我们的生活变得残酷"②。来自北方的进步主义运动摧毁了南方的社区、文化、人的尊严与精神,演变成一种"纯粹的工业主义"。它"促使人们运用先进的科技,以个人生活的舒适、休闲甚且幸福为代价,剥削征服自然"③,摧毁了"人类最古老、最美好的生活形态——对土地的眷念"④,人变成工业大军中的一员,生活严重异化。更糟糕的是,兰瑟姆断言,工业主义将效率和财富变成生活本身的目的而非通向更好的未来——且不论其所预示的美好未来虚幻而遥不可及,如此工业主义与进步主义的意义皆需重新评估。等而观之,南方的农业不仅是谋生,也是一种生活方式。农耕生活毫不机械,农民不受"时间的暴政"的摧残,而是可以亲近神秘无垠

---

① John Crowe Ransom, "Reconstructed but Unregenerate," *I'll Take My Stand: The South and the Agrarian Tradition*, pp.5, 10.
② Ibid., p.10.
③ Ibid., p.15.
④ Ibid., p.19.

的自然。如此的生活"产生了哲学甚至宇宙意义。他可以冥想沉思,获得爱与敬畏的能力"①。在南方,物质财产不是评判个人价格或文化信仰的标尺,因为南方人追求"生活的艺术而非逃避的艺术;他们拥有艺术共同体,每个社会阶层都参与其中。南方闲适的生活本身就是一种综合艺术"②。南方人的生活虽然不富裕精致,但也都是拥有自己地产的绅士。对于人们常诟病的种族问题,兰瑟姆认为,"奴隶制在理论上极为邪恶,但在现实中其实很有仁义;此外,废除奴隶制不可能为南方社会带来任何重要的革命"③。

不论针对工业现代性还是种族问题,兰瑟姆的文辞保守而狭隘,全篇充斥着对旧南方过度的理想化,显得故作伤感。他对自然的歌颂及对现代科学技术的批判可窥见欧洲浪漫主义文学的影响。但认为农耕生活并不机械,有冥想哲学意义的悠闲甚至是一种艺术的生活,如此认识实在过于肤浅,重农派寄身书斋完全脱离了南方社会现实。更为不堪的是对奴隶制的盲识与辩护,陷入白人中心主义而毫无意识,要捍御"所有受到威胁的传统事物"④的宣言反倒折射出南方社会变革之际白人内心的危机。兰瑟姆对进步主义意识形态的抨击在莱尔·拉尼尔的文翰中得到强烈的呼应。但不同于前者伤感怀旧、满纸浮语的笔触,拉尼尔的《进步主义哲学批判》行文如水银泻地、神完气足,对进步主义进行深刻解剖,闪亮着许多惊人洞见。

拉尼尔首先指出,历史上来看,对于文明进步一直有两种对立的观点。德国历史学家奥斯瓦尔德·斯宾格勒以《西方的没落》(1918)唱出西方文化衰落的挽歌,而美国实用主义哲学家杜威则相信现代工业技术是社会发展、文化繁荣、人格提升的保障。众所

---

① John Crowe Ransom, "Reconstructed but Unregenerate," *I'll Take My Stand: The South and the Agrarian Tradition*, p.20.

② Ibid., p.12.

③ Ibid., p.14.

④ Ibid., p.22.

周知,杜威的"复兴的自由主义"强调政府和社会结构及社会活动都应以个人智力发展和道德完善为目的。全社会最高之目标是"每个个体可以自由地进行智力活动,不受种族、性别、阶级或经济状况的限制"①。拉尼尔认为,杜威将工业技术视为实现这一目标的途径,因为它有助于信息流通、人员互动,打破教育、阶级、性别等因素造成的壁垒,人们一起工作、自由交流有益于"解放个人能力",人们能够带着情感和思想参与到劳动中。这是一种自由智力的表达,也是实现社会改良的途径,这是杜威竭力倡导的"复兴的自由主义"理想。杜威指出,美国"大萧条"的经济危机充分说明当前的政治管理理念与古典自由主义经济哲学在美国已行不通,国家必须进行改革。政府应承当更多的责任,加强对社会的领导和干预,不能完全"放任不管",改革的目标应是人人参与、自由表达的民主社会,亦可称为民主社会主义或自由社会主义。在这样的社会中,公民能够"自由地进行智性的探索、讨论、抒发观点,个人能力得到发展"②,"自由主义者分散甚至冲突的活动能够有效地联合起来"③,充满活力的民主社会也得以实现。如此的新自由主义经济也能够对巨型企业进行集体管控。

　　杜威是拉尼尔《进步主义哲学批判》的主要对话对象。这位实用主义哲学家的许多观念绝佳地体现了美国20世纪30年代的进步主义思想,而拉尼尔对此显然持相反立场。他认为在美国,"进步既是社会标语也是一种哲学理念,以实现社会管控,灌输'伟大征程'的集体信仰"④。这一理想将公众麻醉,使人们投入对未来的疯狂追逐当中,而"衡量'繁荣''高质量生活''进步'的标准就是

---

① John Dewey, *Reconstruction in Philosophy*, *The Middle Works, 1899—1924*, vol. xii, Jo Ann Boydston, ed., Southern Illinois UP, 1976, p.186.
② John Dewey, *Liberalism and Social Action*, Capricorn Books, 1963, p.32.
③ Ibid., p.91.
④ Lyle H. Lanier, "A Critique of the Philosophy of Progress," *I'll Take My Stand: The South and the Agrarian Tradition*, p.122.

物质商品的大量生产与消费"①。对个人权力和自由想象亦然，"进步时代的美国，大众消费却成为一种新的、对自由的理解的基础，那就是，自由意味着人应该拥有获得现代资本主义所创造的丰富商品的权利"②。不仅如此，现代工业根本无法管控，巨型企业对人民福祉毫不在意，毫无社会责任感，而只顾大肆敛财，进行前所未有的压榨，"政治权力和政府监管的集中扩大并未实现任何真正的社会主义，反倒可能促进经济垄断，因为政府机构的管控依赖工业利益"③。拉尼尔虽未明言，但对巨型垄断企业的忧虑在其时整个美国社会迅速蔓延。1911 年 3 月，纽约格林威治村区的三角连衣裙公司发生重大火灾，146 名工人命丧火场，因为工厂老板为了防止工人偷窃货物和擅自使用厕所而将安全出口封锁了。受害的女工绝大多数是年轻的犹太裔和意大利裔移民，她们每日在缝纫机前劳动，工资每周只有 3 美元。就在两年前，当该厂 200 名工人试图加入国家女装工人工会（ILGWU）时，她们立即遭到解雇，这成为当年逾两万人大罢工的导火索，她们的诉求之一正是更安全的工作环境。更糟糕的是，"20 世纪初，几乎在美国的所有地方，经济和政治权力的集中化现象已经非常明显——由一小撮华尔街的银行家和大公司主管组成的小圈子掌握着巨大的经济权力，腐败的政治机器操纵着民主制度"④。

对于个体互动，拉尼尔也有不同观察：现代工业社会以效率和逐利为最终目标，工厂和公司中人与人的交流贫乏得可怜，更无暇顾及精神上的沟通。这样的环境不仅不会滋养人格的发展，反使得人变得隔绝和异化。麦尔维尔笔下的文书巴特比是印证拉尼尔

---

① Lyle H. Lanier, "A Critique of the Philosophy of Progress," *I'll Take My Stand: The South and the Agrarian Tradition*, p.123.

② 埃里克·方纳：《美国历史：理想与现实》（下），第 851 页。

③ Lyle H. Lanier, "A Critique of the Philosophy of Progress," *I'll Take My Stand: The South and the Agrarian Tradition*, p.142.

④ 埃里克·方纳：《美国历史：理想与现实》（下），第 842—843 页。

持论的典型案例。杜威的理想或许只能于农耕社区里实现,因为在农村人口稳定,彼此熟悉,农业活动不追求效率至上。更重要的是,农耕生活有利于家庭和社会共同体的稳定,这样的环境中个体"拥有共同的经历,健康的环境,趣味相投,性格相融"①。行书至此,拉尼尔对文明或进步的根本目的提出了疑问。他发现不少进步主义者拥护的企业工业制度在理论与实践方面存在巨大的鸿沟:商品交换、经验共享应该使人们生活更富足、社会更公正平等,但现实却是自"工业革命"以来,社会经济上工人剥削从未停止其至愈演愈烈,在精神或人格上忧郁异化越加普遍。如此"进步"真的是理所当然吗?难道不是文明的堕落?拉尼尔强调城市的魅力无比虚幻,而农业却一再被故意贬低、歧视,贫困的农民为了生计不得不背井离乡,前往城市被剥削,被灌输要努力工作、早日实现"美好"(不必要的奢侈品、愈加隔绝的)生活。拉尼尔最后指出,进步主义时期的工业主义绝不仅是机器和工业技术,而是一种发展理念,它将"经济、政治、社会等领域全国的资源集中投入到商品的永不停歇的生产与消费之中"②。如果将北方工业主义的资源与创造力注入农业文明,与南方农耕文明相融合,取长补短,放弃对经济利益和奢华的一味追逐,那么美国社会可以变得更好,这也理应成为社会科学与哲学文学努力的方向。

在论析美国进步哲学的内在矛盾时,拉尼尔纵论古今,从古希腊哲学到德国唯心主义再到以威廉·詹姆斯、杜威为代表的当代实用哲学,笔触细腻,观察肯綮而不伤感,展现出与兰瑟姆迥然不同的理路。在捍卫南方文化传统、批判工业主义时,重农派皆能另辟蹊径,细致推衍他们的思想和理想。又如艾伦·泰特从"南方宗教"视域中发掘现代性带来的世俗的拜物主义也对南方的宗教造

---

① Lyle H. Lanier, "A Critique of the Philosophy of Progress," *I'll Take My Stand: The South and the Agrarian Tradition*, p.146.

② Ibid., p.148.

成巨大威胁,而宗教的衰落首先将导致南方传统美德和共同体的衰落。自足的农耕生活与农业共同体可成为防范个人主义与资本主义侵蚀的堡垒。安德鲁·莱特尔从消费主义角度披示出市场经济和消费商品对南方小农经济生活的冲击,而罗伯特·佩恩·沃伦与斯塔克·杨分别揭露工业主义对南方社会稳定带来的诸多弊病。与兰瑟姆一样,年轻的沃伦同样辩称种族隔离在南方是合理的社会形态,杨则论证了有序、分明、融洽的传统社会结构之于南方的深远意义。总之,在重农派作家的眼里,南方社会历史悠久,地域文化独特,南方的宗教哲学能够制衡北方堕落的工业主义。在生活上,南方人追求浪漫和艺术,珍视美德,种族关系和睦融洽,既然美好的旧南方一去不返,当下更值得珍惜,因为未来决不可期。这与韦尔蒂的南方书写形成鲜明对比——传统与当下是栖栖泥淖,压抑而排外,女性不得不在远行和自我流浪中寻求自由,姿态决绝而毫无感伤之处。对于进步主义运动,韦尔蒂也不全然目为洪水猛兽,而视作标志南方发生变革、女性获得解放的灯塔。

对于如何定义进步主义,美国学界自20世纪初便一直聚讼纷纭。有学者视之为一种平民运动,是"人民"(尤其是工人阶级与移民)限制"特殊利益团体"的权力反抗,因为在政治改革中,政商等特殊利益团体在实现社会和经济目标中作用崛起,趁机攫权,"进步主义是试图控制商业的活动"[1]。也有学者将进步主义描述为道德正义行动,政治家希望借此"不仅能改造政府和政治,而且能改造美国人的生活方式、思想和交流方式"[2],是对美国古典自由主义传统的修正,路易·哈慈的《美国的自由主义传统》是这一派研究的经典之作[3]。在新左派史学家看来,进步主义运动"实质是

---

[1] 艾伦·布林克利:《美国史(二)》,陈志杰等译,北京大学出版社,2019年,第846页。

[2] 艾伦·布林克利:《美国史(二)》,第848页。

[3] Louis Hartz, *The Liberal Tradition in America*, Harcourt, Brace, and World, Inc., 1955.

一场社会上层(政治与经济精英)为了阻止更为激进社会变革(特别是马克思影响的扩大)而采取的主动调整,其核心是维护法团资本主义的社会政治秩序,是保守主义的胜利"①。霍林斯沃斯等早期政治学者甚至认为,进步主义与新自由主义极力倡导的政府干预、政府管控实际上为国家集权管控埋下了隐患,是"政治权力极端集中的第一步"②。杜威的实用主义哲学主要意图虽旨在修正美国古典自由主义,但其弘旨却是复兴的自由主义和全民讨论的民主政治,人们不会为经济状况而担忧,而将个人的智力投入到更加艺术、更加道德的生活之中。这是对进步主义导致的极端政治的有力制衡。另一方面,杜威已注意到商业巨贾不断膨胀的特权,1932年他在全国有色人种协进会的发言中强调"美国今日面临的真正政治议题是经济、工业、金融等方面的问题,两个传统政党……对普罗大众都虚与委蛇……商业和金融机构才是真正控制公众生活的幕后黑手"③。华尔街的银行家和大企业拥有巨大的经济权力而开始主导人们的生活。历史学家发现,在进步主义时代,市中心大型百货公司不断涌现,郊区连锁店也层出不穷,代销和邮寄业务的兴起也直接刺激了商品消费的兴盛,大众消费成为新时尚。自由被赋予新的含义,它"意味着人应该拥有获得现代资本主义所创造的丰富商品的权利"④,即在商品消费中"享受"自由。对于这种虚伪的消费自由,美国煤矿工人工会领袖约翰·米切尔曾给予强烈谴责,"如果一个人的家庭必须用明天才能挣到的钱来购买今天需要的食品,他就不是一个自由的人",因为"拥有自由,意

---

① 赵辉兵:《美国进步主义运动研究中的新趋势》,载《学海》,2015年第5期,第207页。

② 同上,第207页。

③ John Dewey, "Address to the National Association for the Advancement of Colored People," *Later Works*, 1925—1953, Ann Boydston, ed., Southern Illinois UP, 1987, p.229.

④ 埃里克·方纳:《美国历史:理想与现实》(下),第851页。

味着一个人必须摆脱那种因饥饿和匮乏而令人痛苦不堪的恐惧"①。

自由是美国建国后所追求的最重要的价值观,是新生的"国家制度最独特的灵魂"②。惠特曼在《草叶集》(1855)的序言里热情歌颂美国人"对自由永恒的依恋"③。在《论美国的民主》(1835)一书中,法国政治学家托克维尔也注意到美国社会对自由的顶礼膜拜。19世纪上半叶,交通和通信技术的快速发展带来了一场"市场革命",经济的繁荣也促使人们必须重新定义自由的内涵,"将自由与经济、迁徙自由以及参与生机勃勃的民主政治"④紧密相连。经济上的自由即不被奴役,能够独立参与经济竞争而改变命运,这成为美国文化中对自由的经典理解。这也是为何当时的社会批评家激烈抨击工资劳动制在本质上是奴隶制,因为个体的生计受其他人所缚,时时为挨饿和贫乏的恐惧所困——这正是马克思对异化的生动描绘。麦尔维尔的《文书巴特比》(1853)、《少女的地狱》(1855)便是对商业/工业系统摧残人性的绝佳演绎。值得注意的是,进步主义运动中大企业对消费自由的鼓吹使其成为"美国梦"的现实具象,经济上的失利甚至社会的不公因此都被归结为个人的失败,政治和商业可以自然地推脱责任。克里克认为,"将人民不断地划分为不同选区,让他们为一点残羹冷炙勾心斗角",这是巨型企业"有效地维系自身权力"⑤的阴谋。

20世纪美国社会关于进步主义运动尤其是个体自由的辩论

---

① 约翰·米切尔:《一个工人的"产业自由"的概念》(1910),转引自埃里克·方纳:《美国历史:理想与现实》(下),第865页。

② 埃里克·方纳:《美国历史:理想与现实》(上),王希译,商务印书馆,2017年,第395页。

③ Walt Whitman, *The Portable Walt Whitman*, Michael Warner, ed., Penguin, 2004, p.331.

④ 埃里克·方纳:《美国历史:理想与现实》(上),第396页。

⑤ Nathan Crick, *Dewey for a New Age of Fascism: Teaching Democratic Habits*, Penn State UP, 2019, p.84.

是理解南方重农派的关键线索。自由、自主、独立是重农派文人笔下反复出现的核心语汇,他们认为,在农耕文明中,农民经济独立、生活自主,有充足冥想和回忆的空间以及和睦的社区共同体,这些使个体有人格尊严和自由灵魂;城市生活则逼仄异化,虚假的诱惑使人深陷其中如入囹圄。不论是对自然的大规模开采,还是对人的深度剥削,重农派对资本主义弊端的揭示与批判深中肯綮,极有效力。但与此同时,我们不应忽视潜藏在这些社会批判背后更多复杂的问题。他们祭出的南方传统大旗清晰耀目,传统背后显现的底色却斑驳不堪,深陷于继承、批判、迷恋的旋涡之中,因为岌岌可危的合法性而无限挣扎、无法自拔,对南方社会结构尤其是种族秩序的捍卫是突出的症候。苏珊·唐纳德森注意到,重农派的自我危机不时从文字论述的表层浮现:

> 反复出现于每一篇笔札的主题是自我危机的不自觉的流露——南方白人男性在现代性的引力中苦苦挣扎,这既有令人异化的市场经济,也有地方记忆与悠久历史即将被曾经附属于白人父权的人群攫取,即白人女性和非裔美国人,他们借着变革的东风变得强大起来。①

在重农派《这是我的立场》的激昂文字背后确实隐隐可见一种自我孤立与偏狭固执。虽然戳中了资本主义经济发展带来的蠹弊,但是对南方农村认识十分浅陋,对旧南方种植园主悠闲生活的怀旧反映出落后保守的世界观和价值观。这种怀旧情绪孕育出一种关于美国南方世外桃源的现代神话——"南方自耕农纯洁得像亚当,过去自给自足的农庄是失乐园,北方大工商业者成了撒旦,

---

① Susan Donaldson, "The Southern Agrarians and Their Cultural Wars," *I'll Take My Stand: The South and the Agrarian Tradition*, p. xv.

地狱便是现代化城市"①。重农派对南方的激烈捍卫在突出自我立场的同时,也暗暗将非裔和白人女性噤声和边缘化,因为旧南方文化的本质便是种族隔离与父权秩序。在传统南方人的眼里,"奴隶制是南方文明最可靠、最可行的根基"②。即便在韦尔蒂创作的20世纪三四十年代,种族不平等依旧被视为自然而妥当的社会形式。重农派对南方传统的捍卫、对南方独特文化的缅怀营造出一种例外主义神话,即,南方文化是"独特的"、"有机的"且"显而易见",它深深植根于南方截然不同的土地和历史传统。源自旧南方的美德、文化、宗教是北方工业主义的天然堡垒。这种"自我他者化"也清晰地映现于重农派对进步主义中的个人主义的批判之中——对于工业主义导致的资产阶级自由化与个人主义,南方文化对家庭与社区共同体的珍视是抵制这些有害价值观的有效出路,个人主义无法成就已问题重重的民主社会,因此南方传统社会形态更具优势。

显然,重农派对旧南方传统与社会结构的巧辞置辩与韦尔蒂南方现代主义截然相对。在象征的层面,重农派文人俨然成为韦尔蒂笔下抱残守缺而病态奄奄的男性,僵守传统与伦理纲常,而以弗吉为代表的灵动的女性则以各种越界和反家的流浪与漫游反叛所谓的传统、习俗与现实秩序。两者迥异的立场最终体现为对"南方"共同体神话的冲突描绘。伯曼提出,"现代主义文学的一个常见关切是家庭、社会与政治文化领域的核心权威,背景则是20世纪上半叶欧洲和美国不断遭遇危机的共同体"③。言下之意即在信仰凋零、权威不断衰落的世俗化时代,共同体与统一的身份政治也面临着土崩瓦解。在南方文艺复兴作家尤其是重农派文人的笔

---

① 张子清:《20世纪美国诗歌史》,第289页。
② Elizabeth Fox-Genovese, "The Anxiety of History: The Southern Confrontation with Modernity," *Southern Cultures*, 1993, p.71.
③ Jessica Berman, *Modernist Fiction, Cosmopolitanism, and the Politics of Community*, Cambridge UP, 2001, p.200.

下,对文化传统、种族关系、社会结构的想象最终指向的也是统一的南方共同体。与此同时,韦尔蒂经由女性流浪与漫游叙事抵达的亦是关于南方地域的共同体政治。

"共同体"(community)一词经拉丁语"communis"由法语"comuneté"传入英语,意即"共同享有"。在西方,虽然对共同体意涵的论析古已有之,但对英语"共同体"含义进行全面梳理与诠释的当属英国著名批评家雷蒙·威廉姆斯。威廉姆斯在其力作《关键词:文化与社会的词汇》(1976)中发现,"共同体"于14世纪进入英语词汇后语义的谱系不断变换:既可以指平民百姓、社会组织机构(14世纪),也可指代某一地区的人民(18世纪),或是共同拥有某一事物,如身份、志趣、什物以及同一身份和特征(16世纪)。自19世纪进入工业化社会,"共同体"的含义愈发突出"直接的人际关系","地方性","温暖而令人向往",似乎"从来没有贬义"[1]。威廉姆斯特别指出,现代意义上的"共同体"的"直接性、整体性、深刻性与现代国家或社会里日益形式化、抽象、功利的关系正好相对"[2]。威廉姆斯关注的是传统形态的共同体,背景则是19世纪英国工业化运动对农耕文明的巨大冲击。《城市与乡村》(1973)对传统共同体的危机有更加细致的描绘,"'工业革命'之后,英国乡村日益受到资本主义社会关系和市场经济法则的侵蚀……这在城市和乡村均酿成一股危机",但传统共同体依旧存在,"对于地方上的小地主、租户、工人和农民,先有邻里关系,而后才是社会阶级关系",这种关系"散发出一种关怀,是一种相互依存的关系"[3]。通过对哈代、乔治·艾略特等人小说的剖析,威廉姆斯深入阐述了这种共同体的本质与丰富内涵,米勒将之归纳为"一

---

[1] Raymond Williams, *Keywords: A Vocabulary of Culture and Society*, Oxford UP, 2015, p.40.

[2] Ibid., pp.39–40.

[3] Raymond Williams, *The Country and The City*, Oxford UP, 1973, p.106.

小群家庭聚居于某一个地方而几乎无阶级区分的社会"①。不受资本主义污染因而没有明显的阶级等级制度,少数群体聚居一地因而会产生互帮互助、相互依存的人际关系。借用人类学家雷德菲尔德研究墨西哥农村时的观察,"特征鲜明,规模小,同种族,生活自给自足"②是此类社区共同体的共通之处。鲜明的特征包括地方水土所滋养的迥异的文化习俗、语言习惯、仪式传统等。小规模的人口既使人们"直接的人际关系"牢靠稳固,成为相互依存的关系网和信息网,也易使监视与规训的权力不断渗透而异常强大,这是福柯"监视网络"的要义。

"南方文艺复兴"作家所哀叹和竭力维持的传统南方共同体正是威廉姆斯笔下的那种具有典范意义的"有机"、"温情"、"相互存在"的传统社会结构——基于一时一地、可感有形的共同体。不过,南方在"南方文艺复兴"文人尤其是重农派的笔下绝非仅是客观的现实存在,而已成为一种神话性建构。在这场声势浩大的文化复苏运动中,各路"文化精英竭力建构和控制'南方'"③。例如,在重构南方历史和传统时,南方文艺复兴作家尊崇历史意识,宗旨乃是"回溯传统——借由父亲、祖父这样的人物形象,及象征性的家庭为基本结构"④。这种"通常坐拥地产的白人男性族长的神话形象",塞尔茨进一步开示,是"文艺复兴想象对'家园'以及随之而来的南方身份的[经典建构]"⑤。南方文艺复兴对福克纳的大力推崇,更使"白人男性"成为南方文学甚至南方身份的典范。因而

---

① J. Hillis Miller, *Communities in Fiction*, Fordham UP, 2015, p.6.

② Robert Redfield, *The Little Community and Peasant Society and Culture*, Chicago UP, 1989, p.4.

③ Michael Kreyling, *Inventing Southern Literature*, UP of Mississippi, 1998, p.xii.

④ Richard King, *A Southern Renaissance: The Cultural Awakening of the American South, 1930—1955*, Oxford UP, 1982, p.7.

⑤ Catherine Seltzer, *Elizabeth Spencer's Complicated Cartographies: Reimagining Home, the South, and Southern Literary Production*, p.16.

可以说,对南方家园神话和历史传统的大力宣扬,旨在建构统一的南方身份与共同体的同时,进一步强化了以男权为主导的社会和文化规约。事实上,南方文艺复兴作家的首要职责便是"探索作为家园的南方'传统社会',而拒绝针对南方文化的任何客观评价"①。在南方文学评论界,类似的回避心理同样存在,始终拒绝正视"南方作为社会建构这一问题"②,因为南方的他者化显然利益攸关。据麦克彭森的研究,文学文化界对南方的想象性建构至少可以追溯到20世纪30年代的"怀旧研究"(nostalgia industry)③。总之,强调南方的特殊性,凸显"政府对地域文化的支持使'南方'成为弘扬文化民族主义和文化多样性的工具"④,尤其在资本主义发展遭遇危机的时刻。

"美国内战"之后,美国经历"第二次工业革命",进入镀金时代。自此以降,美国社会一直存在两种相互矛盾的画面:东北部工业和经济迅猛发展,自由、民主、权益成为人们呼喊争夺的权利,而南部地区却仍旧陷于种族隔离、私刑、保守宗教的泥潭,与北方的经济差距日益显著。不过,在南方作家的眼里,落后贫困的南方依然有许多值得称颂之处,它的传统、南方人的道德、骑士精神、淑女文化、家庭关系等皆是北方在现代化进程中所"遗失的美好"。或许南方的"落后"是维系这些美好事物的前提和代价。故而兰瑟姆认为南方人的特质在"整个美国有些格格不入,因为他热爱南方土

---

① Catherine Seltzer, *Elizabeth Spencer's Complicated Cartographies: Reimagining Home, the South, and Southern Literary Production*, p.31.

② Larry Griffin, "Why Was the South a Problem to America?" *The South as an American Problem*, Larry Griffin and Don H. Doyle, eds., The U of Georgia P, 1995, p.13.

③ Tara McPherson, *Reconstructing Dixie: Race, Gender, and Nostalgia in the Imagined South*, Duke UP, 2003.

④ Leigh Anne Duck, *The Nation's Region: Southern Modernism, Segregation, and U.S. Nationalism*, p.11.

地和南方历史,继承了传统的生活方式"①。这种对南方"种植园罗曼司"的大力鼓吹与神话建构是否存在迎合美国社会之于南部的刻板印象,恰如张艺谋电影"审丑"的自我东方化? 如果张艺谋展现东方愚昧落后的电影迎合了西方发达国家观众对不受现代性污染的神秘东方的猎奇式幻想,那么南方文艺复兴对"南方"的建构同样使之成为资本主义现代性的他者,文化稳定,传统绵延,和谐的家庭和伦理道德成为深受"震惊的现代性"所害的人们的某种想象和精神归宿。实际上,农耕文化中的体力劳动本身就是美国文化急需的补药,甚至赋之以一种"神话性的尊严",背后折射出的是人们逃离资本主义市场尔虞我诈、优胜劣汰的心理。如此对纯粹的体力劳动的渴望至少可追溯至"西进运动"②。类似地,对"淳朴"农耕文明的欢呼崇拜反映出对城市世界"冷酷无情的社会现实和技术现实感到厌恶",显露出从权力和世故向安宁和纯真迁移的真诚渴望③。这种"文化多元主义"自然也可为其时政府推行的进步主义政策正名。

但作为他者的南方并不总是历史怀旧的面目,也可以是美国社会和政治中的"问题"。潜藏在南方一贯"落后"、急需改变的形象背后的是"在影响国家记忆和政府政策上'南方联邦的意识形态的胜利'"④。总之,不论是种植园罗曼司还是"问题南方",文学与电影表征甚至政治话语中,南方皆以文化差异的他者形象展现,其白人中心的社会结构与稳定秩序使之成为美国民族主义的核心部分。如巴特勒所言,民族主义乃至民粹主义的出现常常是国家遭遇危机的时刻,"将整个共同体认作言说的对象,以推进某些政策

---

① Twelve Southerners, *I'll Take My Stand: The South and the Agrarian Tradition*, p.1.
② John Fiske, "Jeaning of America," *Understanding Popular Culture*, pp.1-2.
③ 利奥·马克斯:《花园里的机器:美国的技术与田园理想》,第3—13页。
④ Lee Anne Duck, *The Nation's Region: Southern Modernism, Segregation, and U.S. Nationalism*, p.20.

或事业,而在其他时候民众也许会对这些漠不关心或心存怀疑"①。盖尔纳认为民族主义的建构完全是为现代工业主义服务,因为工业主义需要"文化同质性,通常由某种客观、重要的事业产生,最后的形式便是民族主义"②。如此也就不难理解为何以民主自由自诩的美国政治却对南方的种族隔离、私刑、贫困落后始终视而不见。重农派对地域文化的宣扬与华盛顿政客对民族主义及多元传统的需求桴鼓相应,共同助力进步主义政治的大船加速前进。

那么,韦尔蒂如何看待南方作家的地域主义?同福克纳一样,韦尔蒂的创作大多以南方小镇为背景,从女性视角讲述女性经验,同时呈现南方社会的世事变迁与人性善恶。不过,韦尔蒂从不喜"女权主义"或"地域主义"之类的标签,认为标签化"无法准确呈现建立在地方生活素材基础之上的艺术创作",即"对生活的书写"③。这一写作理念一方面强调艺术的普遍性(如对人性和精神困境的揭示),同时暗示出作家对传统地方题材背后的文化政治的背离。对于共同体与民族主义的政治,韦尔蒂应当了然于胸。不论是对重农派的委婉批评抑或以充满戏谑的象征性叙事揭露优生学代表的科学现代性及所裹挟的现代民族主义对南方传统社会的冲击,韦尔蒂的女性叙事尤为注重反抗统一性的身份政治。如若"现代民族—国家的构建不断要求一切社区共同体以忠诚和附属关系团结一致"④,那么韦尔蒂反传统的"反共同体"写作抵制的对象便是民族政治与南方父权制形成的共谋机制。她笔下的空间越界与漫游流动呼求的不是忠贞与隶属,而是解放与自由。各类越界与漫游使不同遭遇成为可能,并最终沉淀为经验与知识成长。

---

① Anthony Giddens, *Nation-State and Violence*, Polity Press, 1985, p.91.

② Ernest Gellner, *Nations and Nationalism*, Blackwell, 1983, p.39.

③ Eudora Welty, "Place in Fiction," *The Eye of the Story: Selected Essays and Reviews*, p.132.

④ Arjun Appadurai, *Modernity at Large: Cultural Dimensions of Globalization*, U of Minnesota P, 1996, p.189.

"对诸如'地域'、'地方'以及'想象的共同体'等概念的反思,似乎有些太迟",麦克维特在《论新南方文学研究》时指出,必须挖掘"所谓统一的'南方'背后文化、语言、阶级还有社会差异",体察南方作为叙事背后的"一系列整体性神话"①。韦尔蒂的女性叙事努力展演传统与权威之下的各种差异,她反家的女性漫游主义解构了"南方"整体性神话,以迹近让-吕克·南希"无用的共同体"或布朗肖之"不可言明的共同体"展布现代身份认同政治的机制与弊端。

第三节 南方世界主义与"无用的共同体"

正如前文所述,"共同体"一词词根乃是"共同享有"之意,德国社会学家费迪南·滕尼斯将之理解为不依赖语言的地理、血缘、直觉关系的自然联结,是群居部落共同意愿和道德情感的反映。威廉姆斯对英国乡村共同体的审视则进一步明晰了"共有"的丰富内涵——既有地方文化、语言习惯、社会机构等美好的一面,也含家长制的传统秩序、道德规训等负面的机制,它们一起铸就了共同体的"情感结构"。在这样的聚合团体中,人们有了关于共同的起源与未来的神话,也获得性别、种族和民族的身份认同。人们形成相互依存的关系,共同生活和劳作,一起抵御个人和集体生活中的风险和威胁。因而可以说,共同体存在于危机与危险的时刻,个体与集体排斥陌生性和异质性,强化内在紧密而稳定的共同体。

与此类传统共同体思想直接相对的是海德格尔、布朗肖、让-吕克·南希及德里达等人的共同体哲学。他们批判共同体中的个体主义和总体主义,坚称现代世界的共同体不能真正形成,早已遭

---

① David McWhirter, "Introduction: Towards a New Southern Literary Studies," *South Central Review*, vol. 22, Spring, 2005, pp. 2-3.

遇"崩解、错位和焚毁"①,"共同体承认并且铭记——这是其特有的姿态——共同体的不可能性",因为"芸芸众生,终有一死,他们真正的共同体,也即死亡作为共同体,确定了他们的共契不可能实现"②。正如米勒所言,南希"将人看作'独体'(singularities),而不是个体(individualities),也就是将每一个人视为在根本上不同于其他所有人的能动者(agents)。每一独体都拥有隐秘的他异性(alterity),无法向其他任何独体传达。这些独体以他们的有限性和必死性为本质特征"③。南希对死亡和共同体的反思与布朗肖十分相似,后者将死亡(更准确地说是垂死)视作人类个体的本质联系,由此生成"不可言明"的共同体——"将自身置于垂死他人的身旁,他的自我已完全离场,他的结束成为唯一令我关切的死亡,它将我抽拔于自我之外,如此的分离在不可能中却为我打开一个开放的共同体"④。每一个人都无法"经历"死亡,至多是"甚过死亡的垂死",是亲人、朋友甚至陌生他者的死亡带来了神秘的"死

---

① Jean-Luc Nancy, *The Inoperative Community*, trans. Peter Connor, et al., U of Minnesota P, 1991, p.1. 对于南希著作标题的翻译需要稍作解释。如陈旭在翻译 J. 希利斯·米勒《共同体的焚毁》时所言,南希此作法文标题 La Communauté désoeuvrée 直译应为"无用的共同体",英文标题则应译为"非功效的共同体"(参见南希:《非功效的共通体》,载《解构的共通体》,郭建玲、张建华等译,上海人民出版社,2007年,第11—70页)。陈旭选择"无用的共同体"是因为"中国读者熟知'共同体'一词,且中文语境中的'共同体'既可以指具有预设基础、封闭的同质化实体,也可以传达出无关实体指涉的抽象情感和诉求"(《共同体的焚毁:奥斯维辛前后的小说》,陈旭译,南京大学出版社,2019年,第3页)。本书赞同这一译文选择,但更认同米勒在书中的观察,即"非功效"或"非造就"传达出一种"消极状态:现代的共同体只是不奏效了",而原标题对应的 unworked 却强调"某些力量主动地运作,拆解了共同体"(《共同体的焚毁》,第6—7页),粉碎了共同体政治的阴谋,这是南希论述的目标。"非功效"并非真的一无是处,而只是凸显现代共同体(尤其是"二战"后)隐藏的深刻问题。如是,语关"无用之用"的"无用的共同体"可能更切中南希的核心思想。

② Jean-Luc Nancy, *The Inoperative Community*, pp.14-15.

③ 米勒:《共同体的焚毁:奥斯维辛前后的小说》,陈旭译,南京大学出版社,2019年,第19页。

④ Maurice Blanchot, "Someone Else's Death," *The Unavowable Community*, trans. Pierre Joris, Station Hill Press, 1988, p.9.

亡"的秘密。易言之,死亡是一条共通体的密道,即布朗肖所言之"可能性的不可能性"。在南希和布朗肖有关死亡共通体中显见列维纳斯思想的痕迹,在后者看来,死亡是最深刻的"他异性",使我们能体会神秘而不可知的秘密,从而更好地"重回自我"。如巴塔耶所言,"一个活着的人,看到同伴死去,就只能在他自身之外继续活下去了"①。

南希和布朗肖的另一个思想源泉是海德格尔。海德格尔同样否定共同体,原因是共同体使人沉沦、迷失于"常人"之中,那些所谓共享的日常生活、经验不过是无意义的"闲谈",是非本真的交流。言语堕落为无意义的词语堆积,掩饰畏惧、阻碍理解、排斥交流。因此,唯有与"共同体疏离,才能实现已有的潜力,成就真正的自我",自我的实现"不属于任何房子、家庭或共同体"②。相形之下,德里达对共同体的质疑却源于存在于个体之间的绝对的"沟壑"——个体来自不同的世界,主体间的差异"无法横越"。这也许可以借用霍布斯的个体成长比喻表达,"我们将人看成像蘑菇一样,刚从土底下突然冒出来,彼此之间不负有任何义务地成长起来"③。不仅如此,德里达认为个体的绝对他异性使语言建构的统一共同体成为不可能,因为"共同体就是共同自我免疫体……自毁的原理总是消解自我保护的原理"④。如此毁灭性的他异性即希利斯·米勒所言"每一独体都拥有隐秘的他异性,无法向其他任何独体传达",威廉姆斯的乡土共同体完全只是虚构的神话。

虽然巴塔耶、南希、布朗肖反对威廉姆斯的乡土共同体模式,但他们并不认同德里达式的个人的绝对他者性与个体间的鸿沟,而是强调个体与他者共享存在,这也是南希共同体哲学的核心。

---

① 转引自 Maurice Blanchot, "Someone Else's Death," p.9.
② 周敏:《共同体的美学再现——米勒〈小说中的共同体〉简评》,载《外国文学》2019 年第 1 期,第 16 页。
③ 霍布斯:《论公民》,应星等译,贵州人民出版社,2003 年,第 88 页。
④ J. Hillis Miller, *Communities in Fiction*, p.16. 文字强调部分为原文自带。

一方面,他同德里达一样,论述共同体如何已在自身内部发生崩解和错位,"共同体所失去的——内在性与共契的亲密——表明失去是'共同体'本身的构成"①。另一方面,南希聚焦论述共同体的本质——如果传统共同体不断生成关于自身起源与现实生活的神话故事,赋予人们以共同的本质,那么今日的共同体则是一种不可能,"人们只有共同存在,而非某种共同的本质"②,共同体的存在只是一种共通。南希对"存在"(existence)概念的运用显然受海德格尔"此在"的启发。在海德格尔的笔下,"此在"不仅关涉自身的存在,也与他者的存在息息相关。易言之,自我存在于与他者的碰撞和互动之中,在世之在或"在世界之中存在"(being-in-the-world)本质上是"在世界之中与他者共在"。对于海德格尔而言,世界并非仅仅是空间实体,而是个体自我敞开,或与世界进行照面(encounter)的场域。在与他者照面的过程中,个体去除其遮蔽而敞开了自身。因此,海德格尔"此在"的存在具有"被抛状态"(被抛入世)、"筹划"(向诸多可能性敞开)、"沉沦"三方面特征。"筹划"是"分离活动即'出离',它让我们出离自身……使我们从自身之中延展出来……跳跃到可能性之中,但没有让我们失去自身"③。被抛入世的个体以"筹划"向存在的敞开、投入存在,"能够且必须赋予所遭遇的任何事物意义"④,如此而构建自我,走向本真。筹划让个体不再"非本真地沉沦于世,沉沦于与他人的共在,而是在"畏"和"操心"(care)中直面充满不确定性的现实。

在叙述共同体中的个体时,南希对海德格尔有多重借鉴:首先,海德格尔强调人的不可避免的死亡决定了人必须生存,"向死而生"能使个体实现本真状态。其次,海德格尔强调个体独特的生

---

① Jean-Luc Nancy, *The Inoperative Community*. p.12.
② Ibid., p.xxxviii.
③ 托马斯·希恩:《理解海德格尔:范式的转变》,译林出版社,2022年,第140页。
④ 托马斯·希恩:《理解海德格尔:范式的转变》,第141页。

存状态和生命意识,人与其他事物的存在发生紧密联系,"此在作为有所领会的此在既可以从'世界'和他人方面来领会自己,也可以从自己的最本己的能在方面来领会自己"①。与海德格尔的"向死而生"不同,南希在人类共同的死亡宿命中看到了本质的联结或共通。此外,他将人的独特性构建为"独体"而非"个体",同时强调与他者或外部世界的密切联系,从而避免陷入主体的绝对自足性中,也就无法形成共同体。在没有主体的共同体中,独一性的独体在与他者的共在分享中获得了同一性。这是南希对海德格尔继承而又背离之处。

虽然对海德格尔的此在多有借鉴,但南希的共同体强调经验和共在,而非静止的身份状态。"共同存在与……独特的、统一的身份毫无关系",因为单一的身份将共在变成"聚集的存在"②,而前者却是强调"在世界之中与他者共在",突出行动与互动。同理,在摒除统一身份时,南希强调独体"内在的去蔽",因为去蔽"使个体的存在在共同体中无法被预设(正如对待某个事物一样)"③,共同体"完全是去蔽……我自身之外的存在"④。突出外在世界和他者存在的重要意义,这似乎与海德格尔的"筹划"和世界"照面"不谋而合,也是南希强调"独一性"或"他异性"的题中之义,因为共同体是独一性的展露和汇聚,是"独一性'激情'的'释放'","他者的在场并不构成限制'我的'激情的边界——相反,唯有向他者去蔽,才能释放我的激情"⑤。

在强调独一性和去蔽时,南希的共同体思想已经从哲学转向政治。既然独一性存在"既无纽带也无共契,尤其远离任何联结或

---

① 海德格尔:《存在与时间》(修订译本),陈嘉映、王节庆译,生活·读书·新知三联书店,2006年,第254—255页。
② Jean-Luc Nancy, *The Inoperative Community*. p. xxxix.
③ Ibid.
④ Ibid., p.26.
⑤ Ibid., pp.32-33.

从外部加入的观念,远离任何形成内在共同共融的观念","我与你"不是并置或结盟,毫无主体间形成的"社会纽带",也无经济联系或"认可的纽带",而完全是共在和"去蔽"①,那么权威、统一身份、集体迷梦或民族主义便无处安放。它消解了统一性、同质性,摒弃了一致性、连贯性,主动地将期待的、"预设"的共同事业拆解、揭穿、粉碎(unwork)。对于共同体和身份政治,伊恩·詹姆斯认为南希的哲学建构"提供了诸多概念性工具,以此表达对建立在身份假设基础上一切政治和意识形态的质疑"②。于韦尔蒂而言,南方共同体、南方文化、南方身份、地方精神……这些观念正是建立在"身份假设"基础之上,暗含强烈的政治意图与意识形态。而南方"共同体"身份建构的文化根源可追溯至对历史悠久的南方精神和南方气质的神话性建构。共同体需要神话解释其起源与发展,神话能够"揭示和构建共同体的亲密的存在,是其完整和独特的话语表现"③,也赋予其独特鲜明的身份。当共同体的神话被击碎时,人们不再被动地结盟,被赋予的外在身份自动消融,共同体反能回归自身、确立自身,这正是布朗肖"非功效"共同体的含义。在行将消散的共同体神话中,独体与他者的共在得到彰显,一种不同于他者或集体"认可"的身份被重新体验。这正是韦尔蒂早期作品反复书写的母题:四处流浪的女主在反复越界中解构了南方统一的文化与身份神话,自我的成长和裂变不是建立于来自共同体和他者的"认可",而是基于漫游中获得的对女性身体和女性经验的崭新认知与想象。统一而同质的身份,不论是"重农派"文人对南方文化的建构,还是南方现代化需求的民族主义,只会固化南方根深蒂固的种族与性别秩序。

不少论者已指出,南希共同体哲学产生的背景是法西斯将共

---

① Jean-Luc Nancy, *The Inoperative Community*, p.29.

② Ian James, *The Fragmentary Demand: An Introduction to the Philosophy of Jean-Luc Nancy,* Stanford UP, 2006, p.194.

③ Jean-Luc Nancy, *The Inoperative Community*, p.48.

同体推向极权暴力和政治恐怖。共同体的"同一性"必然会导致同质化,因此共同体应关注"共通"而非"共同"。"共通与共契……独特、统一的身份没有任何关联",南希明确强调①,"或任何共同的社会、政治与文化运动"。对同一性身份政治甚至极权主义话语的抵御是南希共同体论述的主要题旨。以此抨击南希无视或是解构传统乡村共同体的美好之处完全是对他的误读。例如,殷企平多次撰文批判南希、米勒等人的共同体哲学,斥之"混淆/偷换概念;以偏概全;解构有余,建构不足",是对共同体研究的"三大要害"②。殷企平捍卫的是威廉姆斯式的"温情"、"相互依存"的传统共同体,在多篇研究论文中数次援引滕尼斯的共同体学说——"血缘""地缘""心缘"(包含共同的信念、理想、志趣、情感、观念等)乃是共同体的本质。与威廉姆斯一样,殷企平从维多利亚时期的诗人和作家——乔治·艾略特、狄更斯、哈代、丁尼生——那里检测到多种乡土式的"情感共同体"或"深度共同体"。据此他认为,南希等人所谓的个体的绝对他者性,宣称"人与人之间无法沟通、交流"完全是无稽之谈,是"以偏概全,混淆视听"。"共同体的事业需要人们志同道合,甚至肝胆相照,但是这并不要求、也没有必要要求人们和盘托出内心的秘密;对于公共事业来说,许多私人的秘密无关大局。"③

南希等人所思索的共同体有其具体的政治和文化语境(即法西斯与集权制度对共同体的利用),因而有其完整的逻辑体系,不应寻章断句而认定其"以偏概全,混淆视听"。如果滕尼斯和威廉姆斯更关注传统的、有形可感的、类似情感的共同体,那么德里达、南希等人关切的则是共同体政治,一种统一性/同一性身份政治及其建构机制。对于共同体存在的形式与可能性、独体与他者的关

---

① Jean-Luc Nancy, *The Inoperative Community*. p. xxxviii. 文字强调部分为原文自带。
② 殷企平:《西方文论关键词:共同体》,载《外国文学》2016 年第 2 期,第 76 页。
③ 殷企平:《西方文论关键词:共同体》,第 76 页。

系、个体与常人的关系,这些思想家的论述固然有激进玄奥的一面,但不能对之完全否定,而应寻绎其固有逻辑,揭示其中玄妙。仅以"个体的绝对他者性"为例,列维纳斯曾对"他者"和"他者伦理"进行过深刻的阐发:

> 他者对我存在的影响是神秘的。它并非未被揭示,而是不可认知,抵制一切理性之光。但这也清楚地表明,他者绝非我的化身,时刻参与我的日常存在。与他者的关系并非伊甸园式和睦的关系,好像共同体一样……我们认可他者与我们的相似性和外在差异性;与他者的关系如同神秘一般。他者的存在的本质是外在性,或曰他异性,因为外在性是一个空间属性,能使主体重回自我。[1]

利维纳斯反对将我们与他者的关系视作融合或是认知与占有,而是一种神秘的不可知。死亡是最深刻的"他异性",使我们能体会神秘而不可知的秘密,从而更好地"重回自我"。人的主体性不止在于拥有或理解,更关键的是对他者保持的开放。对他者性或他异性的重新认识,是后殖民、后人类、生态批评等西方理论思潮的一个重要发展。因此,对南希的指摘"解构有余,建构不足"显然有失公允。

"解构有余,建构不足"是国内外学界对解构主义的常见批评,本质上是彻底的误读。"解构"并非解构主义的首要旨归,其宗旨乃是揭示我们习以为常的偏见、刻板印象甚至"真理"的问题之处("自相矛盾"),使误解消除,新知扎根。以美国解构主义理论发生现实转向的代表性人物巴巴拉·约翰逊为例,她承继保罗·德曼

---

[1] Emmanuel Levinas, "Time and the Other," *The Levinas Reader*, Seán Hand, ed., Basil Blackwell, 1989, p.43.

等人的解构主义语言和修辞观,将之与女性主义、族裔研究及文化批评融合,实践深入的政治文化批判。在体察文本的语言修辞时,约翰逊的解构主义从不炫耀"语言游戏",而是密切关注、叩问文本叙事和语言修辞"差异性"背后的阅读偏见与批评盲识,重构对文本主题乃至文化政治的认知。在女性主义批评中,约翰逊强调对文本修辞的缄默、迟疑、省略、矛盾的细考,挖掘女性自我言说的欲望痕迹和言说图式。这一解构批评本质上是一种极具想象力的"反向阅读","追溯看似自然、毋庸置疑和普遍性背后的历史力量"①,不汲汲于以"内"与"外"的二元隐喻视角阐释主题、句法、修辞、意象的内涵意义,转而关注这些文本元素得以存在和散播的前提设想,剖视它们的前因后果、内部矛盾、突兀断裂等。

解构批评"能够揭示不容忽视的文本结构[与]牢固的规律",乔纳森·卡勒谈及重新认识后结构主义时如是评论,因为意义"依赖于结构"②。无论是反思语言符号的不可靠性,抑或推敲文本结构的内部差异性,约翰逊的解构批评始终秉持对辞章和义理规律的深入挖掘与巧妙辨析。撇开结构与规律,又如何发覆文本内部的断裂、空白、矛盾、不稳定性?回归文学复杂精细的语言修辞和文法结构,"关注文本意义产生的方式而不止于意义本身"③。"强调不确定性并非远离政治",约翰逊坦陈,"不确定性才是政治"④。不论是立足文本复杂的结构与语言修辞,抑或转向文化与政治批评,约翰逊的解构批评始终以对统一性、排他性意义与权威的质疑为根本诉求,在文本内在"差异性"中建构出另一套阐释的路径和

---

① Barbara Johnson, "Translator's Introduction." Derrida. *Dissemination*, trans. Barbara Johnson, Chicago UP, 1981, p. xv.

② Jonathan Culler, "Poststructuralist Turn?" *diacritics*, vol. 47, no. 4, 2019, pp. 38–41.

③ Barbara Johnson, "Teaching Deconstructively," *Writing and Reading Differently: Deconstruction and the Teaching of Composition and Literature*, G. Douglas Atkins and Michael L. Johnson, eds., UP of Kansas, 1985, p. 141.

④ Barbara Johnson, *A World of Difference*, pp. 193–94.

意义。以此类推,对南希、米勒等人当代共同体哲学的理解也必须建立于对传统共同体内涵与形式的深刻认识(共同体的"结构"),推敲信念、理想、志趣、情感等观念是否真正形塑深度的情感共同体。在韦尔蒂的笔下,所谓的南方理想、地方精神、亲情友情恰恰成为令人窒息的社会联结或情感纽带,她们想要远离那些"形成内在共同共融的观念",尤其是宏大的民族主义话语。而"无用的共同体"遭遇了与解构主义(至今依旧)极为相似的敌意,其中不仅暗含对如是共同体思想的误解,同时也折射出男性主导的学界对权威和统一性的维护,及随之而来的对共同体内部复杂与分裂的盲识。

以上对南希共同体哲学的辨析对解剖韦尔蒂的南方共同体思想至关重要。虽然身处美国南方一隅,时隔近半世纪,韦尔蒂却以敏锐的文思展演具有世界主义视野的共同体,并与南希、布朗肖等人形成非同凡响、超越时空的对话。这一世界主义思想的形成自然与其现代主义写作密不可分。众所周知,现代主义文学中主体危机的背后是个体经验与集体历史的创伤和危机,导致了语言与叙事的双重崩塌。进入20世纪,男权危机、移民危机、种族焦虑使本土主义,反犹主义不断涌现,对共同体(相似经验、声音、共通性)大肆强调的结果便是极端民族主义和法西斯。在现代主义文学中,除了传统现实主义共同体的瓦解,因为"对于个性完整性的传统看法被打破了,是因为语言上的混乱,这种混乱源自人们不再相信那种对语言的一般认识,而是将所有的现实都视为主体的虚构"[①]。与此同时,现代主义作品中还孕育出另一种超越政治教条与意识形态的、具有世界主义视野的共同体。杰西卡·伯曼的专著《现代主义小说、世界主义与共同体政治》是研究现代派小说里

[①] Malcolm Bradbury and James McFarlane, "The Name and Nature of Modernism," *Modernism*, 1890—1930, ed. Malcolm Bradbury and James McFarlane, eds., Penguin, 1976, p.27.

世界主义共同体至关重要的文献,极具启发性。

伯曼提出,世界主义视野诞生的背景正是个体的主体性危机。现代社会异化抑或破碎的自我对完整性与完满性产生一种虚幻的怀旧渴望,极端的政治和男权("父权的民族—国家"[①])要求一种压迫性共同体身份,完整自我的渴望转向与他者的共在,世界主义共同体在现代主义小说中开始浮现。通过对亨利·詹姆斯、马塞尔·普鲁斯特、伍尔夫、格特鲁德·斯泰因等人小说的研究,伯曼抽绎出世界主义共同体的形式与内容——"植根于地方联系,与地方文化息息相关",同时又"保持开放的边界",借用布鲁斯·罗宾斯的观察,"'并非一种分离的理想……而是重新产生联系,构建多维关系,或者说,关系中保持疏远的距离'"[②]。虽然伯曼对世界主义共同体的定义宽泛模糊,但书中精彩的案例剖析多少弥补了缺憾。以斯泰因《世界是圆的》(1939)和《爱达:一部小说》(1941)两部作品为例,伯曼指出,女性主人公罗丝和爱达的漫游、行走、越界演绎出一种"漫游式世界主义"理想,折射出作家对不拘囿于地理与国族、"漫游式世界主义共同体"的畅想[③]。此外,斯泰因叙事中的多重声部、丰富的语言游戏、奇妙的押韵与重复,皆生动地体现了"'漫游主体以不同位置、不协调的声音游戏地建构另类女性的女权主义主体性'"[④]。

在审视伍尔夫《海浪》和《奥兰多》中的世界主义共同体时,伯曼不惜笔墨细致梳理这位英国女性作家的政治活动经历。伯曼认为,伍尔夫决非传统意义上的爱国者,而是一位"世界主义旁观者",对英国爱国主义或民族危机时刻的效忠政治保持"刻意的冷

---

① Jessica Berman, *Modernist Fiction, Cosmopolitanism, and the Politics of Community*, p.200.

② Ibid., p.16.

③ Ibid., pp.197-198.

④ Ibid., p.195. 引文原文出自 Rosi Braidotti, *Nomadic Subjects: Embodiment and Sexual Difference in Contemporary Feminist Theory*, p.135.

漠",小说中倡导的个体身份竭力远离极端民族和地域政治,强调与周遭独特他者相遭遇,拒绝统一的集体身份①。早在《三个基尼》中,伍尔夫已觉察民族主义的本质乃是父权,战争背后的根源是国家机器,因而她明确"反对将民族作为共同体联结的中心"②。而在《海浪》中,人物的成长排斥"静态有机的身份,拒绝唯一的领袖",形建的共同体是"破碎的,宛如南希所言的、不断生成的共同体,不会变成停滞而共同的存在",类似"国家、民族、政党那样的结构"③。最后,伯曼引用伍尔夫小说那句脍炙人口的宣言"我虽然有根,但是流动不息"(I am rooted, but I flow),强调"有根的移动"是作家"地方世界主义"最有力的证明,因为它"既凸显共同体意识的重要性,同时拒绝地方或效忠的制约"④。

在铺陈世界主义共同体的形式与意涵时,伯曼对南希等人共同体哲学的援引一鳞半爪,更多的是回溯现代派作家多样的跨国经历与政治活动。摒弃同质共同体与统一身份,注重对所属文化和政治的批判性疏离甚至僭越,这是伯曼论述世界主义共同体的思想核心,也是对探赜韦尔蒂南方世界主义最重要的启示。另外,伍尔夫亦是韦尔蒂极欣赏的女性作家,她曾专门撰文品评伍尔夫的文集《花岗岩与彩虹》及《伍尔夫书信集》,对之生活和写作经历十分熟稔,也不可避免地受其影响。与伍尔夫一样,韦尔蒂对南方共同体的批判性质疑首先在于其中隐藏的男权文化与父权民族主义。她在小说中演绎的女性漫游主义是对统一身份的断然屏绝。韦尔蒂也同样认同地方文化,强调身份根基在现代性洪流中的重要意义,从而展现出相近的"漫游式世界主义"。但另一方面,通过对南方共同体中他者的书写,对南方现代性冲击下共同体排他性

---

① Jessica Berman, *Modernist Fiction, Cosmopolitanism, and the Politics of Community*, pp.115-122.
② Ibid., p.126.
③ Ibid., p.136.
④ Ibid., p.151.

思维的描摹,韦尔蒂生动地揭示了隐匿在共同身份宣誓背后的"排他性文化规约"①,提撕读者"必须超越或是反抗这种预设的一体性"②。她的世界主义共同体思想背后既有现代电影、杂志、文学的力量,也可见"二战"前德国法西斯意识形态的踪迹。

在《绿帘与其他故事》小说集面世的翌年即1942年,韦尔蒂突然开始写作并出版了她唯一一部改编自童话故事的中篇小说《强盗新娘》。小说将格林童话里的德国换成南方密西西比的种植园,时间并非现代,而是18世纪美国"西进运动"时期,种植园农场主时刻想着的是如何拓宽领地、攫取更大利润。童话里富有的磨坊老板和漂亮的女儿变成了种植园主人克莱门特和他的爱女罗莎蒙德。强盗洛克哈特绑架又强暴了罗莎蒙德,但后者并未反抗或是复仇,竟然为之倾倒。最后两人合力击碎了罗莎蒙德邪恶的继母莎乐美的诸多阴谋,迎来幸福美满的未来。不难看出,韦尔蒂的《强盗新娘》以同名格林童话为主线,同时吸收希腊神话《丘比特与普赛克》及格林童话《白雪公主和她邪恶的继母》③。小说中狠毒的继母莎乐美成为叙事的焦点,使整个故事具有显著的寓言性。在美国"西进"领土大肆扩张背景下,莎乐美作为种植园女主人表现出的对扩大领土权力的强烈欲望,这一肆意妄为的自我扩张、自我膨胀"与法西斯德国侵略周边国家、完成帝国扩张的策略如出一辙"④。另一方面,她对罗莎蒙德的恶毒和算计,对丈夫的操控——其极端失去理性的逻辑是美国社会对法西斯本质的理解。此外,考虑到20世纪40年代格林童话故事中的暴力、嗜血、残忍

---

① Judith Butler, *Frames of War: When Is Life Grievable?*, Verso, 2009, p.36.

② Ibid., p.145.

③ 1937年,迪士尼公司将这一童话故事改编成有声动画电影《白雪公主与七个小矮人》。该片在全球获得巨大成功,迪士尼本人因此成绩次年被授予奥斯卡电影荣誉奖。

④ Susan Wood, "Eudora Welty's Challenge to Fascism in *The Robber Bridegroom*," *Eudora Welty Review*, vol.7, Spring 2015, p.39.

常被解读成"德国民族主义和纳粹精神的内涵",且美国南方常借纳粹争论其时政治社会局势的种种问题——"南方成了'纳粹极端主义的潜在温床'"①,韦尔蒂对这一德国童话的改写便展演出别样的地方意义。

韦尔蒂发表《强盗新娘》之前,战争的阴霾及德国纳粹主义的渗透已然引起美国社会的警惕和密切关注。在两次世界大战期间尤其是经济萧条的20世纪30年代,德国法西斯主义在美国各地蔓延开来。1933—1941年,共有约一百个法西斯组织在美国相继成立②,例如"银色军团"(银杉军)、"黑色军团"(3K党的分支)、"美国自由联盟"、"德美同盟会"等。1935年,"黑色军团"在俄亥俄、密歇根、印第安纳及伊利诺伊四州已吸引成员近十万,反映出美国本土主义向欧洲法西斯的转型③。他们疯狂地逮捕和迫害工人、黑人、犹太人,种族暴力、反犹主义、反移民心理、本土主义及原教旨主义昭然若揭。在这些法西斯组织中,库格林神父的"全美社会正义联盟"(1934—1937)和休伊·朗的"财富共享"(1935)运动尤其引人瞩目。库格林神父是电台牧师,常在广播中演说民粹主义信条,批评纽约银行家是魔鬼,金钱为万恶之源。他的小花广播团听众高达三千万。1938年,"全美社会正义联盟"改名支持孤立主义和反共反犹的"基督教前线",将矛头指向罗斯福的"共产主义阴谋"。路易斯安那州州长休伊·朗1931年当选联邦议员后为竞选总统发起"财富共享"运动,吸引近五百万拥趸。

正如翁贝托·埃科所言,"法西斯"难以明确定义,它的表现形式极为多样,有时甚至相互矛盾。在美国诸多法西斯组织中,法西

---

① Susan Wood, "Eudora Welty's Challenge to Fascism in *The Robber Bridegroom*," *Eudora Welty Review*, vol.7, Spring 2015, p.32.

② Linda Gordon, "The American Fascists," *Fascism in America: Past and Present*, Gavriel D. Rosenfeld and Janet Ward, eds., Cambridge UP, 2023, p.141.

③ Peter H. Amann, "A 'Dog in the Nighttime' Problem: American Fascism in the 1930s," *The History Teacher*, vol.19, no.4, 1986, p.566.

斯的形式常常是以爱国主义为名,借国家危机、种族危机话语,宣扬反犹反共思想,构建团结、同质化的"人民"。具体而言,法西斯的特征有"对纯粹、具有神话色彩的农耕传统的缅怀,对传统和文化复兴的狂热……将部分群体歌颂为真正的民族主义者,同时妖魔化其他群体;反智,攻击自由媒体;反现代;崇拜父权",此外还强调"血统,善于玩弄身份政治"①。总之,法西斯"唯一的道德准绳是种族、民族、共同体的天然异禀。他们无视普遍性标准,独尊达尔文式的最强共同体的合法性"②。

美国风起云涌的法西斯组织和法西斯价值观对南方文人产生了巨大冲击,使他们自然形成一种向外的国际视野。南方文人不得不了解欧洲法西斯及其在美国的变体,同时反观南方的种族、阶级、性别等文化传统。"在美国黑人不需要别人教导什么是法西斯。我们心知肚明",兰斯顿·休斯在"第二届世界作家大会"上指出,"法西斯的日耳曼民族优越论以及经济压迫在我们身边已是司空见惯。现在我们有了全球视野"③。休斯之外,法西斯主义强大的影响力也可从"重农派"文人、凯瑟琳·安·波特、托马斯·沃尔夫、麦卡勒斯、福克纳等人的作品中找到佐证。罗伯特·布林克梅尔在《第四个幽灵》一书中对南方白人作家与欧洲法西斯主义的关系做了历史性的钩沉,论述精辟,洞见迭出。布林克梅尔发现,由于欧洲法西斯的影响,20世纪30年代不少作家及社会批评家倾向于用法西斯解释美国南方的政治和种族问题——"南方的种族隔离,一党制,大规模地限制投票权"皆被认为与法西斯国家尤其

---

① 见 Sarah Churchwell, "American Fascism: It Has Happened Here," *The New York Review* June 22, 2020 ‹https://www.nybooks.com/online/2020/06/22/american-fascism-it-has-happened-here/›.

② Robert O. Paxton, "The Five Stages of Fascism," *The Journal of Modern History*, vol. 70, no. 1, 1998, p. 5.

③ Langston Hughes, "Too Much of Race," *The Crisis*, vol. 44, no. 9, 1937, p. 272.

是纳粹德国有诸多相似之处①。1938年,富兰克林·罗斯福总统在佐治亚州的演讲中直言南部反对进步是因为"封建制度仍然被视作最后的制度",而"这一制度和法西斯没什么两样"②。

在兰瑟姆、泰特等"重农派"文人看来,法西斯是追求自由平等和社会改革的现代经济政策的必然结果,南方现代性的结局也将是欧洲法西斯的诞生,因此必须保卫传统南方文化和生活方式。如是典型的反现代与南方文化怀旧,对独特地方文化和民俗传统的坚持——这一地域主义被直接与纳粹的"血与土"口号联系起来。法西斯亦鞭挞现代性,尤其是"千篇一律的城市和物质世俗主义,歌颂农耕文明的乌托邦,抨击都市生活的无根性、矛盾与堕落"③。美国德裔艺术史家霍斯特·詹森曾在《艺术杂志》(1946)专文抨击地域主义的艺术创作,认为地域主义运动"源自我们社会中一些根本的弊病——这和德国国家社会主义的弊病如出一辙,只是后者更为恶劣"④。卡什的经典论著《南方的心理》则认为南方人引以为傲的传统生活本质就是法西斯式的,因为南方社会中的种族隔离、失控的暴力、经济剥削、男尊女卑皆是法西斯的核心价值观。在韦尔蒂同乡理查德·赖特的小说《土生子》(1940)、左拉·尼尔·赫斯顿的自传《一路风尘》(1942)中,时时可见欧洲法西斯政治成为思考南方种族秩序与美国爱国主义、民族主义的全球坐标。

伍德在评析《强盗新娘》时指出,对于20世纪30年代欧洲的法西斯与美国南方的种族主义,韦尔蒂不可能置身事外,尤其是她的两个弟弟皆在欧洲参战。韦尔蒂"对希特勒滥用权力迫害和歧

---

① Robert H. Brinkmeyer, *The Fourth Ghost: White Southern Writers and European Fascism, 1930—1950*, Louisiana State UP, 2021, p.3.

② Ibid.

③ Robert O. Paxton, *The Anatomy of Fascism*, Alfred A. Knopf, 2004, p.12.

④ H. W. Janson, "Benton and Wood, Champions of Regionalism," *Magazine of Art*, vol.39, May 1946, p.184.

视犹太人肯定了然于心"①。她钟爱的《纽约时报》和《杰克逊号角日报》刊登了许多有关德国反犹的新闻。1942年圣诞节期间她与凯瑟琳·安·波特频通鱼雁,"整个节日期间我都噩梦连连,我所关心的人全都去打仗了"②。1944年夏在《纽约时报书评》实习期间,韦尔蒂能够更加准确而真切地了解欧洲战况及法西斯的罪恶行径。但另一方面,她一向认为作家写作中的政治介入或道德说教会损害文学的艺术性,发表于1965年的随笔《作家一定要介入社会运动吗?》是其文学观的证言。自其文墨生涯发轫之端,韦尔蒂的作品便少有重大的政治社会事件,缺乏典型的历史意义。她沉迷于家庭生活的日常,喜欢在自由幻想中纵横驰骋,竭力避免描绘直接的社会冲突。对于法西斯与共产主义,韦尔蒂的早期作品(1950年前)只字未提,涉及犹太人仅有一处——在小说《鲍尔豪斯》(1940)里,黑人鲍尔豪斯被想象成"亚洲人,猴子,犹太人,古巴比伦人,秘鲁人,疯子,恶魔"(CS 131),反映出时人仇恨犹太人的心理。对于美国各种声势浩大的法西斯社团,仅有《月亮湖》里的童子军"美国军队"让人浮想联翩,其他小说皆付之阙如。

虽然韦尔蒂作品中对法西斯主义鲜有触及,但法西斯在美国尤其是南方的传播及对作家产生的深刻影响,这应该是毋庸置疑的。正如休斯、赫斯顿及赖特所言,欧洲法西斯使南方作家不可避免地生发出国际视野,也直接影响了韦尔蒂"无用的共同体"哲学,因为如卡什所言南方社会在多重维度上与法西斯如出一辙。首先,法西斯强调"认同和服从的仪式……将共同体的利益完全凌驾于个体之上",最终实现"彻底的管控"③。他们崇拜父权和秩序,厌恶软弱无能的女性气质。不论是在《强盗新娘》抑或翌年出版的小说集《宽网》(1943)中,有毒的男性气质尤其是针对女性的暴力

---

① Suzanne Marrs, *Eudora Welty: A Biography*, p. 96.
② Ibid., p. 97.
③ Robert O. Paxton, *The Anatomy of Fascism*, p. 11.

和控制成了作家反复写作的母题和叙事程式,承载着深刻的象征意义。在《强盗新娘》《蓝钉镇中》《阿斯福代尔》《紫帽》等小说中,令人惊愕的强暴情节反复出现,极端的男权暴力成为集权式管控和森严等级秩序的最佳隐喻。不仅如此,小说中"充满威胁的自我断言,对多元化的排斥以及对过往历史的权威性的控制"皆隐晦地表达出"韦尔蒂对希特勒般领袖每天所宣扬的教条的批判,尽管她的策略有时并不显著"[①]。而韦尔蒂竭尽所能地刻画女主的自我放逐和女性漫游正是对男性权威的服从及强制认同的反抗。因而可以说,欧洲法西斯令韦尔蒂更加透彻地洞察南方性别、种族与阶级秩序。

其次,法西斯主义"对纯粹、具有神话色彩的农耕传统的缅怀"及对最强"种族、民族、共同体的合法性"的狂热宣扬,有力地烛照出韦尔蒂对重农主义及地域主义的疏离背后的深层动因。正如本章前文所述,重农派文人对"旧南方"激烈捍卫的背后映照出苦苦挣扎的白人男性危机,对南方世外桃源神话的缅怀和建构便旨在重新恢复南方传统社会的种族隔离与父权秩序,女性和黑人则完全被排除在外。不仅如此,对"南方"的控制和神话性建构也是南方文艺复兴运动的要旨,结果便是建构统一的南方身份与共同体,同时尊崇福克纳等"白人男性"作家作为南方叙事及南方身份的典范。在形塑统一身份政治与同质的共同体神话方面,法西斯与南方运动及伴随北方工业现代性而来的现代民族主义可谓如出一辙。

韦尔蒂的女性哥特叙事及女性漫游主义在主题与叙事形式两方面有力地解构了"地方精神""家园""共同体"等一系列不断被更新完善的南方整体性神话。她的女性主义流浪叙事近似斯泰因在《世界是圆的》及《爱达》中展演的"漫游式世界主义",竭力超越地

---

① Suzanne Marrs, *One Writer's Imagination: The Fiction of Eudora Welty*, Louisiana State UP, 2002, p.45.

方和统一身份政治,同时揭露共同体的"不可能性"。一方面,南方"邻里—亲戚关系体制"或"监视网络"充分说明海德格尔所谓的共同体使人沉沦和迷失,必须与共同体疏离,才能实现已有的潜力,成就真正的自我。韦尔蒂反复描摹的离家流浪的女性主义正意图远离任何房子、家庭或社区,以此实现女性的自由和自主。与亲情、友情和社区关系的激进切割消解了共同体成员之间的纽带和共契,自然也解构了共同体内部共同共融的观念,继而凸显出女性主人公的独一性。在破除统一身份思想的同时,"漫游式世界主义"推崇行动与互动,在与他者或外部世界的遭遇中体验共在,保持南希所说的"内在的去蔽""使个体的存在在共同体中无法被预设(正如对待某个事物一样)"①,也即拆解和戳穿统一性和同质性的身份政治,如法西斯主义。"从本质的角度看待共同体实际上是一种政治封闭",共同体不应被吸收融化成"一个共同体的身体,独特终极的身份,这将使去蔽成为不可能。共通的含义恰恰相反,指向的是缺乏任何形式的、任何经验性或理想的地方,由此滋生的牢固的身份,而是共有一种'无身份'"②。"无身份"不应僵硬地按照字面义理解,而是代表了对身份政治的摒弃,尤其是基于地理、物理、伦理认同的身份政治建构。借用米勒的观察来阐释,"无身份""意味着别把我看作'你们自己人','别把我算在内',我想要保持自由,一直保持下去:对我而言,这不仅是我保持独异性的条件,也是我与其他人的独一性和他异性建立联系的条件",这也是去蔽与共通的本质内涵。在共同体统一性被过分强调的时刻(服务于某种特别目的的需要),独一性个体的自我一定会被丧失,也一定会失去他人,失去共和和互动,成为毫无理性、逐渐失控的封闭组织。

另一方面,韦尔蒂的"漫游式世界主义"生动地演绎出朱迪斯·巴特勒所思索的共同身份宣誓背后的"排他性规约"。"9·11"

---

① Jean-Luc Nancy, *The Inoperative Community*. p. xxxix.
② Ibid., p. xxxviii. 文字强调部分为原文自带。

后日益恶化的全球政治与宗教冲突是巴特勒审视共同体问题的起点。在"'群体'或'共同体'日趋变成统一主体的今日",巴特勒强调,"新的社会形态要求我们必须超越或是反抗这种预设的一体性"①,如此方能摒除本能偏见,演绎对政治、宗教与文化"他者"的伦理责任。对同质化身份政治的警惕及对他者性差异的拥抱是南希和巴特勒共同体思想的一致追求,也是韦尔蒂漫游式世界主义的核心诉求。不过,韦尔蒂不仅强调对任何宣誓的、狭隘的统一身份保持警觉,开示读者努力洞察隐秘的文化规约与建构,更追寻以主体的积极"去蔽"想象变化乃至越界的身份表达。这位现代南方女性作家对共同体与身份政治的深刻反思对全球民族主义不断高涨的今天,亦有不同寻常的启示。

"最重要的南方文学不是关于理想的共同体",美国南方文学专家耶格认为,"而是关于危机的时刻和对峙的行动"②。韦尔蒂的南方女性叙事在细数严峻的男性危机中聚焦女性漫游与流浪——她们不屑于传统女德,反叛伦理纲常,挑战男权主流思维方式及所竭力建构的文化神话。流动的女性拒绝被拘囿和定义,主动寻求与他者的遭遇和共在,构建出一种不断生成的、具有国际视野的"世界主义共同体"。对于韦尔蒂"漫游世界主义"的要旨,伍尔夫的名言"我虽然有根,但是流动不息"剀切精当。虽身处偏隅,韦尔蒂的写作始终充满求新求变、生生不息的精神,以充满活力的世界主义视角破除南方地域主义、例外主义神话,以积极的姿态直面现代性,想象更加自由、平等、开放的未来,因为现代精神的本质正是"摈弃过去、勇于变革、追求未来价值观"③。

---

① Judith Butler, *Frames of War: When Is Life Grievable?*, p.145.
② Patricia Yaeger, *Dirt and Desire: Reconstructing Southern Women's Writing, 1930—1990*, Chicago UP, 2000, p.38.
③ 芮塔·菲尔斯基:《现代性的性别》,第17页。

余 论

尼采在《历史的用途与滥用》一书中指出，人的生活需不断反思以驱除内心里的"混杂物"，"用自己性格中所有的诚实、所有的坚定和真诚来帮助自己对付那些二手的思想、二手的知识、二手的行动"，追求全新美好的文化，实现"思想与意志、生活与表象的一个统一体"①。对南方作家而言，历史是即目可望、绵延不断的存在，省思历史之利弊是文学创作不可回避的使命。韦尔蒂的写作携现代主义新风，突出女性于现实与想象的流动、越界中反抗周遭的"二手的思想"和"二手的行动"，展演独立的思想和意志。她的命笔构思和叙事聚焦的女性日常生活，在飞短流长的罅隙呈现危机与对峙，表现出与南方文艺复兴作家宏大家族题材完全迥异的写作进路。

芮塔·菲尔斯基在《现代性的性别》中对现代主义性别的象征性意义做了深入剖析。透过其笔触宏阔、遣语有力的论述，我们可将菲尔斯基及所对话的经典研究②中所关切的现代性主题总结如下：现代性精神即挑战传统和权威，追求冒险和解放，突出个体化、世俗化主体的自我感知；现代主义以性别为辐辏，从宏大叙事转向被贬低为琐碎细小或无足轻重的女性日常生活，化妆品、家庭保洁、食物菜谱与达达主义、象征主义或意识流叙事、碎片化等经典议题同等重要；女性（母亲、女儿和妻子）是人类堕落之前救赎的象

---

① 尼采：《历史的用途与滥用》，第134—135页。
② 如卡林内斯库《现代性的五副面孔》(1977)、伯曼《现代性体验》(1982)、芬尼《现代戏剧中的女性：弗洛伊德、女性主义与世纪末的欧洲剧场》(1989)等。详见芮塔·菲尔斯基：《现代性的性别》(1995)，陈琳译，南京大学出版社，2020年。

征,她们是自然的过往,未经分裂和矛盾,是历经现代性创伤的男性的理想归宿。毫无疑问,韦尔蒂的南方现代主义体现出鲜明的欧洲现代主义主题与叙事技法。她执着于琐碎冗长的生活细节,例如服饰装扮、露营野餐、观影看戏、婚丧红白等事,以高度象征的笔法揭露南方如影随形的性别政治、生命政治、民族主义及共同体神话等,同时彰显女性对传统和权威的反叛,在冒险和旅行中收获的自我感知与自我成长。

在韦尔蒂显著的现代主义文风背后同样可见的是作家对女性主义文学传统的熟稔与挪用。吉尔伯特与古芭合著的《阁楼上的疯女人》是解剖女性文学的必备经典,对揭示韦尔蒂的女性主义诗学仍然有效。在细致梳理19世纪英美女性作家的小说与诗歌创作后,吉尔伯特与古芭指出,由于长期生活于黑暗之处,或是透明的"玻璃棺材"(如窥镜和绘画),受到监视、监禁、否定,女性的形象不得不摆荡于圣洁顺从的天使和疯癫恐怖的怪物之间,并时时遭受幽灵幻象和幽闭恐惧症的折磨。唯此,监禁和逃跑——逃离象征父权的房屋建筑和让人毛骨悚然的家庭生活——并在自我放逐中寻找自我和建构身份,成为这一时期女性主义文学的中心母题和叙事程式,包括勃朗蒂姐妹、乔治·艾略特的多部小说及艾米丽·狄金森的大量诗歌。

女性的禁闭与逃离,不论源自物理现实抑或想象梦幻,是韦尔蒂反复书写的母题。它既是《玩偶》《丽薇》《克丽泰》《一则新闻》等现代女性哥特小说的核心意象,也是作家构建女性漫游主义的关键内涵。韦尔蒂于传统的女性监禁叙事植入现代性"新女性"意识和话语,推动女性对性别、家庭乃至社会共同体身份的反思,显露出鲜明的现代批判精神。韦尔蒂"反家"的女性流浪叙事一方面彰显"家"成为多重意义上的枷锁,但更加强调放逐和流浪之于女性的特殊意义,这是其南方现代主义的本质特征。而叙事笔调的模糊、晦涩、琐碎同样服务于其女性主义旨归,即女性"似乎总是在别处,她难以言喻的他者性超越了语言和政治的再现"①,她们的神秘、丰盈、自足超越了支离破碎的现代性经验,能够弥合主体精神和客体文化的分裂,成为反抗物化和异化、实现统一经验的救赎希望。

在女性虚构叙事的技巧方面,韦尔蒂显然也从前辈作家那里汲取许多灵感。除了"疯女人"与怪物,吉尔伯特和古芭细腻精彩的研究还从19世纪英美女性文学里挖掘出诸多共同的意象、隐喻与叙事程式,譬如火与冰、月光、水、照镜、窗户等。《呼啸山庄》中,凯瑟琳希望打开窗户的举动富有象征意义——窗户代表着自由的出口,颠覆性的他者可以借此进入,形象地表达了凯瑟琳"要从她的身体、她的婚姻、她的自我、她的生活的'让人筋疲力尽的监狱'中逃离的基本愿望"②。在韦尔蒂的《克丽泰》中,窗户被赋予了极为相似的象征意义,既隐喻了女主对逃离封闭生活的渴望,同时象征现代性引发的变革("颠覆性的他者"力量)不可避免地"侵入"故步自封的南方社会,性别的边界乃至种族和阶级秩序逐渐被瓦解。至于玻璃镜面,韦尔蒂南方世界里淑女们自然不可或缺,揽镜自照同样承载丰富的象征意义。在小说《丽薇》中,"窗帘紧紧合上,从缝隙中观察屋外"(CS 233)亦反映出同名女主的监禁生活。看到旅行推销员贝比·玛丽介绍的紫色口红,丽薇"踮着脚尖走到门外前廊的洗手池前面,对着镜子涂上了口红。晃动不停的镜面上她的脸就像一束跳动的火焰"(CS 234)。置于屋外的镜子是控制丽薇的隐微男权机制,她必须在自我评估和自我审查③之后才被允许进入父权房屋内部。如同《白雪公主》里的魔法窥镜一样,父权

---

① 芮塔·菲尔斯基:《现代性的性别》,第67页。
② 桑德拉·吉尔伯特、苏珊·古芭:《阁楼上的疯女人:女性作家与19世纪文学想象》,杨莉馨译,上海人民出版社,2015年,第356页。
③ 此情此景让人不禁想起《麦琪的礼物》中德拉卖掉秀发后意味深长的照镜动作,"她盯着镜子中的自己,看了很久,认真地,带着挑剔的眼光看着"。德拉实际上努力以男性的目光审视和评估自己能否重新为父权社会原则所认可。见 O'Henry, *100 Selected Stories*, Wordsworth Classics, 1995, p.3.

的规则被内化而进入丽薇的镜子与思想之中。与此同时,晃动镜面映射出跳动的火焰却暗示出丽薇越界的欲望,这与其监禁幽闭的生活形成了强烈的张力。

相形之下,《旅行推销员之死》和《搭便车的人》里的镜子则代表了孤独、绝望和险恶:博曼感染的流感持续时间长且高烧不退,"做了很多梦,脸色煞白,身体极度虚弱,已无法分辨镜里镜外的自己,他思维很混乱……他回忆起已过世的祖母"(CS 119)。同为旅行推销员的汤姆·哈里斯同样在镜中遭遇到疲惫不堪的自我,他"合衣躺在床上,灯也没关。他太过疲劳,根本没法入睡。裸露的灯泡异常刺眼,他只是盯着空空如也的白墙还有空荡荡的梳妆台上的白色镜面"(CS 71)。白镜象征着冰冷空虚与男性危机,巧妙地服务于工业资本主义对人类身体与精神的毁灭主题。这与狄金森诗歌中戏剧性的"白色"意象有惊人的相似,"代表浪漫的创造力所要求的放弃与磨难而带来的孤独(冰冷)……也代表着裹尸布的白色恐惧",还可能暗示"令人疲惫的冬天、北方和'极地赎罪'——是撒旦的军团经过的地方"[①]。《绿帘》小说集中《石化人》以美容院为小说背景,屋内贴墙的明镜被赋予多样而深刻的意涵:女性镜中互为镜像既隐喻她们共同的边缘处境,但也指向彼此共享的联结;更巧妙的是,镜中互看成为对美杜莎神话的反写,女性没有变成"怪物",而是在彼此情感和道德拉扯中逐渐建立性别认同与女性共同体,联合反抗性别差异背后充满暴力、图谋管控的男性权力话语(派克夫人和其子比利宝宝皆为具象)。当然,小说对影子人物或替身(double)的娴熟运用同样见于韦尔蒂后来的诸多小说,而这也是女性主义文学传统中的典型叙事笔法。

在《漫游者》小说的结尾,弗吉独自坐在屋外台阶上,浸淫在密

---

① 桑德拉·吉尔伯特、苏珊·古芭:《阁楼上的疯女人:女性作家与19世纪文学想象》,第615页。

西西比十月的漫天大雨中,"新近失恃,未戴帽子,此刻全身上下,暴露在雨中"(CS 459)。离开母亲和邻里亲友的"关爱",弗吉重获新生,雨水宛如施洗的圣水让她直接回归对自己身体和自我(因而是"未戴帽子")的感受。但"她要去哪里呢?",弗吉蓦地记起艾克哈特小姐墙上的一幅欧洲油画,"画的是玻耳修斯提着美杜莎的头颅……砍掉美杜莎的头也许是英雄的壮举",但弗吉"一定既信仰玻耳修斯也信仰美杜莎"(CS 460)。她在英雄的亮剑中观察到三重画面,尤其是在美貌、执剑与恐怖画面背后隐秘而温柔的诅咒,遥不可及,永不休止。在奥维德的史诗中,美杜莎因秀色玉颜被海神尼普顿强暴,受密涅瓦诅咒惩罚致满头秀发变成可怖毒蛇,本人也成了一具怪物。美杜莎的悲惨经历印证了女性时常遭受的来自男性和女性共同的诅咒。弗吉质疑玻耳修斯的英雄行为折射出对父权文艺传统对神话反复书写和强化的抵抗,而信仰美杜莎则是希冀以女性的怪物形象和怪异经验演绎并揭露男权及男性逻格斯的运行机制。埃莱娜·西苏在《美杜莎的大笑》中指出,女性必须"杀死扼住她们咽喉的虚伪形象。要让完整的女性呼吸和发声"[1]。这正是韦尔蒂文学创作的精神归宿,也是她对南方现代性未来的期待,就像天地雨水带给弗吉的洗礼一样。那雨水是"天地如烟似雾的呼吸,来去自如",洒落在弗吉身上,令她也觉得"无拘无束,滑爽入脾"(CS 460),开始书写和想象属于自己的女性未来,发出"天鹅的喇叭声"(CS 461)。

  韦尔蒂的文学创作立足于南方地理,从女性琐碎的日常生活反观性别差异、权力话语、欲望规训乃至文化传统、地方精神、民族主义等宏大议题。她的文字晦涩诡异,满纸冗言而非云霞,在短篇小说的虚构世界里精心钻营生活的阴暗、粗暴、不满与欲念。总

---

[1] Hélène Cixous, "The Laugh of Medusa," *Feminisms Redux: An Anthology of Literary Theory and Criticism*, Robyn Warhol-Down and Diane Price Herndl, eds., Rutgers UP, 2009, p.420.

之,韦尔蒂的女性漫游故事蕴含深刻的现代主义美学和文化政治,成为20世纪上半叶看似众声喧哗的南方文艺复兴中极重要的主题变奏。

参考文献

英文部分：

Aiken, Charles. *Faulkner and Material Culture*. Eds. Joseph Urgo and Ann Abadie. UP of Mississippi, 2007.

Agamben, Giorgio. *Nudities*. Trans. David Kishik and Stefan Pedatella. Stanford UP, 2011.

Alaimo, Stacy. *Undomesticated Ground: Recasting Nature as Feminist Space*. Cornell UP, 2000.

Amann, Peter H. "A 'Dog in the Nighttime' Problem: American Fascism in the 1930s." *The History Teacher*, vol. 19, no. 4 (1986): 559–584.

Amphlett, Hilda. *Hats: A History of Fashion in Headwear*. Dover Publications, 2003.

Appadurai, Arjun. *Modernity at Large: Cultural Dimensions of Globalization*. U of Minnesota P, 1996.

Appel, Alfred, Jr. *A Season of Dreams: The Fiction of Eudora Welty*. Louisiana State UP, 1965.

Arant, Alison. "'A Moral Intelligence': Mental Disability and Eugenic Resistance in Welty's 'Lily Daw and the Three Ladies' and O'Connor's 'The Life You Save May Be Your Own.'" *The Southern Literary Journal*, vol. 44, no. 2 (2012): 69–87.

Ardis, Ann. "E. M. Hull, Mass Market Romance and the New Woman Novel in the Early Twentieth Century." *Women's Writing*, vol. 3, no. 3 (1996): 287–296.

—. *New Women, New Novels: Feminism and Early Modernism*. Rutgers UP, 1990.

Baldick, Chris, ed. *The Oxford Book of Gothic Tales*. Oxford UP, 2009.

Bank, Tenley Gwen. "Dark-Purple Faces and Pitiful Whiteness: Maternity and Coming Through in 'Delta Wedding.'" *Eudora Welty Centennial*, special issue of *Mississippi Quarterly*, April (2009): 59–79.

Bashford, Alison, and Philippa Levine, eds. *The Oxford Handbook of the History of Eugenics*. Oxford UP, 2012.

Baudelaire, Charles. *Baudelaire: Selected Writings on Arts and Artists*. Trans. P. E. Charvet. Cambridge UP, 1972.

Benjamin, Walter. *Walter Benjamin: Selected Writings*. vol. 1–4. Eds. Howard Eiland and Michael W. Jennings. Harvard UP, 2005.

Berman, Jessica. *Modernist Fiction, Cosmopolitanism, and the Politics of Community*. Cambridge UP, 2001.

Bettinoti, Julia, and Mari-Françoise Truel. "Lust and Dust: Desert Fabula in Romances and Media." *Paradoxa: Studies in World Literary Genres*, vol. 3, no. 1 (1997): 184–194.

Blanchot, Maurice. *The Unavowable Community*. Trans. Pierre Joris. Station Hill Press, 1988.

Bloom, Harold, ed. *Bloom's Modern Critical Views: Eudora Welty*. Updated edition. Chelsea House, 2007.

Bone, Martyn. *The Post-Southern Sense of Place in Contemporary Fiction*. Louisiana State UP, 2005.

Borch-Jacobsen, Mikkel. *The Freudian Subject*. Trans. Catherine Porter. Stanford UP, 1988.

Bradbury, Malcolm, and James McFarlane, eds. *Modernism, 1890—1930*. Penguin, 1976.

Braidotti, Rosi. *Nomadic Subjects: Embodiment and Sexual Difference in Contemporary Feminist Theory*. Columbia UP, 1994.

Brinkmeyer, Robert H. *Remapping Southern Literature Contemporary Southern Writers and the West*. U of Georgia P, 2010.

Brooks, Cleanth. "Southern Literature: The Past, History, and the Timeless." *Southern Literature in Transition: Heritage and Promise*. Eds. Philip Castille and William Osborne. Memphis State UP, 1983. 3–15.

Butler, Judith. *Frames of War: When Is Life Grievable?* Verso, 2009.

Caminero-Santangelo, Marta. *The Madwoman Can't Speak or Why Insanity Is Not Subversive*. Cornell UP, 1998.

Carson, Barbara. *Eudora Welty: Two Pictures at Once in Her Frame*. Whitson, 1992.

Caruth, Cathy, ed. *Trauma: Explorations in Memory*. Johns Hopkins UP, 1995.

Cash, W. J. *The Mind of the South*. Vintage, 1991.

Cavell, Stanley. *Emerson's Transcendental Etudes*. Stanford UP, 2003.

Certeau, Michel de. *The Practice of Everyday Life*. Trans. Steven Rendall. U of California P, 1984.

Churchwell, Sarah. "American Fascism: It Has Happened Here." *The New York Review* 22 June 2020 ‹https://www.nybooks.com/online/2020/06/22/american-fascism-it-has-happened-here/.›

Cixous, Hélène. "The Laugh of the Medusa." *Feminisms Redux: An Anthology of Literary Theory and Criticism*. Eds. Robyn Warhol-Down and Diane Price Herndl. Rutgers UP, 2009. 416–431.

Claxton, Mae Miller. "Migrations and Transformations: Human and Nonhuman Nature in Eudora Welty's 'A Worn Path.'" *The Southern Literary Journal*, vol. 47, no. 2 (2015): 73–88.

Cobb, James. *The Most Southern Place on Earth: The Mississippi Delta and the Roots of Regional Identity*. Oxford UP, 1992.

Cobb, James, and Michael V. Namorato, eds. *The New Deal and the South*. UP of Mississippi, 1984.

Cohoon, Lorinda B. "'Unmoveable Relics': The Farr Family and Revisions of Position, Direction, and Movement in Eudora Welty's 'Clytie.'" *Eudora Welty Review*, vol. 1 (2009): 47–52.

Conversi, Daniele. "Modernism and Nationalism." *Journal of Political Ideologies*, vol. 17, no. 1 (2012): 13–34.

Copeland, Roger. "Why Women Dominate Modern Dance." *The New York Times* 18 April 1982 ‹https://www.nytimes.com/1982/04/18/arts/why-women-dominate-modern-dance.html.›

Crane, Diana. *Fashion and Its Social Agendas: Class, Gender, and Identity in Clothing*. Chicago UP, 2000.

Crick, Nathan. *Dewey for a New Age of Fascism: Teaching Democratic Habits*. Penn State UP, 2019.

Culler, Jonathan. "Poststructuralist Turn?" *diacritics*, vol. 47, no. 4 (2019): 28–47.

Davidson, Guy. "'Almost a Sense of Property': Henry James's *The Turn of the Screw*, Modernism, and Commodity Culture." *Texas Studies in Literature and Language*, vol. 53, no. 4 (2011): 455–478.

Davis, David. "Southern Modernists and Modernity." *The Cambridge Companion to the Literature of the American South*. Ed. Sharon Monteith. Cambridge UP, 2013. 88–103.

Devlin, Albert J. *Eudora Welty's Chronicle: A Story of Mississippi Life*. UP of Mississippi, 1983.

Dewey, John. *Later Works, 1925—1953*. Ed. Jo Ann Boydston. Southern Illinois UP, 1987.

—. *Liberalism and Social Action*. Capricorn Books, 1963.

Dickerson, Vanessa. *Victorian Ghosts in the Noontide: Women Writers and the Supernatural*. U of Missouri P, 1996.

Dikötter, Frank. "Race Culture: Recent Perspectives on the History of Eugenics." *American Historical Review*, no. 2 (1998): 467–478.

Donaldson, Susan V. "Introduction: The Southern Agrarians and Their Cultural Wars." *I'll Take My Stand: The South and the Agrarian Tradition*. Twelve Southerners. Louisiana State UP, 2006. ix–xl.

Dorr, Gregory Michael. *Segregation's Science: Eugenics and Society in Virginia*. U of Virginia P, 2008.

Duck, Leigh Anne. *The Nation's Region: Southern Modernism, Segregation, and U.S. Nationalism*. U of Georgia P, 2006.

Eichelberger, Julia. "Rethinking the Unthinkable: Tracing Welty's Changing View of the Color Line in Letters, Essays, and *The Optimist's Daughter*." *Eudora Welty, Whiteness, and Race*. Ed. Harriet Pollack. U of Georgia P, 2013. 224–251.

English, Daylanne. *Unnatural Selections: Eugenics in American Modernism and the Harlem Renaissance*. U of North Carolina P, 2004.

Entzminger, Betina. "Playing in the Dark with Welty: The Symbolic Role of African Americans in *Delta Wedding*." *College Literature*, vol. 30, no. 3 (2003): 52-67.

Featherstone, Mike. "The Heroic Life and Everyday Life." *Theory, Culture and Society*, vol. 9, no. 1 (1992): 159-182.

Felski, Rita. *Doing Time: Feminist Theory and Postmodern Culture*. New York UP, 2000.

Feuerstein, Melissa et al., eds. *The Barbara Johnson Reader*. Duke UP, 2014.

Fiske, John. *Understanding Popular Culture*. Routledge, 1994.

Fleissner, Jennifer L. "Women and Modernity." *A Concise Companion to American Fiction 1900—1950*. Eds. Peter Stoneley and Cindy Weinstein. Blackwell, 2007. 37-56.

Foucault, Michel. *Discipline & Punish: The Birth of the Prison*. Trans. Alan Sheridan. Vintage, 1995.

Fox-Genovese, Elizabeth. "The Anxiety of History: The Southern Confrontation with Modernity." *Southern Cultures* (1993): 65-82.

Frank, Joseph. *The Idea of Spatial Form*. Rutgers UP, 1991.

Freeman, Mary E. Wilkins. *A New England Nun, and Other Stories*. Harper & Brothers, 1891.

Freud, Sigmund. *The Interpretation of Dreams*. Trans. A. A. Brill. Dover Publications, 2015.

—. *Art and Literature*. Trans. James Strachey. Ed. Albert Dickson. Penguin, 1990.

Friedlander, Eli. *Walter Benjamin: A Philosophical Portrait*. Harvard UP, 2012.

Fuller, Stephen M. *Eudora Welty and Surrealism*. UP of Mississippi, 2013.

Galton, Francis. *Inquiries into Human Faculty and Its Development*. Macmillan, 1883.

Gellner, Ernest. *Nations and Nationalism*. Blackwell, 1983.

Giddens, Anthony. *Nation-State and Violence*. Polity Press, 1985.

Gilbert, Sandra M. "The Second Coming of Aphrodite: Kate Chopin's Fantasy of Desire." *The Kenyon Review*, vol. 5, no. 3 (1983): 42–66.

Gilman, Charlotte Perkins. *Women and Economics*. Small, Maynard and Co., 1899.

Gleason, Michael. "Circe and Language: What Welty Took from Joyce." *Eudora Welty Review*, vol. 11 (2019): 71–75.

Goellner, Ellen W., and Jacqueline Shea Murphy, eds. *Bodies of the Text: Dance as Theory, Literature as Dance*. Rutgers UP, 1995.

Gordon, Linda. "The American Fascists." *Fascism in America: Past and Present*. Eds. Gavriel D. Rosenfeld and Janet Ward. Cambridge UP, 2023. 141–169.

Grantham, Marcus. "The Sexual Symbolism of Hats." *American Imago*, vol. 6, no. 4 (1949): 281–295.

Gray, Richard, and Owen Robinson, eds. *A Companion to the Literature and Culture of the American South*. Blackwell, 2004.

Greenfeld, Liah. *Nationalism: Fives Roads to Modernity*. Harvard UP, 1992.

Gretlund, Jan Nordby. *Eudora Welty's Aesthetics of Place*. U of South Carolina P, 1997.

Griffin, Dorothy. "The House as Container: Architecture and Myth in Eudora Welty's *Delta Wedding*." *Mississippi Quarterly*, vol. 39, no. 4 (1986): 521–535.

Griffin, Larry, and Don H. Doyle, eds. *The South as an American Problem*. U of Georgia P, 1995.

Grossberg, Lawrence. "The Space of Culture, the Power of Space." *The Post-Colonial Question: Common Skies, Divided Horizons*. Eds. Iain Chambers and Lidia Curti. Routledge, 1996. 169–88.

Habermas, Jürgen. *The Philosophical Discourse of Modernity: Twelve Lectures*. Trans. Frederick Lawrence. Polity Press, 1998.

Hanly, Margaret Ann, ed. *Essential Papers on Masochism*. New York UP,

1995.

Hand, Seán. *The Levinas Reader*. Basil Blackwell, 1989.

Hansen, Miriam. *Babel and Babylon: Spectatorship in American Silent Film*. Harvard UP, 1991.

Harrison, Rebecca L. "The Maid of Orléans at the Palace of Pleasure: Welty's 'The Purple Hat' and the Emblematic Nature of Violence." *Eudora Welty Review*, vol. 10 (2018): 13-41.

Hartz, Louis. *The Liberal Tradition in America*. Harcourt, 1955.

Henry, O. 100 *Selected Stories*. Wordsworth Classics, 1995.

Hill, Samuel, et al., eds. *Encyclopedia of Religion in the South*. Mercer UP, 2005.

Hoberman, Michael. "Demythologizing Myth Criticism: Folklife and Modernity in Eudora Welty's 'Death of a Traveling Salesman.'" *The Southern Quarterly*, vol. 30, no. 1 (1991): 23-34.

Hogle, Jerrold, ed. *The Cambridge Companion to the Modern Gothic*. Cambridge UP, 2014.

Holtman, Janet. "'White Trash' in Literary History: The Social Interventions of Erskine Caldwell and James Agee." *American Studies*, vol. 53, no. 2 (2018): 31-48.

hooks, bell. "The Oppositional Gaze: Black Female Spectators." *Feminist Film Theory: A Reader*. Ed. Sue Thornham. New York UP, 1999. 307-320.

Hornby, Louise. *Still Modernism: Photography, Literature, Film*. Oxford UP, 2017.

Howard, Zelma Turner. *The Rhetoric of Eudora Welty's Short Stories*. UP of Mississippi, 1973.

Hughes, Langston. "Too Much of Race." *The Crisis*, vol. 44, no. 9 (1937): 3-4.

Izenberg, Gerald N. *Modernism and Masculinity: Mann, Wedekind, Kandinsky through World War I*. Chicago UP, 2000.

James, Ian. *The Fragmentary Demand: An Introduction to the Philosophy of Jean-Luc Nancy*. Stanford UP, 2006.

Johnston, Jean-Michel. *Networks of Modernity: Germany in the Age of the Telegraph, 1830—1880*. Oxford UP, 2021.

Joseph, Philip. *American Literary Regionalism in a Global Age*. Louisiana State UP, 2007.

Kestner, Joseph A. *Masculinities in British Adventure Fiction, 1880—1915*. Routledge, 2016.

King, Richard. *A Southern Renaissance: The Cultural Awakening of the American South, 1930—1955*. Oxford UP, 1982.

Kline, Wendy. *Building a Better Race: Gender, Sexuality, and Eugenics from the Turn of the Century to the Baby Boom*. U of California P, 2005.

Kreyling, Michael. "History and Imagination: Writing 'The Winds.'" *Mississippi Quarterly*, vol. 50, no. 4 (1997): 585–599.

—. *Inventing Southern Literature*. UP of Mississippi, 1998.

—. *Understanding Eudora Welty*. U of South California P, 1999.

Ladd, Barbara. *Resisting History: Gender, Modernity, and Authorship in William Faulkner, Zora Neale Hurston, and Eudora Welty*. Louisiana State UP, 2012.

Lancaster, Ashley. *The Angelic Mother and the Predatory Seductress: Poor White Women in Southern Literature of the Great Depression*. Louisiana State UP, 2012.

Larson, Edward. *Sex, Race, and Science: Eugenics in the Deep South*. Johns Hopkins UP, 1995.

Lurie, Peter, and Ann Abadie, eds. *Faulkner and Film*. UP of Mississippi, 2014.

Lusty, Natalya. "Introduction: Modernism and Its Masculinities." *Modernism and Masculinity*. Eds. Natalya Lusty and Julian Murphet. Cambridge UP, 2014. 1–15.

MacIntyre, Alasdair. *After Virtue: A Study in Moral Theory*. 3rd ed. U of Notre Dame P, 2007.

MacKenzie, John. *The Empire of Nature: Hunting, Conservation and British Imperialism*. Manchester UP, 1988.

Marcuse, Herbert. *Eros and Civilization: A Philosophical Inquiry into Freud*. Beacon Press, 1969.

Marks, Elaine, and Isabelle de Courtivron, eds. *New French Feminisms: An Anthology*. Trans. Marilyn A. August. U of Massachusetts P, 1980.

Marrs, Suzanne. *Eudora Welty: A Biography*. New York: Harcourt, 2015.

—. *One Writer's Imagination: The Fiction of Eudora Welty*. Louisiana State UP, 2002.

McLaughlin, Don James. "Finding (M)other's Face: A Psychoanalytic Approach to Eudora Welty's 'Clytie.'" *Eudora Welty Review*, vol. 1 (2009): 53–62.

McMullen, Joanne Halleran. *Writing Against God: Language as Message in the Literature of Flannery O'Connor*. Mercer UP, 1996.

McPherson, Tara. *Reconstructing Dixie: Race, Gender, and Nostalgia in the Imagined South*. Duke UP, 2003.

McWhirter, David. "Eudora Welty Goes to the Movies: Modernism, Regionalism, Global Media." *Modern Fiction Studies*, vol. 55, no. 1 (2009): 68–91.

—. "Introduction: Towards a New Southern Literary Studies." *South Central Review*, vol. 22, no. 1 (2005): 1–3.

—. "Secret Agents: Welty's African Americans." *Eudora Welty, Whiteness, and Race*. Ed. Harriet Pollack. U of Georgia P, 2013. 114–130.

Mencken, H. L. *The American Scene: A Reader*. Ed. Huntington Cairns. Alfred A. Knopf, 1965.

Miller, J. Hillis. *Communities in Fiction*. New York: Fordham UP, 2015.

Millichap, Joseph. *A Backward Glance: Southern Renascence, the Autobiographical Epic, and the Classical Legacy*. U of Tennessee P, 2009.

—. *Dixie Limited: Railroads, Culture, and the Southern Renaissance*. UP of Kentucky, 2002.

Mitchell, W. J. T. "Spatial Form in Literature: Toward a General Theory." *Critical Inquiry*, vol. 6, no. 3 (1980): 539–567.

Moi, Toril, ed. *The Kristeva Reader*. Columbia UP, 1986.

Montgomery, Marion. *Eudora Welty and Walker Percy: The Concept of Home in Their Lives and Literature*. McFarland & Company, Inc., 2003.

Morrison, Toni. *Playing in the Dark: Whiteness and the Literary Imagination*. Harvard UP, 1992.

Mortimer, Gail Linda. *Daughter of the Swan: Love and Knowledge in Eudora Welty's Fiction*. U of Georgia P, 1994.

Nancy, Jean-Luc. *The Inoperative Community*. Trans. Peter Connor, et al. U of Minnesota P, 1991.

Napier, Winston, ed. *African American Literary Theory: A Reader*. New York UP, 2000.

Neimanis, Astrida. *Bodies of Water: Posthuman Feminist Phenomenology*. Bloomsbury, 2017.

Oates, Joyce Carol. "The Art of Eudora Welty." *Modern Critical Views: Eudora Welty*. Ed. Harold Bloom. Chelsea House, 1986. 71–74.

Parkins, Wendy. *Mobility and Modernity in Women's Novels, 1850s—1930s*. Palgrave Macmillan, 2009.

Patterson, Laura Sloan. "'Lady Couldn't Expect to Travel without a Hat': Cultural Capital, Gender, and Sexuality in Welty's Short Fiction." *Eudora Welty Review*, vol.12 (2020): 19–35.

—. "Sexing the Domestic: Eudora Welty's *Delta Wedding* and the Sexology Movement." *Southern Quarterly*, vol.42, no.2 (2004): 37–59.

—. *Stirring the Pot: The Kitchen and Domesticity in the Fiction of Southern Women*. McFarland, 2008.

Patterson, Martha H., ed. *The American New Woman Revisited: A Reader, 1894—1930*. Rutgers UP, 2008.

Paxton, Robert O. *The Anatomy of Fascism*. Alfred A. Knopf, 2004.

—. "The Five Stages of Fascism." *The Journal of Modern History*, vol.70, no.1 (1998): 1–23.

Peckham, Joel B. "Eudora Welty's *The Golden Apples*: Abjection and the Maternal South." *Texas Studies in Literature and Language*, vol.43, no. 2 (2001): 194-217.

Peters, John. *The Marvelous Clouds: Toward a Philosophy of Elemental Media*. Chicago UP, 2015.

Pezze, Barbara Dalle, and Carlo Salzani. *Essays on Boredom and Modernity*. Rodopi, 2009.

Polk, Noel. *Faulkner and Welty and the Southern Literary Tradition*. UP of Mississippi, 2008.

Pollack, Harriet, ed. *Eudora Welty, Whiteness, and Race*. U of Georgia P, 2013.

—. "On Welty's Use of Allusions: Expectations and Their Revision in 'The Wide Net,' *The Robber Bridegroom*, and 'At the Landing.'" *Eudora Welty (Bloom's BioCritiques)*. Ed. Harold Bloom. Chelsea House, 2004. 113-40.

Prenshaw, Peggy W., ed. *Conversations with Eudora Welty*. UP of Mississippi, 1984.

Pryse, Marjorie. "Afterword: Regional Modernism and Transnational Regionalism."*Modern Fiction Studies*, vol. 55, no. 1 (2009):189-192.

Punter, David, and Glennis Byron. *The Gothic*. Blackwell, 2004.

Ransom, John Crowe. "Delta Fiction." *The Kenyon Review*, vol. 8, no. 3, 1946, pp. 503-07.

—. "Reconstructed but Unregenerate." *I'll Take My Stand: The South and the Agrarian Tradition*. Twelve Southerners. Louisiana State UP, 2006. 1-27.

Redfield, Robert. *The Little Community and Peasant Society and Culture*. Chicago UP, 1989.

Rich, Adrienne Cecile. *Of Woman Born: Motherhood as Experience and Institution*. W. W. Norton & Company, 1976.

Rider, Jacques Le. *Modernity and Crises of Identity: Culture and Society in Fin-de-Siècle Vienna*. Trans. Rosemary Morris. Continuum, 1993.

Riquelme, John Paul. "Modernist Gothic." *The Cambridge Companion to The Modern Gothic*. Ed. Jerrold Hogle. Cambridge UP, 2014. 20-36.

Sachs, Curt. *The History of Musical Instruments*. Dover, 2006.

Scarry, Elaine. *The Body in Pain: The Making and Unmaking of the World*. Oxford UP, 1985.

Schmidt, A. V. C. "The Symbolic Sacrifice of Woman in Three Late Stories of Henry James." *Essays in Criticism*, vol. 72, no. 2 (2022): 193 – 207.

Schneider, Stephen H., ed. *Encyclopedia of Climate and Weather*. Oxford UP, 1996.

Seltzer, Catherine. *Elizabeth Spencer's Complicated Cartographies: Reimagining Home, the South, and Southern Literary Production*. Palgrave Macmillan, 2009.

Showalter, Elaine. "Representing Ophelia: Women, Madness, and the Responsibilities of Feminist Criticism." *Shakespeare and the Question of Theory*. Eds. Patricia Parker and Geoffrey Hartman. Routledge, 1985. 77 – 94.

Smith, Anna. *Julia Kristeva: Readings of Exile and Estrangement*. Palgrave Macmillan, 1996.

Slater, Don. "Photography and Modern Vision: The Spectacle of 'Natural Magic.'" *Visual Culture*. Ed. Chris Jenks. Routledge, 1995. 218 –37.

Snow, Malinda. "'Oft in the Stilly Night': Past and Present, Myth and Identity in*Delta Wedding*." *Eudora Welty Review*, vol. 1 (2009): 85 – 96.

Soja, Edward. *Postmodern Geographies: The Reassertion of Space in Critical Social Theory*. Verso, 1989.

Sontag, Susan. "The Double Standard of Aging." *The Other Within Us: Feminist Explorations of Women and Aging*. Ed. Marilyn Pearsall. Routledge, 1997. 19 – 24.

—. *On Photography*. Picador, 2001.

Spear, Allan H. *Black Chicago: The Making of a Negro Ghetto:* 1890 — 1920. Chicago UP, 1967.

Spencer, Philip, and Howard Wollman, eds. *Nations and Nationalism: A Reader*. Rutgers UP, 2005.

Stein, Gertrude. *Lectures in America*. Boston Beacon Press, 1985

Sylvester, Barbara. "The *Delta Wedding* Blues." *Eudora Welty's Delta Wedding*. Ed. Reine Dugas Bouton. Amsterdam, 2008. 3 – 28.

Taylor, Charles. *Modern Social Imaginaries*. Duke UP, 2004.

Trumpener, Katie. "The Time of the Gypsies: A 'People without History' in the Narratives of the West." *Critical Inquiry*, vol. 18, no. 4 (1992): 843 – 884.

Twelve Southerners. *I'll Take My Stand: The South and the Agrarian Tradition*. Louisiana State UP, 2006.

Vernon, Zackary. "Faulkner's Charismatic Megaflora: Critical Plant Studies and the US South." *Journal of Modern Literature*, vol. 45, no. 3 (2022): 90 – 105.

Wallace, Diana. "The Ghost Story and Feminism." *The Routledge Handbook to the Ghost Story*. Eds. Scott Brewster and Luke Thurston. Routledge, 2018. 427 – 35.

—. "Uncanny Stories: The Ghost Story as Female Gothic." *Gothic Studies*, no. 1 (2004): 57 – 68.

Watkins, Mel. "Talk with Toni Morrison." *Conversations with Toni Morrison*. Ed. Danille Taylor-Gutherie. UP of Mississippi, 1994. 43 – 47.

Watson, Jay. *Faulkner and Whiteness*. UP of Mississippi, 2011.

—. *William Faulkner and the Faces of Modernity*. Oxford UP, 2020.

Welty, Eudora. *The Collected Stories of Eudora Welty*. Harcourt Brace, 1980.

—. "Doll." *The Georgia Review* 53.1 (1999): 25 – 30.

—. *Eudora Welty: Complete Novels*. Library of America, 1998.

—. *The Eye of the Story: Selected Essays and Reviews*. Random House, 1978.

—. *Occasions: Selected Writings of Eudora Welty*. Ed. Pearl Amelia McHaney. UP of Mississippi, 2009.

—. *One Writer's Beginnings*. Harvard UP, 1995.

Westling, Louise. *Sacred Groves and Ravaged Gardens: The Fiction of Eudora Welty, Carson McCullers, and Flannery O'Connor*. U of

Georgia P, 1985.

Weston, Ruth D. "Eudora Welty and the Short Story." *A Companion to the American Short Story*. Eds. Alfred Bendixen and James Nagel. Blackwell, 2010. 277-294.

—. *Gothic Traditions and Narrative Techniques in the Fiction of Eudora Welty*. Louisiana State UP, 1994.

Whitford, Margaret, ed. *The Irigaray Reader*. Basil Blackwell, 1991.

Whitman, Walt. *The Portable Walt Whitman*. Ed. Michael Warner. Penguin, 2004.

Williams, Raymond. *Keywords: A Vocabulary of Culture and Society*. Oxford UP, 2015.

—. *The Country and The City*. Oxford UP, 1973.

Wolfe, Cary. *Animal Rites: American Culture, the Discourse of Species, and Posthumanist Theory*. Chicago UP, 2003.

Wood, Michael. "Modernism and Film." *The Cambridge Companion to Modernism*. Ed. Michael Levenson. Cambridge UP, 1999. 217-232.

Wood, Susan. "Eudora Welty's Challenge to Fascism in *The Robber Bridegroom*."*Eudora Welty Review*, vol.7 (2015): 25-43.

Woolf, Virginia. *The Captain's Death Bed and Other Essays*. Harcourt, 1956.

—. *The Death of the Moth and Other Essays*. Harcourt, 1970.

Wright, Gavin. "The New Deal and the Modernization of the South." *Federal History*, no.2 (2010): 58-73.

Yaeger, Patricia. "The Case of the Dangling Signifier: Phallic Imagery in Eudora Welty's 'Moon Lake.'" *Twentieth Century Literature*, vol.28, no.4 (1982): 431-452.

—. *Dirt and Desire: Reconstructing Southern Women's Writing, 1930—1990*. Chicago UP, 2000.

Zoran, Gabriel. "Towards a Theory of Space in Narrative." *Poetics Today*, vol.5, no.2 (1984): 309-335.

中文部分：

埃里克·方纳:《美国历史:理想与现实》(上),王希译,商务印书馆,2017年。

埃里克·方纳:《美国历史:理想与现实》(下),王希译,商务印书馆,2017年。
艾伦·布林克利:《美国史(二)》,陈志杰等译,北京大学出版社,2019年。
奥维德:《变形记》,杨周翰译,人民文学出版社,2008年。
巴赫金:《小说中的时间形式与时空体的形式》,载《巴赫金全集》第三卷,白春仁等译,河北教育出版社,1998年,第274—460页。
本雅明:《启迪:本雅明文选》,张旭东、王斑译,生活·读书·新知三联书店,2014年。
崔莉:《尤多拉·韦尔蒂文学作品的地方研究》,外语教学与研究出版社,2021年。
但丁:《神曲:地狱篇》,王维克译,江苏凤凰文艺出版社,2022年。
弗里德里希·尼采:《历史的用途与滥用》,陈涛、周辉荣译,上海人民出版社,2020年。
郭棲庆、唐建南:《自我、社会与女性命运:〈觉醒〉与〈紫颜色〉中的女主人公之比较》,载《外国文学研究》2011年第1期,第42—47页。
海德格尔:《存在与时间》(修订译本),陈嘉映、王节庆译,三联书店,2006年。
J.希利斯·米勒:《共同体的焚毁:奥斯维辛前后的小说》,陈旭译,南京大学出版社,2019年。
凯特·肖邦:《觉醒》,杨瑛美译,辽宁教育出版社,1997年。
利奥·马克斯:《花园里的机器:美国的技术与田园理想》,马海良、雷月梅译,北京大学出版社,2011年。
刘文瑾:《"面容"的抵抗:后奥斯维辛的哲学遗产》,《读书》2021年第12期,第159—168页。
路易斯·詹内蒂:《认识电影》第10版,崔君衍译,中国电影出版社,2007年。
马歇尔·伯曼:《一切坚固的东西都烟消云散了:现代性体验》,徐大建、张辑译,商务印书馆,2013年。
马歇尔·麦克卢汉:《理解媒介:论人的延伸》(增订评注本),何道宽译,译林出版社,2011年。
芮塔·菲尔斯基:《现代性的性别》,陈琳译,南京大学出版社,2020年。
桑德拉·吉尔伯特、苏珊·古芭:《阁楼上的疯女人:女性作家与19世纪文学想象》,杨莉馨译,上海人民出版社,2015年。
托马斯·希恩:《理解海德格尔:范式的转变》,译林出版社,2022年。
托马斯·霍布斯:《论公民》,应星等译,贵州人民出版社,2003年。

肖明翰:《威廉·福克纳:骚动的灵魂》,四川人民出版社,1999年。

萧乾:《萧乾散文随笔选集》,中央编译出版社,2005年。

解友广:《吟唱创伤:论奥斯卡·王尔德〈瑞丁监狱之歌〉中"反动"的自传》,《外国文学》2018年第2期,第66—76页。

解友广:《论尤多拉·韦尔蒂作品中的服饰政治》,《外国文学研究》2023年第2期,第112—123页。

伊娃·易洛思:《情感为何沦为商品?资本主义如何利用、加工并生产我们的情感》〈https://www.thepaper.cn/newsDetail_forward_2984535?from=timeline&isappinstalled=0〉。

殷企平:《西方文论关键词:共同体》,《外国文学》2016年第2期,第70—79页。

张子清:《20世纪美国诗歌史》,南开大学出版社,2018年。

赵辉兵:《美国进步主义运动研究中的新趋势》,《学海》2015年第5期,第204—210页。

赵辉辉:《"月亮湖"中身体表达的文化审美》,《外国文学研究》2014年第2期,第80—87页。

赵辉辉:《尤多拉·韦尔蒂身体诗学研究》,中国社会科学出版社,2019年。

周敏:《共同体的美学再现——米勒〈小说中的共同体〉简评》,《外国文学》2019年第1期,第162—168页。